国家艺术基金2023年度艺术人才培训资助项目
"习近平新时代中国特色社会主义思想文艺理论人才培训"（项目编号：2023-A-05-005-459）

哲思：
文艺理论的当代呈现

王韡　主编

中国国际广播出版社

目 录

礼乐文化视野下表演艺术类非遗的传承与发展	蒋玲玲	001
关于中国文化传承发展的几点思考	张新科	020
中国式现代化语境下国事庆典活动的精神意蕴	孙萌竹	031
"两个结合"背景下戏曲艺术的传承发展	余国煌	042
戏曲艺术如何借助融媒体实现创新性发展与传播	余国煌	058
张家口地方文化的传承发展	刘 文	076
构建国家体育文化形象的新媒体纪录片生产原则	邓若侠	087
现代化语境下中国传统艺术"两创"的实践逻辑	邓若侠	104
生态共生视域下山西绛州澄泥砚的当代传承	朱小峻	122
论艺术创新中的哲学思维	朱小峻	148
试论方言词语在网络交谈中的使用		
——以吴方言茗溪语片区为例	郭绅钰	165
论播音员和主持人的职业发展形态	郭绅钰	173
马克思主义文艺理论视域下的中国少数民族歌曲创作	李艳双	190
中国式现代化背景下对戏曲艺术传承问题的探索	丁逯园	201
试论中国内地钢琴作品创作发展的历程	陈 嫣	217
对东北民歌传承发展路径的思考	付 婧	230
编后记		244

礼乐文化视野下表演艺术类非遗的传承与发展

蒋玲玲　兰州文理学院

礼乐文化是中华优秀传统文化的重要组成部分，在漫长的历史长河中经过了曲折的演变，至今依旧有值得借鉴的独特意义与价值。表演艺术类非遗主要包括传统音乐、传统舞蹈、传统戏剧和曲艺等四大类，当下民间礼俗仪式中的乐舞都可以归类于此，展现了民众对礼乐文化的精神诉求。然而，近几十年来传统文化生态的快速变化是表演艺术类非遗在当下面临的主要困境。本文认为，现代化是乡村文化不容回避的问题，表演艺术类非遗要接受时代的洗礼和挑战，实现与现代化的有效衔接，要以社会主义核心价值观为引领，复兴礼乐文化，发挥表演艺术类非遗在乡村文化振兴中的价值作用；践行"双创"理念，在表演艺术类非遗作品创作和文艺展演方面推陈出新，夯实中华优秀传统文化的根基；通过教育普及和研究阐发将表演艺术类非遗有效地融入国民教育体系，增强青少年的文化自觉和文化自信。

2023年6月2日，习近平总书记在文化传承发展座谈会上的讲话中指出："只有全面深入了解中华文明的历史，才能更有效地推动中华优秀传统文化创造性转化、创新性发展，更有力地推进中国特色社会主义文化建设，建设中华民族现代文明。"[①] 礼乐文化是中华民族在几千年间共同的文化创造，是中华优秀传统文化的重要组成部分，传承与发展了几千年，已

---

① 习近平.在文化传承发展座谈会上的讲话[J].求是，2023（17）：4-11.

然成为中华文明的文化基因。

一、礼乐文化的历史演变

（一）礼乐文化之源

远古的三皇五帝时代应该是礼乐文化不自觉的发展时期。出土文物（比较成熟的乐器）证明那时已存在音乐活动，包含着原初的"乐教"精神。山西省襄汾县的陶寺遗址出土了成套的大型礼器和乐器。出土的乐器有磬、鼍鼓、埙、土鼓、陶铃、铜铃和骨质口簧。其中，鼍鼓（陶制，柱形，鳄鱼皮蒙面）和石磬是礼仪性质的乐器，它们只有在举行祭祀活动时才会被使用。上古时期的人们认为，在事神的仪式之中，巫能够通过一定的韵律和舞蹈，将人世的祈祷告知神灵，同时又将神灵的指示反馈给人们，从而完成人与所敬畏的天帝、山川、鬼神的沟通。此时乐舞在一定程度上也属于祭祀之礼的组成部分。从这些方面我们可以看到，礼乐文化在当时不仅仅是萌芽，而是已经发展到了一定的高度。今天中国的很多地方都发现了规模巨大的祭祀遗址。在中国古代持续的祭祀活动中，礼乐制度逐步形成并发展起来。到了商周之际，除了要敬天法祖，人文思想开始兴起。武王伐纣之后，在新的相对统一的疆域里，一个拥有敬天法祖、明德保民思想的西周王朝开始出现。

（二）周公制礼作乐与礼乐制度的形成

周王朝原本是商王朝西北方的小邦国，武王克商之后他们所拥有的疆域甚至比商王朝还要大，周朝便采用分封制来对其进行统治和管理。周武王的弟弟周公是中国历史上非常杰出的政治家，他在武王克商之后就总结殷商亡国的前车之鉴，他发现根本的原因就是他们失德，失德就失人心，失人心就亡天下。所以，周公就制定一系列以道德作为核心的制度，我们历史上把这样一套制度叫作"礼乐制度"。由此，礼乐文化正式进入较为自觉的体系化、制度化阶段。

《礼记·乐记》中说，"乐者为同，礼者为异。同则相亲，异则相敬"，"礼辩异，乐和同"，"礼节民心，乐和民声"。礼的本质是区分人与人之间的差异，每个人都要遵守为不同阶层的人制定的道德规范。一般来说，"道德"是一个很抽象的东西，可是我们的祖先很聪明，他把"德"这个东西分解成了很多个德目，每一个德目都是可以操作的，比如诚信、孝顺等，从行为上、言谈举止上来规范你。所以"礼"是用来修身的，比如说见到长辈应该怎么样，见到老师应该怎么样，在丧礼上应该怎么样，使你始终能够想到自己的行为应该是理性的。这种有差异的秩序叫"礼"，不可僭越，所以孔子说："非礼勿视、非礼勿听、非礼勿言，非礼勿动。"但是，社会只讲差异就不会和谐。为了保持人与人之间的和谐相处就要用"乐"，"乐"讲和同，其功能就是教化人民和谐相处。

"国之大事，在祀与戎"，继夏商以来，祭祀祖先就成为国家的头等大事之一。华夏远古英雄的故事都被编成了乐舞，隆重地展现在最高规格的祭祀活动里。在礼乐齐奏声中，周人放声歌唱，颂扬着他们的祖先。后世的孔子对于这种礼乐文化赞赏至极，"子在齐闻《韶》，三月不知肉味"，称其为"尽善尽美"。

周王室还专门设置机构培养礼乐人才。当时设置的最高官学机构为"成均"；"礼乐教化"的实施者为当时正式设置的最大官职"大司乐"，负责整个王朝的礼乐教化活动；教育对象为"建国""合国之子弟"，即贵族子弟；教学内容为乐德（以"中、和、祗、庸、孝、友"为核心内容的道德教育），乐语（以官方认可的"诗"的风雅颂赋比兴为核心内容的文化教育），乐舞（以官方认可的乐舞为内容的祭祀与政治社会活动的礼仪教育）；教育的目的是"和邦国、谐万民、安宾客、说远人"

等。① "乐"构成了周人的日常生活方式，使得贵族及其知识阶层普遍重视礼乐素养。

礼和乐虽然在形式和功用上不同，但其本质是相通的。乐为礼定，乐为礼用，评价乐也要以礼为标准。礼和乐不偏废、不僭越，就会形成和谐社会。系统的礼乐制度对用乐的规定十分具体和精细。周代制度规定国家用乐无论是乐器还是乐舞人数，王、侯、卿大夫、士所用礼器数量和乐队、乐舞人数都依等级而定，"天子用八佾，诸侯用六佾，卿大夫用四佾，士用二佾"。虽然周王室的乐舞我们无从寻觅，但是，20世纪最伟大的考古发现——1978年湖北随县曾侯乙（战国早期，约公元前475年至公元前433年）墓的考古发现，引领着我们走进了古代礼乐的殿堂。

礼乐制度是中华文明的一个重要标志，周人将礼乐的观念渗透、浸润到了整个社会。历史地看，作为思想家的周公在制定礼乐制度时并非一蹴而就，而是只完成了一个框架。不同时代的礼乐观念在相对稳定的基础上又动态发展，礼乐制度下的礼乐形态当然也要与时俱进。②

（三）礼乐文化的传承与发展

春秋时期，"礼崩乐坏"，以孔子为代表的儒家学派试图"克己复礼"，恢复传统的礼乐制度，为此进行了历史文化的探寻与理论的总结，出现《论语》《礼记》《乐论》《乐记》等与礼乐文化有关的理论著作。西周末年，"礼崩乐坏"，王室的乐章传到各诸侯国，和当地的民间音乐相结合，从而继续承担起教化民众的社会责任。经秦始皇"焚书坑儒"之后，汉代

---

① 大司乐掌成均之法，以治建国之学政，而合国之子弟焉。凡有道者、有德者使教焉；死则以为乐祖，祭于瞽宗。以乐德教国子：中、和、祇、庸、孝、友；以乐语教国子：兴、道、讽、诵、言、语；以乐舞教国子，舞《云门》《大卷》《大咸》《大韶》《大夏》《大濩》《大武》；以六律、六同、五声、八音、六舞、大合乐，以致鬼神示，以和邦国，以谐万民，以安宾客，以说远人，以作动物。——《周礼·春官·宗伯》

② 项阳.何以创建礼乐文明新体系[J].人民音乐，2015（1）：46-51.

有"礼乐复兴",尝试重新整合并发展新的礼乐文化传统,此时礼与乐已经分家,实际更着重于礼制。随着汉代"罢黜百家,独尊儒术"以及以后的礼制逐步与封建专制的君臣之道、驭民之术紧密结合,礼制已经变为封建统治的工具。

自南北朝以来形成的乐籍(乐户)制度,将罪民、战俘等群体的妻女及其后代籍入名册,使之世代从乐。她们是官府依制供养的专业官属乐人,这个群体一旦入籍"终身继代,不改其业",地位很低,延续了一千多年,是国家用乐体系从宫廷到各级官府的主导性专业承载群体。[①]乐籍制度保障了从宫廷到各级地方官府多层次、多类型的礼制用乐需求。一直到清雍正年间废除乐籍制度时(将官属乐人群体从乐籍恢复为民籍)将官属乐人们分散到各个乡镇中,民间随之享有了曾经国家礼制仪式中的各类音乐。之后,曾经的官属乐人既担当官府礼制仪式用乐,又为民间礼俗仪式用乐服务。这使得由其承载用于官府的仪式和仪式用乐被民间享用并蔓延开。这就是当下民间社会仪式中用乐与传统国家礼制仪式中用乐相通且具有一致性的缘由。

20世纪是中国大变革的世纪。晚清政府闭关锁国走向衰亡,近代以来,从新文化运动到五四运动对传统文化的批判,进而战乱不断,加上列强侵略,许多传统难以延续,其中当然也包括礼乐制度。中华人民共和国成立初期,学界将传统礼制仪式及其用乐归结为封建、腐朽文化的代表。直到20世纪80年代,全国编纂大型集成志书各卷本中都有一批相同的传统礼乐乐曲,这些乐曲当下大多是在民间礼俗仪式中使用。

可以说,礼乐文化在漫长的历史长河中经过了曲折的演变,但中国古代的礼乐文化作为一种文化传统却有其独特的意义与价值,仍值得我们借鉴。

---

① 项阳.礼乐文明:中华民族共同的文化创造与标志性存在[J].艺术学研究,2020(2):4-14.

二、民间礼俗中的表演艺术类非遗

民间礼俗在传统文化中有特定的内涵，是指社会共同体中的人们对某种行为道德规范达成共识，便约定成俗，共同遵守，含有制度的内涵。礼俗观念在民间一直存在，也就是说，从国家层面来讲是礼制，从民间层面来讲是礼俗。"国家与民间互动，将有些礼俗不断纳入礼制，在互动中彰显上下相通。"[①]"传统礼制仪式在一定层级上较为全面地被民间礼俗接衍，这些用乐的礼俗仪式在当下大多属于国家非遗法保护的范畴。"[②]2011年6月，我国颁布实施了《中华人民共和国非物质文化遗产法》，这是我国在非遗保护方面的最重要的法律。

文化遗产主要分为物质文化遗产和非物质文化遗产。物质文化遗产表现为具体的物质实体，而非物质文化遗产注重的是技能、技术和知识的传承，它蕴含着民族民间文化所特有的精神价值和文化意识。比如古琴，历史上留传下来的古代名琴是物质文化，而古琴制作技艺和古琴演奏技艺是非物质文化遗产；像歌舞表演、传统音乐、民间说唱等，就是典型的非物质文化。

表演艺术是通过唱、说、肢体语言等方式来完成的艺术形式，以此来表现人们的思想和审美观念。从这个意义上来说，表演艺术类非遗，涵盖传统音乐、传统舞蹈、传统戏剧、曲艺、传统杂技等多种形态，一半的非遗门类与此相关。基于作者的学科背景，本文所讲的表演艺术类非遗主要指传统音乐、民间舞蹈、传统戏曲和曲艺等四大类。到目前为止，全国有国家级非遗项目1557项（3610个子项目），其中表演艺术类非遗有649项

---

① 项阳.礼俗·礼制·礼俗：中国传统礼乐体系两个节点的意义［J］.中国音乐学，2017（1）：17-28，36.
② 项阳.中华礼乐文明、礼仪之邦的历史与现代意义［J］.中国音乐，2013（1）：12-15，96.

（1473个子项目），占总数的近一半。

表1　国家级各类非遗项目数统计表（单位：个）

		民间文学	传统音乐	传统舞蹈	传统戏剧	曲艺	传统体育、游艺和杂技	传统美术	传统技艺	传统医药	民俗	合计
全国	大项	167	189	144	171	145	109	139	287	23	183	1557
	子项	251	431	356	473	213	166	417	629	182	492	3610

数据来源：根据中国非物质文化遗产网·中国非物质文化遗产数字博物馆数据制表，网址：https://www.ihchina.cn/。

说到民间礼俗中的表演艺术类非遗，当下民间礼俗仪式中的乐舞都可以归类于表演艺术类非遗，下面通过几项国家级表演艺术类非遗代表项目来了解一下它们在民间礼俗仪式中的运用及意义。

庆阳唢呐艺术是以唢呐为主奏的传统吹打乐，2006年被国务院列为第一批国家级非遗项目。庆阳唢呐主要出现在岁时节令、社火庙会、丧葬祭奠、娶媳嫁女、庆祝典礼等活动中，在普通民众生活中的需求是比较广泛的。庆阳唢呐的曲牌按功能可分为红事曲牌、白事曲牌和通用曲牌等三类。红事曲牌代表作品主要有《道春》《地里兔》《闹五更》《粉红莲》等，白事曲牌代表作品有《雁落沙滩》《抱灵牌》《哭长城》《大祭灵》等，通用曲牌可用在红白事中，代表作品有《剪剪花》《楚调》《山坡羊》等。事实上，我国很多地方都有唢呐艺术，仅唢呐艺术这一项中就有26个国家级子项，如晋北鼓吹、丹东鼓乐、绥米唢呐、唐山花吹等，这些地区的各种礼俗活动中每项程序总是乐手在前，鼓乐先起，对民间礼俗具有一定的引领性。

舟曲多地舞是主要分布在甘肃省舟曲县的藏族人民独有的一种表演方式，2008年被国务院列入第二批国家级非遗项目。舟曲多地舞集史、诗、歌、舞、民俗为一体，是当地藏族群众在祭祀庆典、岁令节日或闲暇娱乐时的原生态舞蹈，门类诸多。比如结婚和逢年过节时跳格班多地，表达人们庆祝、祝福、喜悦和期盼的愿望；祭祀、法会期间跳贡边多地，表达人们感谢神灵赐福、赞扬、歌颂的虔诚心情；士兵训练、战前准备期间跳玛西多地，表达人们的英雄崇拜、渴望胜利、祈求神灵保佑的期盼；自娱自乐时跳萨热多地、姜拉多地，表达人们享受美好生活的愉悦心情。

武都高山戏是流行于甘肃省武都鱼龙镇的地方小戏，2008年被国务院列入第二批国家级非遗项目。中国戏剧理论家张庚先生说过："城市的戏剧靠商业，农村的戏剧靠敬神。"[1] 相传明朝将军李文忠曾在武都鱼龙镇驻军，李文忠在平定匪患、确保一方安宁的同时，鼓励当地民众休养生息，发展农耕，深受民众爱戴。李文忠去世后，当地百姓感其恩德，修建了寺庙与戏楼，尊李文忠为"福神"，将其塑像供奉其上，通过祭祀、歌舞、唱戏的方式纪念他，这一纪念方式慢慢生化出固定的民俗仪式程序，这些程序反映着人们祈求风调雨顺、健康平安的美好愿望。

凉州贤孝是流行于甘肃省武威市等地区的民间说唱艺术，又叫"凉州劝善书"，2006年被国务院列为第一批国家级非遗项目。凉州贤孝的内容主要以歌颂帝王将相、英雄贤士、孝子贤孙、烈妇淑女、才子佳人的故事为主，意涵隐恶扬善、喻时劝世、因果报应、为贤尽孝等宗旨，用说唱故事的方式表达着普通民众的价值观和道德标准。

很多民歌也是与传统礼俗依附共生的。比如西北的花儿，大家知道花儿很多是情歌、山野之歌。然而，"早期的'花儿会'与传统礼俗活动是密不可分的，往往被称作'某某庙会'，主要与民间的迎神赛会和祭祀活动有着密切关系"[2]，娱神功能是主要的，祭祀祈福的目的是突出的，所以，花儿的演唱要依据不同的场合注意演唱内容。还有很多民歌都有专门在婚丧嫁娶等礼俗中演唱的曲目或曲调，如各族民歌中的嫁女歌、哭嫁歌、酒歌等，都与传统礼俗依附共生。

在传统音乐、传统舞蹈、传统戏剧、曲艺等表演艺术类非遗中，的确

---

[1] 湖南省艺术研究所.目连戏研究论文集［C］.湖南：艺海编辑部，1993：4.
[2] 柯杨."花儿"溯源［J］.兰州大学学报（社会科学版），1981（2）：60-68.

有许多形态展现了民众对礼乐文化的精神诉求。《礼记·乐记》中说:"乐者,天地之和也,礼者,天地之序也。和,故百物皆化;序,故群物皆别。"秩序与和谐是礼乐文化的主旨。民间礼俗用乐彰显了社会、实用、教育、审美和娱乐功能,这是中国传统礼乐文化被民众认同的意义所在。

三、表演艺术类非遗传承与发展的困境

非遗是全人类共同的记忆和财富,改革开放以来,我国在非遗保护与传承方面走了一条从民间自发到政府主导的道路,取得了突出的成就,同时,也存在着一定的困境。农耕文化是中华传统文化的根基,对表演艺术类非遗而言,最突出的困境就是随着现代化和城镇化的持续深入,传统的农耕文化生态已不同于过去,生长于农耕文化土壤的表演艺术类非遗的当代传承是个普遍存在的社会难题。

现代化和城镇化改变了生长于农耕社会的生态,我国的自然乡村大量消失,农村人口大幅度减少。从国家统计局公布的数据来看,全国的乡村数从2000年的23199个减少到2022年的8227个,23年间减少了65%。全国的城镇化率从1949年的10.64%到1978年的17.92%,30年间增幅为7.28%;从1978年的17.92%到2000年的36.22%,23年间增幅为18.30%;从2000年的36.22%到2022的年的65.22%,23年间增幅为29.00%。青壮年农民进城务工,大量农村人口向城镇迁移,乡村精英大量流失,乡村人口老龄化程度加剧,一部分留守儿童长大后还是进城务工……乡村传统文化快速消失,乡村活力日渐衰落。这些改变几乎影响到了非遗的所有领域,其中影响最大的就是表演艺术类非遗。以传统乡村为传承基地的非遗正在失去传承人,生长于农耕社会的礼俗逐渐被边缘化,削弱了民间传承人的信心。很多乡村很难再组织起以往全民参与的鼓舞、秧歌、社火等活动,乡村传统文化正在遭遇着前所未有的危机,要么快速消失,要么孤芳自赏,要么在快速的现代化和城镇化进程中迷失。

表2　全国行政乡数统计表

年份(年)	2022	2021	2020	2019	2018	2017	2016	2015	2014	2013	2012	2011
全国(个)	8227	8291	8809	9921	10253	10529	10872	11315	12282	12812	13281	13587

年份(年)	2010	2009	2008	2007	2006	2005	2004	2003	2002	2001	2000
全国(个)	14571	14848	15067	15120	15306	15951	17451	18064	18639	19341	23199

数据来源：根据国家统计局数据制表，网址：http://xzqh.mca.gov.cn/statistics/

表3　全国乡村人口数统计表

年份(年)	2022	2021	2020	2019	2018	2017	2016	2015	2014	2013
全国人口总数(万人)	141175	141260	141212	141008	140541	140011	139232	138326	137646	136726
乡村人口数(万人)	49104	49835	50992	52582	54108	55668	57308	59024	60908	62224
占比(%)	34.76	35.28	36.11	37.29	38.50	39.76	41.16	42.67	44.25	45.51
城镇化率(%)	65.22	64.72	63.89	62.71	61.50	60.24	58.84	57.33	55.75	54.49

年份(年)	2012	2011	2010	2009	2008	2007	2006	2005	2004	2003
全国人口总数(万人)	135922	134916	134091	133450	132802	132129	131448	130756	129988	129227

续表

年份（年）	2012	2011	2010	2009	2008	2007	2006	2005	2004	2003
乡村人口数（万人）	63747	64989	67113	68938	70399	71496	73160	74544	75705	76851
占比（%）	46.90	48.17	50.05	51.65	53.01	54.11	55.56	57.01	58.24	59.47
城镇化率（%）	53.10	51.83	49.95	48.34	46.99	45.89	44.34	42.99	41.76	40.53

年份（年）	2002	2001	2000	1999	1998	1988	1978	1965	1949
全国人口总数（万人）	128453	127627	126743	125786	124761	111026	96259	72538	54167
乡村人口数（万人）	78241	79563	80837	82038	83153	82365	79014	59493	48402
占比（%）	60.91	62.34	63.78	65.22	66.65	74.19	82.08	82.02	89.36
城镇化率（%）	39.09	37.66	36.22	34.78	33.35	25.81	17.92	17.98	10.64

数据来源：根据国家统计局数据制表，网址：http://xzqh.mca.gov.cn/statistics/

吴天明导演的电影《百鸟朝凤》真实地反映了这一社会现实。这部电影讲述了在不同时代背景下，乡村传统礼乐文化代表——唢呐在两代唢呐匠之间的不同境遇，引起人们对乡村传统礼乐文化传承的思考。乡村的传统礼乐文化是当地百姓喜闻乐见的，也是为了满足当地乡村百姓对精神生活的需求而存在的。婚丧嫁娶是农村人一生中最重要的几件事，一杆唢呐全部参与其中，作为传统民俗文化载体的唢呐，支撑了乡村里的礼俗活动，造就了村民们独特的精神家园，也是村民对乡村的认同感与归属感的体现。随着生活水平的提高，村民手里的钱多了，对精神文化的需求也多了起来，外来文化的出现给村民的精神生活带来了更丰富的体验，但也给乡村传统文化带来了巨大冲击。民众审美观念的转变，导致乡村传统文化的生存空间急剧减少，直接导致"游家班"的解散，这是外来文化的输入给中国乡村本土文化生存带来的危机。

维特根斯坦说："传统不是谁都学得会的东西，不是某个人只要什么时候愿意就能捡起来的一根线，正如你不能选择自己的祖先。"[①] 乡村文化是动态的生命体，传统乡村文化是中华传统文化的精髓。表演艺术类非遗是生长在自给自足的中国农耕社会、伴随着中华传统文化的生长而生长的文化艺术形式。但在中国社会走向现代化的过程中，表演艺术类非遗随着现代化的进程而出现式微端倪，要么因金钱而失去道德规范，要么因坚守自我而日趋衰落。传统的农耕文化生态在快速的现代化和城镇化进程中发生了巨大的变化，这也是目前乡村表演艺术类非遗所遭受的最突出的困境。

四、礼乐文化视野下表演艺术类非遗传承与发展的思考

恩格斯曾指出："一切社会变迁和政治变革的终极原因，不应当在人们的头脑中，在人们对永恒的真理和正义的日益增进的认识中去寻找，而应当在生产方式和交换方式的变革中去寻找。"[②] 按照辩证唯物主义的观

[①] 维特根斯坦.文化和价值：维特根斯坦笔记：修订本［M］.许志强译.杭州：浙江大学出版社，2020：166.

[②] 中共中央马克思恩格斯列宁斯大林著作编译局.马克思恩格斯选集：第三卷［M］.北京：人民出版社，2009：579.

点，生产方式的变革对社会变迁有决定性的影响。经济基础决定上层建筑，上层建筑是经济基础的反映。作为上层建筑的非遗必定会随着社会生产方式的变革而做出改变。文化的发展是累积式的，而非取代式的，比如，打字机和电脑的出现不能取代书法，而电脑的出现取代了打字机。文化的持续发展是人类文明存在的先决条件，所以，原生于农耕文化的表演艺术类非遗一定要在传承的基础上求发展。现代化是乡村文化不容回避的问题，本文认为，表演艺术类非遗要接受时代的洗礼和挑战，实现与现代化的有效衔接，要以社会主义核心价值观为引领，复兴礼乐文化，发挥表演艺术类非遗在乡村文化振兴中的作用；践行"双创"理念，使表演艺术类非遗作品创作和文艺展演推陈出新，夯实中华优秀传统文化的根基；通过教育普及和研究阐发将表演艺术类非遗有效地融入国民教育体系，增强青少年的文化自觉和文化自信。

（一）复兴礼乐文化，发挥表演艺术类非遗在乡村文化振兴中的作用

乡村是乡民生产生活的空间区域，乡村文化是乡民思想和心灵的归宿和坚实依托，它在过去发挥着重要作用，今天同样不可或缺。表演艺术类非遗与中华礼乐文化的核心价值具有一致性，这些都是经过历史的挑选和岁月的打磨后沉淀下来的最具有地方特色的文化，它们依靠习惯、传袭和信仰约束人们的行为意识，世代相习，经过多代人的口耳相传才保留至今，是村民的精神家园。在物质生活与精神生活并不富裕的乡村，世代相袭的礼乐文化是村民们丰富精神家园的重要途径。在新时代，面对在现代化进程中活力衰微的乡村，党的十九大提出的乡村振兴战略为表演艺术类非遗的当代传承带来了机遇，"实施乡村振兴战略，是解决人民日益增长的美好生活需要和不平衡不充分的发展之间矛盾的必然要求，是实现'两个一百年'奋斗目标的必然要求，是实现全体人民共同富裕的必然要

求"①。我们要聚焦乡村振兴战略，重新认识表演艺术类非遗在新时代的价值和使命表达。

人类文化大致可分为理性文化和感性文化。理性文化主要是指制度性文化，感性文化主要是指以文学艺术形式表达的文化。理性文化是用来指明人民的努力方向、约束人民的行为、为社会秩序提供服务的，感性文化是让大众身心愉悦、友善和谐共处的。礼乐文化中的"礼"属于理性文化，"乐"属于感性文化。礼乐文化的核心价值与中华优秀传统文化的核心价值（仁、义、礼、智、信、廉、耻等）是一致的。社会主义核心价值观继承并发展了中华礼乐文化的核心价值。

表演艺术类非遗属于礼乐文化的范畴。从乐本体形态讲，古代乐舞是歌舞乐三位一体的综合艺术形式，历经几千年，在历史长河中"裂变"出说唱、戏曲、歌舞、器乐等多种形态，是一代代劳动人民生活智慧的长久积淀，是最深层的精神追求。如表演艺术类非遗中倡导的孝、仁、义、礼、智、信、和、诚、俭、廉等内容，在增进民族凝聚力、向心力和文化认同等方面起着重要的作用。"深入挖掘农耕文化蕴含的优秀思想观念、人文精神、道德规范，充分发挥其在凝聚人心、教化群众、淳化民风中的重要作用"②，充分发挥表演艺术类非遗的礼乐文化引领价值是实现乡村文化振兴的重要途径。

表演艺术类非遗在新时代的传承必须满足两个基本条件：一是非遗的生态要有丰沛的活力，二是非遗的基本精神符合时代需要。首先，良好的生态是表演艺术类非遗活态传承的基础。表演艺术类非遗最有效的保护与传承方式是让其真实地存活在民众的生活世界之中，即活态保护与传承。良好的文化生态的基本特征是有一个共同生活的群体，人们能较稳定地生

---

① 中共中央 国务院关于实施乡村振兴战略的意见［EB/OL］.（2018-02-04）［2023-12-21］. https://www.gov.cn/zhengce/2018-02/04/content_5263807.htm.

② 中共中央 国务院关于实施乡村振兴战略的意见［EB/OL］.（2018-02-04）［2023-12-21］. https://www.gov.cn/zhengce/2018-02/04/content_5263807.htm.

活、生产、交往。形成较稳定的生态环境，社会群体就会自觉地生发出相应的礼乐文化需求，就有相应的表演艺术类文化的传承。其次，非遗的基本精神要符合时代需要是表演艺术类非遗得以持久传承的基础。乡村礼乐文化复兴，不是重拾传统文化中的保守封建，而是以社会主义核心价值为引领，有选择地传承符合新时代价值标准的内容。原生态的表演艺术类非遗需要传承人和文艺工作者提取其优秀文化元素，融入现代化的设计，用新时代的精神和审美需求进行必要的修正与创新，令其获得新的活力。

总之，乡村是表演艺术类非遗生成的重要场域，在乡村振兴的大潮中，要充分认识乡村文化的价值，把握表演艺术类非遗的礼乐文化定位，将对其的保护与传承充分融入乡村文化建设之中，实现表演艺术类非遗对乡村文化振兴的有效推动，为乡村文化建设增添活力。

（二）践行表演艺术类非遗"双创"的理念，夯实中华优秀传统文化的根基

随着社会的发展、人民生活水平的提高、外来文化的冲击，乡村居民对文化的要求越来越高，对文化表现形式的多样性也有了渴望。我们不能将表演艺术类非遗在当代的消解归结于社会发展与进步，而更应该思考在新的时代背景下如何使表演艺术类非遗与新时代生活相契合。

表演艺术类非遗要"立足乡村文明，吸取城市文明及外来文化优秀成果，在保护传承的基础上，创造性转化、创新性发展，不断赋予时代内涵、丰富表现形式"[①]。创新性发展和创造性转化就是将传统文化中不适合现代社会发展需要的内容和形式进行修正和改造，根据时代需求补充并丰富中华优秀传统文化的内涵，增强其影响力和感召力，使其融入现代社会的文化生活，激活中华优秀传统文化在新时代的生命力。"源远流长的优秀传统文化是与我们一脉相承的遗产，它有助于我们嚼碎现在、跨越现

---

① 中共中央 国务院关于实施乡村振兴战略的意见[EB/OL].（2018-02-04）[2023-12-21]. https://www.gov.cn/zhengce/2018-02/04/content_5263807.htm.

在。此时此刻，最重要的是我们自身，需要我们从更全面的角度展望、重组传统文化，创造出比原先更优秀的东西，让它们在新的体系中焕发光彩。"①无论"转化"还是"发展"，都是一种新的阐释。非遗是历史和文化的载体，是民族认同感和凝聚力的体现。随着社会的进步和人们审美观念的变化，表演艺术类非遗也需要与时俱进，要在保留其核心技艺和价值的基础上，进行创造性转化和创新性发展。

表演艺术类非遗属于在场文化资源，具有稀缺性和可移动性，发展的路径主要是文艺演出。这就需要我们鼓励非遗传承人和文艺工作者对表演艺术类非遗进行技艺创新、内容创新和形式创新，赋予表演艺术类非遗项目新的生命力。文化传承需要坚持守正创新，"对文化建设来说，守正才能不迷失自我、不迷失方向，创新才能把握时代、引领时代"②。非遗传承人和文艺工作者要以社会主义核心价值观为引领，以礼乐文化为主旨，赓续中华文脉，要有人民立场，以人民为中心，突出家国情怀和地方特色，讲好本土故事，推出同新时代相匹配的优秀作品。

非遗传承的核心是技艺与时代价值，能够让中华传统艺术的各种"技艺"被后人所继承，融入当代人的生活。技艺具有较强的稳定性和一定的变异性。技艺的稳定性是指被历代艺术家、传承人和受众认可的艺术创作的"精髓"，是一代又一代的传承人在从事某个艺术门类的创作中逐步"积累"起来的，让这种"精髓"传承下来是有时代需要的。技艺的"变异性"是指后代传承人对前代传承人创作手法的"扬弃"，即保留前代传承人创作手法的"精髓"，剔除前代传承人创作手法的"糟粕"或者曾经是"精髓"但已不被时代所崇尚的部分，增加时代要素，让"技艺"呈现出新的面貌，这体现出传承人们"应时而变"，在前人技艺的基础上，根据自己所处时代的需要而做的改变。技艺的稳定性保持了特定非遗项目的

---

① 吴子林，蔡宜平.传统即创造："毕达哥拉斯文体"创构的文化传承[J].南方文坛，2024（1）：62-68.
② 习近平.在文化传承发展座谈会上的讲话[J].求是，2023（17）：4-11.

基本样态，技艺的变异性让特定非遗项目焕发出新的活力。特定非遗项目的核心价值具有创造性和持久性魅力。创造性能给人带来愉悦感，持久性是建立在创造性的基础上的，因创造而被民众长期认可。因此，"真正意义的'创新'应是'推陈出新'，是一种'旧中之新'，即有历史、有渊源的新"[①]。创新的方式有很多种，例如，可以通过与其他音乐形式的交流与融合，产生新的音乐形式和风格；可以通过技术的运用和创新，丰富传统表演艺术的表达方式和传播途径；可以通过与文学、戏剧、舞蹈等艺术形式的结合，拓展传统表演艺术的内涵和表现力。

创造性转化和创新性发展是传承与发展表演艺术类非遗精髓的根本途径，非遗传承人和相关文艺工作者要践行"双创"理念，对表演艺术类非遗的创作和文艺展演推陈出新，使表演艺术类非遗在保持其独特魅力的同时，也能够适应时代的需求，焕发出新的生机和活力，夯实中华优秀传统文化的根基。

（三）将表演艺术类非遗有效地融入国民教育体系，增强人民的文化自觉和文化自信

中华文明是世界上唯一没有断流的文明，其得以保存和持续传承的重要因素之一就是靠教育。《学记》中说，"建国君民，教学为先"，"欲化民成俗，其必由学乎"。在建设和治理国家的过程中，教育应居于首位；想要培养民众的风俗习惯，必须依靠教育。倡导并在教学实践中传承非遗的第一人就是儒家学派创始人——孔子。孔子被困在匡地时说："文王既殁，文不在兹乎？"（周文王已死，文化不就在我这里吗？）孔子带领弟子修订六经（《诗》《书》《礼》《乐》《易》《春秋》），以传承中华传统文化为己任，并将其教给弟子们。

[①] 吴子林，蔡宜平.传统即创造："毕达哥拉斯文体"创构的文化传承［J］.南方文坛，2024（1）：62-68.

首先，将非遗融入基础教育体系是最有效的活态传承途径。《义务教育艺术课程标准（2022年版）》明确艺术课程要"传承和弘扬中华优秀传统文化、革命文化、社会主义先进文化，坚定文化自信，铸牢中华民族共同体意识"[①]，课程内容要"坚持以中华优秀传统文化为主体"，要求学生要"学习和领会中华民族艺术精髓"。新课标对中华优秀传统文化的重视程度是前所未有的。我国地域辽阔，民族众多，各地区各民族都拥有丰富的民间艺术，新课标中也提出了要"广泛而有针对性地利用地方和社会文化资源"对"乡土音乐、民间美术、民间舞蹈、地方戏剧（包括戏曲）资源"[②]加以利用的原则。民族音乐学家杜亚雄教授也提出了"国民音乐教育是传承音乐类非物质文化遗产最重要的手段"[③]的观点。教育部门要充分利用资源，督促学校开设非遗美育相关课程和活动，鼓励各地建设非物质文化遗产代表性项目特色中小学传承基地，要让非遗在贴近其生存土壤的空间里传承和发展。

　　其次，高校和科研院所是非遗保护与传承研究阐发和人才培养的主要阵地。高校拥有人才培养优势和专业资源优势，在非遗的保护和传承方面贡献突出，比如对花儿的抢救性保护和整理工作做得最成功。20世纪80年代有一批全国著名的专家学者深入基层，出版了大量有关花儿的研究成果，如兰州大学的柯杨先生、西北师范大学的卜锡文教授、西北民族大学的郝慧民教授等。他们的研究成果是"甘肃花儿"成功申报联合国教科文组织的世界级非遗名录的重要基础。近年来，全国各高校将表演艺术类非遗引入课堂教学，从学科建设、人才培养、教学方法等方面入手，培养具有非遗理论与实践能力的双师型老师，推动表演艺术类非遗在高校的研

---

① 中华人民共和国教育部.义务教育艺术课程标准（2022年版）[S].北京：北京师范大学出版社，2022：7.
② 中华人民共和国教育部.义务教育艺术课程标准（2022年版）[S].北京：北京师范大学出版社，2022：158.
③ 杜亚雄.国民音乐教育是传承音乐类非物质文化遗产最重要的手段[J].中国音乐，2023（6）：141-144，155.

究、传承与发展。当然，表演艺术类非遗的学校传承是一项复杂的系统工程，它会涉及多方面的问题，如学科建设、人才培养、课程设置、教学方法、学校的管理理念、学生素质等，这些都是需要我们教育工作者研究的课题。

新时代教育要坚持立德树人，着力培育和践行社会主义核心价值观，这是凝魂聚气、强基固本的基础工程。表演艺术类非遗是民族记忆、民族精神的重要载体，是民族凝聚力的主要源泉，学校开展非遗美育，有助于青少年切身认识中华优秀传统文化的精神和价值，提高对中华优秀传统文化的认同感，提升文化自信，唤醒文化自觉，实现从"文化自知"到"文化自信"再到"文化自觉"的转变。

礼乐文化实实在在地活态存在于民间礼俗活动中，我们首先需要从观念上建立对非物质文化遗产的价值性认知，并在整体把握和继承的前提下进行保护、传承与发展，才能真正使非遗显现应有的时代风貌，实现可持续发展。

关于中国文化传承发展的几点思考

张新科　河北大学

2023年6月2日，习近平总书记在北京出席文化传承发展座谈会并发表重要讲话，该讲话甫一发布，就引起了文化艺术学界学习和研讨的热潮，该讲话也成为当下指引中国文化艺术发展的最新纲领性文件。讲话一共分为三大部分，分别为"深刻把握中华文明的突出特性""深刻理解'两个结合'的重大意义""更好担负起新的文化使命"，三大部分之间具有内在的逻辑性，通过对每个部分的学习和阐发，我们可以更好地理解讲话精神从而促进中国文化的传承发展。

一、中华文明五个突出特性的内在逻辑

习近平总书记指出，中华文明具有五个突出特性，分别是连续性、创新性、统一性、包容性和和平性。这五个突出特性是从中国历史、中国实践中总结出来的，是对中华文明特征的深刻、精准把握。每个突出特性都有丰富的内涵，这五个突出特性之间也具有一定的内在逻辑。

第一，中华文明突出的连续性体现了文明的主体性与独特性。中华文明历史悠久、源远流长，正如习近平总书记指出的，"中华文明是世界上唯一绵延不断且以国家形态发展至今的伟大文明"[1]。这种厚重的历史

---

① 习近平.在文化传承发展座谈会上的讲话[J].求是，2023（17）：4-11.

不仅给我们留下了丰富的文化遗产，同时也赋予每一位中华儿女认识文化历史尤其是把握中华文明精神内核的使命和责任。因为只有一代又一代中华儿女不断认识、理解我们的文明，中华文明才能绵延不断；而绵延不断的中华文明又像一块块活化石，是今人认识、理解和把握中国历史的载体。中华文明突出的连续性源自悠久的历史时空，当我们今日吟诵"关关雎鸠，在河之洲"时，仿佛感受到了古人对爱情的向往；当我们面对"三星堆"出土的"青铜人头像"时，仿佛感受到了面具背后那个人的温度；当我们站在曲阜孔庙孔子像前时，仿佛听到了孔圣人对弟子的谆谆教诲……正是因为具有这种突出的连续性，中华文明才给予我们足够的文化资源去认识中华民族和中华文明的主体性和独特性。所谓主体性，强调的是中华文明的独立自足性，即中华文明不是依附于其他文明的附属文明；所谓独特性，强调的是中华文明与其他文明的差异性。不论是宏观层面一个国家、一个民族的文化，还是微观层面作为个体的人，都需要用主体性来确证自己的自足独立性、用独特性来表征自我与他者的差异性。相传古希腊德尔斐的阿波罗神庙柱子上刻有三句箴言，其中一句就是"认识你自己"；中国古代也有"吾日三省吾身"的自我反思之论；法国画家保罗·高更有一幅著名的画作，名字是《我们从哪里来？我们是谁？我们要去哪里？》；中央广播电视总台的《中国诗词大会》《中国书法大会》《中国考古大会》等节目带领我们在中国传统文化艺术的世界里穿梭……这些都表明，认识自我和自我文化对于一个个体和一个国家、民族的重要性和必要性，而中华文明的突出连续性既给我们提供了认识自我文化的宝贵丰富资源，同时也赋予我们认识中华文明、传承中华文明的历史使命和时代责任。

第二，中华文明突出的创新性体现了文明的时代性和发展性。"中华文明是革故鼎新、辉光日新的文明，静水深流与波澜壮阔交织。连续不是停滞、更不是僵化，而是以创新为支撑的历史进步过程。"[①] 习近平总书记

---

① 习近平.在文化传承发展座谈会上的讲话[J].求是，2023（17）：4-11.

的这一论述，将中华文明的连续性和创新性连接在一起。如果说连续性给我们提供了一片历史的天空，那么创新性则为我们提供了面对时代变革的发展动力。何为创新？创新不是哗众取宠，也不是无中生有。创新是传统文明为了适应新的时代、新的社会、新的生活而发生的良性变革，也就是说，中华文明的创新性是与中华民族的历史、社会和生活紧密相连的，诸如四大发明、二十四节气等，都是中国劳动人民智慧结晶的生动体现。创新是事物自我变革的动力，没有创新，事物就会陷入僵化、停滞的状态，必将被发展变化的世界所抛弃。所以，从某种程度上来说，中华文明之所以具有突出的连续性，离不开其突出的创新性，正是因为一代又一代人的不断创新，形成适应那个时代与社会中人民生活的文明，才形成了中华民族连绵不绝的文明。此外，这种创新性也并不是对历史传统的全盘否定，对自我的完全否定也就是解构了自我存在的必要性与独特性。所谓"守正不守旧、尊古不复古"，"守正"指的是要坚守中华文明的正统——整体的精神内核，而非局部的外在形式；"不守旧"指的是对于那些不合时宜、不再适应时代的东西，要坚决抛弃；"尊古"指的是在态度上我们要尊重历史传统，因为任何事物都存在于一定的历史语境之中，我们不能用今人的眼光去指摘古人的长短，比如古人"天圆地方"的观念在很多文化艺术中都有所体现，我们不能因为这种观点"不科学"就嘲讽古人；"不复古"指的是在行动中不能把古人的一些传统绝对地在当下生活中复现，否则就像一些影视作品中古人穿越到现代那样，产生一种令人啼笑皆非的龃龉感。创新性不仅提供了自我变革的动力，而且也是一个民族、一个国家能够迎接新挑战、接受新事物的一个重要保证。

第三，中华文明突出的统一性体现了文明的稳定性和体系性。中华文明作为一个概念，也是在历史中逐渐形成并完善的，但经过历史的沉淀和积累，中华文明逐渐成为一种具有相对稳定性和体系性的文明。中华文明内容丰富，比如不同民族、不同地域、不同时代都形成了具有一定特色的文明，但是在异彩纷呈的诸多文明形态中，又形成了以儒释道为主的精神内核，也就是说，从历时层面来看，中华文明的统一性体现了它的稳定性。与此同时，从共时层面来看，中华文明的统一性则体现了它的体系性，也就是说，虽然中华文明是由多种不同的文明形态组成的，但中华文明并不是一个个部分的简单罗列或拼凑。

第四，中华文明突出的包容性体现了文明的开放性和交流性。"中华文明从来不用单一文化代替多元文化，而是由多元文化汇聚成共同文化，化解冲突，凝聚共识。中华文化认同超越地域乡土、血缘世系、宗教信仰等，把内部差异极大的广土巨族整合成多元一体的中华民族。越包容，就越是得到认同和维护，就越会绵延不断。中华文明的包容性，从根本上决定了中华民族交往交流交融的历史取向，决定了中国各宗教信仰多元并存的和谐格局，决定了中华文化对世界文明兼收并蓄的开放胸怀。"[①] 习近平总书记的这段论述对中华文明突出的包容性做了精准的阐释。中国自古就推崇"有容乃大"的品格，这不仅是指个体的思想行为，更成为中华文明的一个突出特性。文明"包容性"的前提是"开放性"，因为只有开放，才能实现不同文明的交流互动；而"包容性"的结果应该是文明的"交流性"，这种交流性使得世界不同文化之间形成"你中有我、我中有你"的复杂形态，世界多元文明之间之所以能够形成某种共性或密切联系，"交流"起到了非常重要的作用，我们很难想象如果世界不同文明之间是完全没有交流、毫无联系的状态，人类的社会生活会怎样，这个地球村会怎样。

第五，中华文明突出的和平性体现了文明的自觉与自信。上述中华文明突出的连续性、创新性、统一性、包容性使中华文明屹立于世界东方而熠熠生辉，这也在某种程度上使中华文明本身就内蕴了和平性。"和平、和睦、和谐是中华文明五千多年来一直传承的理念，主张以道德秩序构造一个群己合一的世界，在人己关系中以他人为重。倡导交通成和，反

---

① 习近平.在文化传承发展座谈会上的讲话[J].求是，2023（17）：4-11.

对隔绝闭塞；倡导共生并进，反对强人从己；倡导保合太和，反对丛林法则。"[1] 中华文明自古以来就崇尚"以和为贵"，因为中国以农业文明为主的社会本身就强调人与自然的和谐——通过祈求风调雨顺来获得丰收，而不是通过侵略别人获得财富，强调人与人的和谐——小农经济的自给自足就可以满足自身需要，而不需要过于强调向外扩张。

总之，习近平总书记所阐释的中华文明的五个突出特性——连续性、创新性、统一性、包容性、和平性——是一个具有内在逻辑的有机整体，每个突出特性都从不同层面对中华文明进行了精准概括和阐释，连续性强调了文明的历史性，创新性强调了文明的发展性，统一性强调了文明的稳定性，包容性强调了文明的交流性，和平性则是中华文明独特的价值追求。通过学习近平文化思想，我们可以更好地理解中国文化、中华文明。

二、如何发挥中国传统文化的当代价值

在当代世界，一方面文化多元性可以促进不同文化之间的交流与互动；另一方面强势文化往往可以对弱势文化产生主导作用。中华民族要想在世界民族之林中立足，中国文化要想在世界文化中保持住特色，就需要从中国优秀传统文化和民族文化中汲取营养。因为历史悠久的中国传统文化深深地体现着中华民族的审美特性与精神诉求，是中华民族的根与魂。正如费孝通先生所说，文化自觉的目的不是复旧，也不是全盘西化，而是加强对文化转型的自主能力，取得决定适应新环境时文化选择的自主地位。也就是说，我们要思考在当今世界不同文化接触、碰撞的情况下，如何发挥中国传统文化在当今社会的价值这一深刻问题。

文化是什么？"文化在哪里？就在人们生活的行为和意识中。文化是代代相传的，是有子有孙的。它靠一个个人在他们生活中表现，改变和发

---

[1] 习近平. 在文化传承发展座谈会上的讲话[J]. 求是，2023（17）：4-11.

展着，日新不已。我们作为一个中国人，就应当深入到中国的社会文化、中国人的生活中去认识自己文化的历史和现状。"①按照费孝通先生的理解，文化与我们的生活息息相关。所以，要想实现中国传统文化在当今社会的价值，我们应该关注传统文化对当今社会生活的影响。

文化与生活紧密相关，想了解一个国家的文化，最好先了解这个国家的生活，而想适应一个国家的生活，最好先了解这个国家的文化。当一个人对某个国家的文化了解、掌握并认同、赞赏以后，这个人的人生观、价值观、世界观以及生活方式都可能会发生改变。按照马克思主义唯物辩证法，我们可以认为，一个人的生活方式决定着他的文化范式，同时一个人的文化范式也影响着他的生活方式。所以，当下我们强调中国传统文化具有两个重要作用与意义：第一，从精神层面来说，这展现了中国文化的丰富多彩与美好，从而引起国人重视传承与发扬中国传统优秀文化，找到中国人的信仰与精神归宿。

第二，从实践层面来说，通过展现中国文化的独特性与魅力，让更多的中国人热爱中国文化，进而构建一种具有中国特色的生活方式。因为文化不是空洞的，它需要生存发展的土壤和语境，而最好的土壤和语境就是我们的生活方式。文化是可以衰弱甚至灭绝的，但人总是要生活的，选择何种生活方式，就决定了选择何种文化。那些经常在《红楼梦》等中国传统文学作品中出现的诸如对诗、焚香、品茗、弹琴等生活场景，现在正慢慢复苏，越来越频繁地出现在我们当下的生活中，这可谓一种具有中国特色的生活方式。当然，这并不是要搞形式主义，而是希望那些真正热爱中国传统文化的人能够越来越多地融入这种具有中国范儿的生活。这种中国范儿的生活方式，或许能够在日趋同化的全球社会背景下成为区别于其他民族、国家的中华民族的标记或符号。同时，这种具有中国特色或者中国范儿的生活方式，还要考虑到中国这个拥有五十六个民族的多民族大家庭

---

① 费孝通. 文化与文化自觉 [M]. 北京：群言出版社，2016：399.

的复杂性和特殊性，让每个民族都能够在发展进步的同时保持本民族的特殊性。

总之，我们可以通过让生活充满更多中国传统文化和民族文化的因素，来形成一种具有中国特色的生活方式；这种具有中国特色的生活方式又可以间接地促进中国文化的继承和发展。从精神层面讲，中国传统文化和民族文化一方面要适应社会生活的发展，为当今社会生活中的人们提供独特的审美范式（创新性）；另一方面要充分认识到中国传统文化的悠久历史性（连续性），形成一种民族意识和家国意识，从而为当代中国社会和中国人提供一种精神价值的向心力（统一性）。我们应该借着文化自觉的东风，让中国文化在多元的世界文化中既能与异文化和谐交流、共同发展，又能保持住自己的独特性与民族性，让中国文化从自觉走向自信，从自信走向自强。

三、传承传统文化的三大途径："三化"

具有五千多年历史的中华民族积淀了丰富多彩、辉煌灿烂的民族文化。如何让这些优秀的传统文化得以传承和发展，在当代社会成为一个越来越值得思考的深刻问题。本文认为，传承中国传统文化可以从三个途径出发，即教育、艺术和生活。每个途径都有自己独特的内涵、价值和意义。

首先，内化于心，通过教育传承中国传统文化的思想观念。中国传统文化的一个核心内容就是以儒、道、禅为一体的思想系统，这也体现了中国传统文化的丰富性、开放性和包容性。要想把握中国传统文化的精神内核，就需要对它的思想体系进行学习和理解，因此教育在这里起着至关重要的作用。从这个角度来看，让青少年学习四书五经、古典诗词等国学经典是非常有意义的一个举措。但是不能让学习中国传统经典成为一种形式主义——为了考试而学习、为了背诗而背诗，这与让中国传统经典进教育的真正目的——学习理解中国传统文化的精神内核背道而驰。只有通过教育让中国传统文化的思想观念内化于每一个中国人的心中，才能在传承中国传统文化的过程中把握住其精神内核。

其次，美化于艺，通过艺术传承中国传统文化的表现形式。中国传统文化具有丰富多彩的表现形式，而中国传统艺术可以说是其最集中的表现形式。中国戏曲种类繁多，不论是昆曲、京剧，还是黄梅戏、河北梆子，其化妆、服装、语调、唱词、身段、步法无不体现着中国特色，与欧洲的歌剧、日本的能剧等外国戏曲艺术明显不同。中国的水墨画使用宣纸、毛笔、墨汁，讲究"逸笔草草，不求形似"，追求在一幅有限的画境里觅得无限的天地，才有了"马一角""夏半边""留白"等绘画手法，这与西方油画的画布、笔刷、颜料等工具以及将绘画当作科学从而追求客观、逼真的传统绘画态度也大相径庭。中国书法更是发展出篆书、隶书、楷书、行书、草书等多种字体，成为世界艺术中的一朵奇葩。中国传统艺术就是对美和中国传统文化的集中体现，是中国传统文化美的精华所在。

最后，外化于行，通过生活传承中国传统文化的行为范式。"文化传统决非仅仅滞留于博物馆的陈列品和古籍室的线装书之间，它还活跃于今人和未来人的实践当中，成为其思想—行为范式的重要构造因素。"[①] 传承中国传统文化不能仅仅停留在思想上，还应身体力行，落实到人们的生活实践中，构成具有中国特色的思想—行为范式。中华民族在华夏大地躬耕多年，已形成许多对自然和生活的认识。比如"二十四节气"就是中国先人指导农业耕种的历法，体现了中国古代人民的智慧；包括清明节、端午节、中秋节、重阳节、春节等在内的中国传统节日则清晰地记录着中华民族丰富而多彩的社会生活文化内容。注重调理、治根的中医让中国人以一种特殊的方式联系着自然与人的身体，针灸、拔火罐等古老的医疗智慧在海外悄然盛行。不仅如此，品茗、焚香、抚琴、对诗等生活场景也越来越

[①] 冯天瑜，何晓明，周积明.中华文化史［M］.3 版.上海：上海人民出版社，2010：4.

多地出现在我们当代的社会生活中。所以，我们要通过让生活充满更多中国传统文化和民族文化的因素，来形成具有中国特色的生活方式，而这种生活方式又可以间接地促进中国文化的继承和发展。

总之，传承和发展中国传统文化已成为当代中国文化自觉的一个生动体现。从内涵上来说，"内化于心"是指通过教育传承中国传统文化的思想观念，其内容主要是包括四书五经、古典诗词等在内的中国传统国学经典。"美化于艺"是指通过艺术传承中国传统文化的表现形式，其内容主要是包括戏曲、绘画、书法、玉器、园林等在内的中国传统艺术。"外化于行"是指通过生活传承中国传统文化的行为范式，其内容主要是包括中医、传统节日和风俗等在内的中国传统生活习俗。在实施的过程中应该遵循"古今中外、优胜劣汰"的原则，即传承中国传统文化不能厚古薄今或厚今薄古，也不能崇洋媚外或唯我独尊，还要"取其精华、去其糟粕"，也就是说要坚持开放、发展和辩证的态度。三个途径虽各有不同，但殊途同归，它们的最终目的都是实现中国的文化自觉，进而为实现中华民族的伟大复兴提供精神动力。

四、以文化自觉促进艺术自觉

从文化自觉到文化自信，再到文化自强，这三个阶段代表着复兴中国传统文化的完整过程，文化自觉应是这一过程的基础。而艺术作为文化的精华，是文化的重要载体和集中展现。如何才能让中国传统艺术在促进中国文化自觉、复兴中国传统文化的过程中发挥其应有的作用，这对中国艺术工作者来说是一个亟须解决的重要问题。为此，我们可以从费孝通先生的"文化自觉"思想中获得对艺术工作的启发，以文化自觉促进艺术的深层自觉，让中国的艺术工作能够与时代呼应、与社会接轨，从而助力中国传统文化的全面复兴。

文化自觉的前提是开放。如果一种文化保持自我封闭的状态，就无所谓与他文化的关系了，封闭的文化状态往往会因为失去与他文化的交流而没有生气最终逐渐走向衰弱。这对艺术工作的启发就是，艺术也不能完全与社会、与生活、与时代隔离开，即不能是极端的"艺术本位"的范式或者说单一的"为艺术而艺术"的价值诉求。《文化部"十三五"时期文化发展改革规划》（以下简称《规划》）指出，繁荣艺术生产创作要"聚焦中国梦时代主题"，要"深入生活、扎根人民"，这体现了将艺术与时代、与生活密切联系起来的文化精神。"问渠那得清如许？为有源头活水来。"时代和生活必将为繁荣中国艺术提供源源不断的素材和动力，而艺术的繁荣也将推动和提高时代与生活的审美层次和追求。

文化自觉的基础是认识自我文化、他文化及二者关系。正如费孝通先生所说，"要认识自己的文化，理解所接触到的多种文化"。文化自觉不是自卑、不是自大，也不是盲目追求绝对平等，而是理性地看待中国文化与外国文化。因此，我们一方面要关注中国传统艺术，比如2017年发布的《中国传统工艺振兴计划》中指出的主要任务之一就是"建立国家传统工艺振兴目录"。这就要求我们对自己的传统工艺有一种摸清家底的自知；另一方面还要理性地理解外国艺术，既不能盲目排外，认为只有中国的艺术才是最有价值的，也不能崇洋媚外，认为外国的艺术才代表着先进、科学；同时，还要用科学对比的眼光和方法发现中外艺术之间的联系和区别。

文化自觉的途径是"古今中外、优胜劣汰"。费孝通先生指出，认识自己的文化，要根据其对新环境的适应力决定取舍；而理解所接触的文化，就要取其精华，去其糟粕，加以吸收。在艺术工作中，对于古今中外的艺术我们都应坚持实事求是的原则，认识其特征、价值与局限，从而发扬其优点，改善其弊端，使传统艺术既能保持住其精神内核，又可以适应时代和社会的发展。《规划》指出"促进传统工艺走进现代生活、现代设计走进传统工艺"，这是对传统艺术与现代社会之间的关系做出的正确引导。

　　文化自觉的目的是"为我所用，共同发展"。费孝通先生用"各美其美，美人之美，美美与共，天下大同"来总结他对未来文化发展的愿景。"各美其美"就是说要自我认同，要保持中国文化的个性。"美人之美"是指要与外国文化进行交流对话。"美美与共，天下大同"则是一种世界多元文化和谐发展的盛况。在艺术工作中，我们应着重关注中国艺术的民族性和特殊性，因为这是中国艺术之为中国艺术的关键所在，也是中国文化独特性的重要组成部分。近年来，文化和旅游部大力推进中国传统工艺振兴以及非物质文化遗产传承保护工作，这正是对中国优秀传统艺术价值的肯定，是以文化自觉推动艺术自觉的生动体现。同时，我们还要认识到艺术作为人类的共同财富，也蕴含着某种世界性与一般性，这就需要我们加强与外国艺术的交流与互动，促进共同繁荣和发展。

　　文化自觉为艺术自觉提供了重要的文化资源，而艺术自觉则是文化自觉的深刻表现和重要载体。以文化自觉促进艺术的深层自觉，不仅有利于传承和发展中国优秀传统艺术，更是中国对人类文化多元性、艺术宝库丰富性做出的一份努力和贡献。

　　当下，中华儿女正如火如荼地走在民族伟大复兴的道路上，一个民族的复兴绝不仅仅是经济物质方面的振兴，从某种程度上来说，一个民族只有在精神文化方面实现了振兴，才可以称为真正的振兴。因为经济物质在本质上往往体现出普遍性，而一个民族的独特性和主体性只有通过精神文化才可以更好地体现出来。"以文化人，以美润心"。我们相信，在习近平文化思想的指引下，中国文化艺术工作者一定能够继续创作出更多丰富多彩、高水平、高质量的文艺作品，中国文化也一定能继续在世界文化之林中绽放出夺目的光彩。

中国式现代化语境下国事庆典活动的精神意蕴

孙萌竹　北京学校

本文以习近平文化思想为指导，以中国式现代化语境下的艺术思政大课堂为依托，立足近几年大型国事活动中仪式庆典内容的总结性评论，通过对国家仪式庆典中的文化形式、内容呈现等的解读，从马克思主义文化理论与习近平文化思想在艺术领域的联结的角度，揭示新时代文艺的政治性、思想性、艺术性和历史性内涵。

从1942年5月2日至23日的延安文艺座谈会到2014年10月15日习近平总书记在文艺工作座谈会上的讲话；从宏大庄严的国庆70周年阅兵到建党百年大型情景史诗《伟大征程》，再到世界瞩目的2022年北京冬奥会开幕式。国事庆典活动向世界展示了中国人民在中国共产党的领导下从站起来、富起来到强起来的伟大蜕变，也体现了渐进、渐悟、渐成的历史进程，折射出的是文化大发展大繁荣的强国战略，是民族复兴的伟大梦想，更是全民参与的大思政课堂。国家仪式庆典活动以一种新的叙事方式，带领国民走进全民参与的艺术思政大课堂，阔步走向中华民族伟大复兴的光辉未来！

文艺事业是党和人民的重要事业，文艺战线是党和人民的重要战线。1942年5月，毛泽东同志在硝烟弥漫的延安杨家岭召开的文艺工作者座谈会（史称延安文艺座谈会）为新中国的文艺播撒着春的希望。五月是韩愈眼里"五月榴花照眼明，枝间时见子初成"的纷繁浪漫，是白居易眼里"夜来南风起，小麦覆陇黄"的生生不息，是欧阳修眼里"五月榴花娇艳烘，绿杨带雨垂垂重"的娇艳欲滴，也是李白眼里"五月天山雪，无花只有寒"的壮志未酬誓不休。从诗人笔下的五月，便不难看出中国传统美学中"意"与"蕴"的精神气质，亦能直观"文以载道"的核心内涵。蕴藏着劳动汗水的五月，也承载着中华精神的历史，酝酿着真挚的热情，携着五彩斑斓一路走来。毛主席在延安文艺座谈会上强调："我们要战胜敌人，首先要依靠手里拿枪的军队。但是仅仅有这种军队是不够的，我们还要有文化的军队，这是团结自己、战胜敌人必不可少的一支军队。"[①] 从此，文艺回到文艺的生活环境中，开启了文艺为人民服务的新征程，革命文艺也得以焕发新的生机。今天，中国文艺在新时代焕发出了新的光芒。在文化建设实践中形成并不断发展的习近平文化思想准确地回答了文艺的双重源泉，即丰富的社会生活和深远的历史文化。这正是新时代党领导文化建设实践经验的理论总结和对马克思主义文化理论中国化的巩固和发展。

2023年10月7日至8日，在北京召开的全国宣传思想文化工作会议，与以往相比有一个明显的不同，就是会议名称中增加了"文化"二字。尤为令人瞩目的是这次会议首次提出了"习近平文化思想"，这对于进一步加强文化建设，坚定文化自信，巩固文化主体性，建设中华民族现代文明，具有十分重要的理论和实践意义。

习近平文化思想，是习近平总书记关于中国特色社会主义文化建设的科学理论体系，其核心是对中国特色社会主义文化建设一般规律的系统阐释。其中明确提出了新时代新征程新的文化使命；系统阐释了中国特色社会主义文化自信；全面揭示了社会主义文化建设基本规律；系统提出了"七个着力"的文化发展战略。正确把握和认识习近平文化思想，对在新的起点上继续推动文化繁荣，建设文化强国，有着明体达用的现实意义和

---

① 毛泽东.在延安文艺座谈会上的讲话[M].北京：人民文学出版社，1967：2.

体用贯通的时代价值。

说起"体用",实则属于古典哲学的范畴,体现了中国传统智慧中经义与治事的有机结合,"明体达用、体用贯通"也是习近平文化思想从发展到形成的鲜明特征。"凡贵通者,贵其能用之也。"[①] "体"即本体,可看作以中华民族的民族精神、精神观念、优秀文化为核心的科学的思想理论。"用"即实践,具有学以致用的现实意义。那么,"体"与"用"的有机结合正是充分体现了在习近平文化思想指引下,理论与实践的辩证统一关系,阐明了理论指导实践的重大意义。总书记几次重要的国事讲话充分体现了习近平文化思想对于现实和本质的观照,奠定了习近平文化思想形成的重要基础。习近平总书记强调:"为什么要高度重视文艺和文艺工作?这个问题,首先要放在我国和世界发展大势中来审视""今天,我们比历史上任何时期都更接近中华民族伟大复兴的目标,比历史上任何时期都更有信心、有能力实现这个目标。而实现这个目标,必须高度重视和充分发挥文艺和文艺工作者的重要作用。"[②] 这是中国共产党历史上又一次开启了文艺发展的新纪元。2021年12月14日,在中国共产党成立百年之际,习近平总书记在中国文学艺术界联合会第十一次全国代表大会、中国作家协会第十次全国代表大会上发表重要讲话,站在中国共产党人百年奋斗史、中华文化衍化史、人类文明发展史的历史高度,用"为时代和人民放歌"深刻论述了文艺工作与新时代、新征程的密切关系。预示着经济崛起与文化复兴双驱动背景下的中国文艺,从"百花齐放"真正走向了"等闲识得东风面,万紫千红总是春"。

马克思主义认为意识形态是社会观念(或思想)上层建筑的重要部分,政治与艺术均为意识形态的表现形式。其中,仪式是使社会形成和谐状态的一种合理手段。国家仪式庆典活动既是艺术理论与实践的集中体现,也用艺术的姿态、时代的语言回答了文艺从哪里来、将到哪里去的重

---

① 王充. 论衡[M]. 陈蒲清,点校. 长沙:岳麓书社,1991:213.
② 习近平. 在文艺工作座谈会上的讲话[N]. 人民日报,2015-10-15(2).

要问题。它本着理论与实践相统一的原则，推动着思政小课堂与社会大课堂的融合发展。从本质上讲，它又一次证明了马克思主义理论关于历史逻辑、理论逻辑、实践逻辑辩证统一的客观规律，也奏响了文化兴国的时代强音。近几年来，几次重要的国家仪式庆典活动向世界展示了中国人民在中国共产党的领导下从站起来、富起来到强起来的伟大蜕变，也体现了渐进、渐悟、渐成的历史进程，折射的是文化大发展大繁荣的强国战略，是民族复兴的伟大梦想，更是全民参与的思政大课堂。

一、从空间的维度来看，国事庆典注重一以贯之地挖掘历史进程中孕育的精神认同

许多进步学者运用马克思主义进行哲学社会科学研究，在长期实践探索中，产生了郭沫若、李达、艾思奇、翦伯赞、范文澜、吕振羽、马寅初、费孝通、钱锺书等一大批名家大师，为我国当代哲学社会科学发展进行了开拓性努力。"'第二个结合'让马克思主义成为中国的，中华优秀传统文化成为现代的，让经由'结合'而形成的新文化成为中国式现代化的文化形态"[①]坚持把马克思主义基本原理同中华优秀传统文化相结合，既包括用中华优秀传统文化的表达方式和大众喜闻乐见的语言形式深入浅出地阐明马克思主义，也包括在内在的精神特质上体现中国式的智慧精神。凭借中华型传统导源的现代化呈现以达到内容与形式的统一，便是中国人认知和把握马克思主义的起点。

从宏大庄严的国庆70周年阅兵到建党百年《伟大征程》，国事庆典活动向世界展现了当代中国的精神风貌。北京冬奥会、冬残奥会，让中华文化以浪漫的方式再次站在了世界舞台的中央，用真正的"无与伦比"惊艳了世界。说起"浪漫"，一直以来很多人认为它是西方文化的专有名词，

---

① 习近平.在文化传承发展座谈会上的讲话[J].求是，2023（17）：4-11.

从西欧的"浪漫主义"到西方惯用的不畏现实的个人英雄主义情结，以最通俗的形式讲述着西方的浪漫主义情怀。直到北京冬奥会开幕式的成功举办，这浓墨重彩的"惊艳"让"中国式浪漫"成为国人刷屏的关键词，也从认知层面唤醒了国人关于"山色棱层出，荷花浪漫开"的文化记忆。这看似不经意流露的"中国式浪漫"实则是伟大的"中国经验"锻造出来的。古话有云：国之大事在祀与戎。相较于一贯以西方逻辑、范式、理论、话语体系的简单复制而言，注重本土的文化经验和传统尤其重要。中华文明独有的"连续式文明"的特质，便是在连续中有突破，在突破中有多元融汇，从而实现数千年连续发展，造就在艺术的表达层面中的独特经验。当下的"中国经验"来自中国共产党领导下的国人对于社会政治生活产生的感情和意识上的归属感，也是中国特色社会主义制度优势的真理性与科学性的体现，最终形成了伟大的精神架构以文艺为载体得以呈现的潜在逻辑规律。中华美学讲求托物言志、寓理于情，讲求言简意赅、凝练节制，讲求形神兼备、意境深远，强调知、情、意、行相统一的基本理念也在国之仪式庆典中体现得淋漓尽致。正如习近平总书记强调："全党要坚定道路自信、理论自信、制度自信、文化自信。当今世界，要说哪个政党、哪个国家、哪个民族能够自信的话，那中国共产党、中华人民共和国、中华民族是最有理由自信的。"[①] 历史的经验证明，一个民族、一个国家的繁荣昌盛、和谐稳定是以文化自信自强作为强大精神支撑的，民族国家走向衰弱和动荡，往往与人民失去文化自信相关。

2007 年，"文化软实力"被写入十七大报告，强调要激发全民族文化创造力，提高国家文化软实力。文化自信作为提升国家软实力的精神基础，党的十九大把文化自信和道路自信、理论自信、制度自信并列为中国特色社会主义"四个自信"，并写入了党章，以此系统阐释了坚持马克思主义之"魂"须坚守中华优秀传统文化之"根"的辩证统一关系。可

---

① 习近平. 庆祝中国共产党成立 95 周年大会上的讲话（2016 年 7 月 1 日）[J]. 求是，2021（8）：4-20.

见,"第二个结合"是又一次思想解放,相较于1978年提出的"实践是检验真理的唯一标准"的论断而言,"第二个结合"是站在五千年的丰厚历史文明的基础上,强调面向未来的探索和创新,是历史自信、文化自信的新高度。

二、从时间的维度上看,新时代文艺呈现出既向前流动又同时向后溯回的特性

"中华优秀传统文化源远流长、博大精深,是中华文明的智慧结晶,其中蕴含的天下为公、民为邦本、为政以德、革故鼎新、任人唯贤、天人合一、自强不息、厚德载物、讲信修睦、亲仁善邻等,是中国人民在长期生产生活中积累的宇宙观、天下观、社会观、道德观的重要体现,同科学社会主义价值观主张具有高度契合性。"[1]现代化不是单纯的现代化建设,而是一个复杂的社会运动过程。一场大规模的现代化进程,是整个社会要素的现代化,那么,文化的现代化发展采取什么形式,同样取决于它的社会条件和历史环境。"中华优秀传统文化是中华民族的精神命脉,是涵养社会主义核心价值观的重要源泉,也是我们在世界文化激荡中站稳脚跟的坚实根基。"[2]回顾国庆70周年天安门阅兵及群众游行活动,一场庄严而热情的群体性文艺活动从民生的角度体现了中华人民共和国成立70年来群众"自由、生动、欢愉、活泼"的精神面貌,从更深层面反映出中国特色社会主义制度在实践中焕发了强大的生机,是改革开放以来被实践检验证明了的、取得了全方位历史性突破及优势的制度体系,从而使得党的面貌、国家的面貌、人民的面貌、军队的面貌、中华民族的面貌发生了

---

[1] 习近平.高举中国特色社会主义伟大旗帜 为全面建设社会主义现代化国家而团结奋斗:在中国共产党第二十次全国代表大会上的报告[J].求是,2022(21):4-35.

[2] 习近平.在文艺工作座谈会上的讲话[N].人民日报,2015-10-15(2).

前所未有的变化。更值得一提的是，北京冬奥会、冬残奥会是在全球新冠疫情大流行的背景下举办的，中国人民历经 7 年艰辛筹备，兑现了"两个奥运"同样精彩的承诺，也充分证实了中国人言必信、行必果的大国风度。由此可见，中国式现代化是和平发展、合作共赢、共同富裕的现代化，是依靠辛勤劳动、艰苦奋斗创造出来的现代化。文明互鉴、人类命运共同体、共享的理念都是资本主义文明形态所不具有的，换句话说，这些理念突破、超越了西方现存的视野局限和观念局限，秉承着中华文明"厚德载物"的基因，是人类文明新形态的义理基石。因此，中国式现代化是社会主义的现代化，是更合乎全人类共同价值追求的文明形态。高效组织整合社会各方力量、严密监督社会保障各个环节，作为身在其中的文艺工作者，既充分体会到党领导的中国特色社会主义政治背景下的艺术创作优势，也又一次有力证明了我们的制度是具有集中力量办大事的政治优势的。正如习近平总书记所强调的："我们最大的优势是我国社会主义制度能够集中力量办大事。这是我们成就事业的重要法宝。"[①] 国家仪式庆典活动也正是在这样强烈的政治认同、情感认同的背景下，一次次激励着全体国民的民族自信，激发着全民参与的民族情感共振。

三、从意识结构的角度来看，礼乐和鸣厚植了中华民族共同体的家国情怀

传承中华文化绝不是简单复古，也不是盲目排外，而是古为今用、洋为中用，辩证取舍、推陈出新，摒弃消极因素，继承积极思想。"以古人之规矩，开自己之生面"，实现中华文化的创造性转化和创新性发展。[②] 民族文化自信的重铸具有辩证统一的马克思主义特性，固本方可培元，守正

---

① 集中力量办大事的显著优势 成就"中国之治"[N].人民日报，2020-03-13（9）.

② 习近平.在文艺工作座谈会上的讲话[N].人民日报，2015-10-15（2）.

引导创新是新时代文艺创作的风向,也是被历史见证了的艺术创作内在规律之一。《礼记·乐记》中说:"治世之音安以乐,其政和;乱世之音怨以怒,其政乖;亡国之音哀以思,其民困;声音之道,与政通矣。"自古以来,礼与乐被视为社会建构、文化建构和人格建构的两翼。从功能价值的角度来说,"礼"在规范社会秩序、塑造社会生活文化样式、稳定社会关系等多个方面起到了核心价值导向的主体作用,"乐"更多是作为一种传播的途径和礼仪规范,在文化思想领域给予人们更为直观的精神启迪。从追求社会与个人理想的高度统一以及"民之所欲,天必从之"等民本思想上来说,"礼""乐"的结合奠定了马克思主义基本原理同中华优秀传统文化相结合的内在契机。礼乐文化也是中华民族伦理道德文化中的核心内容,以现代视域审视,礼乐文化在"以文化人"的新时代文化氛围中仍蕴含着丰富价值。生逢盛世"国之大者"文艺从不缺席,盛世繁华也自有文艺的凝眸与书写。庆祝中华人民共和国成立70周年的"国之大典",习近平总书记给予了"气势恢宏、大度雍容,纲维有序、礼乐交融"的高度评价。纲维有序、礼乐交融也渗透着中华礼乐文化的新时代力量。子曰:"志于道,据于德,依于仁,游于艺。"[1]镌刻中国共产党百年沧桑的恢宏巨作《伟大征程》可谓"雄姿壮观,块轧河汉",天地共融的表达方式让历史成为艺术,用艺术的语言记录着初心与使命、讲述历史与未来、解读英雄与人民、集体与个人的辩证关系。彰显大国自信的北京冬奥会开幕式,从"雨水"起笔,至"立春"落定,这是中华历史文明的礼敬;从蒲公英的童趣挥洒到片片雪花编织的各国汇聚,亦是"各美其美"的礼乐交融;"青山一道同云雨,明月何曾是两乡"[2],从冰雪五环破冰而出到微火守护世界共融,象征着打破人际交往怀疑、猜忌、疏远的藩篱,就像打破严冬厚厚的冰层,传递着"美美与共"天下大同的大国情怀。大道之行也,天下为公,选贤与能,讲信修睦。有着悠久的中华传统文化作为积淀,有

---

[1] 文心工作室.论语[M].北京:中央编译出版社,2006:215.
[2] 乐云,黄鸣.唐诗鉴赏辞典[M].武汉:崇文书局,2020:82.

着特色社会主义文化、革命文化作为借鉴，有着坚定的民族精神和时代精神作为指引，我们常提起的"文化自信"自然有了根基也有了出处。

四、从意识形态的角度来看，情感交融中蕴藏着以人民为中心的根本遵循

习近平新时代中国特色社会主义思想是当代中国马克思主义、二十一世纪马克思主义，是中华文化和中国精神的时代精华，实现了马克思主义中国化新的飞跃。那么何为"新"？实则是共时态视角下的不同文化资源组合形成的新时代文化结构。新时代文化思想更为强调中华优秀传统文化的现代化转型与优秀文化基因的传承发展，以及中华优秀传统文化嬗变的历史态进程与文明互鉴的共时态交融和博弈。回望艺术发展的来时路，中国文艺在数千年的历史进程成中形成了具有鲜明特色的文化基因，中华优秀传统文化、红色革命文化、社会主义先进文化共筑的新时代文化结构，也造就了中国文艺的特殊性。一百年来，中国共产党带领人民开辟了伟大的道路、铸就了伟大的精神、积累了宝贵的经验。那么，检验这些经验的有效途径既是文艺理论的实践效能，也是以人民是否满意、人民根本利益是否得到维护为尺度的正确认识和成熟心态，这也是中国特色社会主义制度优势的现实维度。正如习近平总书记强调："加强和改进党对文艺工作的领导，要把握住两条：一是要紧紧依靠广大文艺工作者，二是要尊重和遵循文艺规律。"① 国家仪式庆典活动以一种新的文化样态让更多的国人从红色基因的学习者逐步转变成中国特色社会主义文化的传播者，也开拓了赓续红色血脉传承革命精神的阵地。

习近平总书记在文艺工作座谈会上强调："文艺要赢得人民认可，花拳绣腿不行，投机取巧不行，沽名钓誉不行，自我炒作不行，'大花轿，

---

① 习近平．在文艺工作座谈会上的讲话［N］．人民日报，2015-10-15（2）．

人抬人'也不行。"[1] 笔者看来，人民的立场本位恰是文艺创作的"骨气"所在。艺术作品中的"气"常带有伦理色彩，孟子、管子、王琮皆讲气，刘勰的《文心雕龙》也有"养气"篇，这种气讲的是一种"文气"，是进入状态后的反复追求，亦或称为创作之"气度"。

国庆70周年群众游行庆祝活动，36个方阵让每一代人都有自己情感的带入点，在国之盛会中看到个体的身影，让群众游行回归本质，从原来单一的群众构成到各个社会层级群众的参与，回归到谁的故事由谁来讲。每一个人、每一个方阵都可以用自己独特的方式向祖国母亲送上生日的祝福，或跳起广场舞、或用道具表述心声、或边走边唱，他们完全沉浸在自己对祖国的情感里。庆祝中国共产党成立100周年的文艺巨作《伟大征程》本身便可以看作是一堂党史教育大课，它给身在其中的演职人员和所有观看演出的观众都上了一堂鲜活的大思政课。情景史诗始终以人民的视角为党庆生，在抗洪救灾、汶川地震、抗击非典与新冠疫情、脱贫攻坚等重要历史事件的创作过程中，那高高飘扬着的党旗，正是对秉承"人民至上"的中国共产党在任何时候都不会缺席、永远是人民的主心骨的生动诠释。精彩绝伦的北京冬奥会开幕式震撼世界的核心内容并不是技术本身，而是通过现代科技展现的"人民性"关怀，以现代的语言讲好中国故事。站在国旗下用希腊语唱响奥林匹克会歌的孩子们全部来自脱贫攻坚示范县河北省阜平县马兰花合唱团，这来自大山里的天籁之声带着勤劳勇敢的民族精神从山里走向了世界舞台，让"泥土的芬芳"走进了"大雅之堂"。如果说马克思主义艺术的人民性本质是一种革命的艺术伦理或艺术的革命伦理。那么，"人民至上"则是中国特色社会主义制度优势的价值维度。正是人民群众主动选择、主动建构最终形成了我国制度特有的人民性制度优势，从而造就了中国特色社会主义以人为本的艺术伦理。

习近平文化思想的提出是时代的呼唤，更是现实的需要。以国庆70

---

[1] 习近平.在文艺工作座谈会上的讲话[N].人民日报，2015-10-15（2）.

周年、建党百年、北京冬奥会、冬残奥会开幕式为代表的国家仪式庆典活动不仅是艺术理论与实践的兼容并蓄,更是一次次鲜活深刻的思想政治教育实践,引导人们树立正确的历史观、国家观、民族观、文化观。我们站在新征程新起点上远眺,马克思主义真理之光引领的伟大道路从荆棘丛生的历史深处走来,中国文艺以其特有的方式将这真理之光镌刻出中国的版本。

中国共产党写下了百年传奇,用实践和成就创造着中国奇迹,中国文艺用当代的语言讲着中国故事。以连续性为基本特性、以创新性为主导特性的中国文艺,兼顾着本文化与异文化的和谐之美,行进在新时代的春天里。国家仪式庆典活动作为中国文艺的风向标绘制着意识形态领域的精神图谱,为时代画像、为时代立传、为时代明德,彰显大国之气蕴、久久为功之格局。承百代之流,会当今之变,国家仪式庆典活动以一种新的叙事方式,带领国民走进全民参与的艺术思政大课堂,阔步走向中华民族伟大复兴的光辉未来!

"两个结合"背景下戏曲艺术的传承发展

余国煌　中国传媒大学　国家京剧院

2021年7月1日，习近平总书记在庆祝中国共产党成立100周年大会上的讲话中提出"坚持马克思主义基本原理同中国具体实际相结合、同中华优秀传统文化相结合"[①]，简称"两个结合"。2021年11月11日，中国共产党第十九届中央委员会第六次全体会议通过的《中共中央关于党的百年奋斗重大成就和历史经验的决议》重申了"两个结合"。2022年10月16日至10月22日，中国共产党第二十次全国代表大会在北京召开。在党的二十大报告中，习近平总书记再次强调："中国共产党人深刻认识到，只有把马克思主义基本原理同中国具体实际相结合、同中华优秀传统文化相结合，坚持运用辩证唯物主义和历史唯物主义，才能正确回答时代和实践提出的重大问题，才能始终保持马克思主义的蓬勃生机和旺盛活力。"[②] 2023年6月2日，在文化传承发展座谈会上，习近平总书记指出"两个结合"是中国特色的关键，"是我们取得成功的最大法宝"。从一个结合到两个结合，不仅拓宽了马克思主义世界观方法论的实践维度，也凸显了中华优秀传统文化在社会主义文化建设中的重要地位，体现出马克思

---

① 习近平.在庆祝中国共产党成立100周年大会上的讲话［N］.人民日报，2021-07-02（2）.

② 习近平.高举中国特色社会主义伟大旗帜 为全面建设社会主义现代化国家而团结奋斗：在中国共产党第二十次全国代表大会上的报告［N］.人民日报 2022-10-26（1）.

主义在中华优秀传统文化传承发展过程中的重要意义，为弘扬中华优秀传统文化提供了新指南。

中华优秀传统文化是中国社会和中华民族的精神力量，以其博厚、悠久和高明熔铸于中华历史之中，铸就了中华文明的灿烂辉煌，是中华民族伟大复兴的精神支撑，是中国特色社会主义的"特色"之处，也是奠定"四个自信"的人文基础。其中，戏曲艺术作为中国传统文化的重要组成部分，是中华民族记忆的重要载体。戏曲艺术以其独特的艺术风格和丰富的文化内涵，成为中华民族的瑰宝，成为中华民族记忆中的文化基因之一，是中华优秀传统文化不可或缺的文化板块。在"两个结合"背景之下，如何深入运用"两个结合"这一重要法宝，推动戏曲艺术科学、健康、可持续地传承与发展，是戏曲从业者共同面临的时代课题。

一、以"两个结合"视角深入认识新时代中的戏曲艺术

"两个结合"深入地总结提炼出中华优秀传统文化的思想精髓和把握中国具体实际的根本内涵。"第一个结合"即马克思主义基本原理同中国具体实际相结合，主要表现在实际、实践层面，是中国共产党人在百年奋斗历程中摸索出来的重要经验，也是中国革命、建设、改革事业取得成功的重要法宝。"第二个结合"的提出是对第一个结合在精神、思想、理论、理念层面的进一步深化、拓展和延续，是马克思主义理论学说与中华民族文化形态的结合，是同属于精神领域中的认识成果间的相互借鉴与融通。"第二个结合"体现了马克思主义指导下中华优秀传统文化的重要意义，也有利于进一步深化对中华优秀传统文化的认识与理解。戏曲艺术，作为中华优秀传统文化和民族文化记忆的组成，以"两个结合"视角再次审视，更能清晰地把握和厘清传承发展戏曲艺术过程中的发展方向、指导

思想和发展目标等基础性的理论问题。

（一）深入理解戏曲艺术与中国共产党的关系，把握戏曲艺术的发展方向

回顾党的二十大报告，"两个结合"的主语是中国共产党，以"两个结合"视角推动戏曲艺术的传承发展，首先要深入理解戏曲艺术与中国共产党之间的深层关系。在百年奋斗历程中，中国共产党高度重视文化发展与建设工作，始终将文化革命工作视为中国革命事业的重要组成部分。正如习近平总书记在各种重要场合多次强调的，中国共产党不仅是中国先进文化的积极引领者与践行者，也是中华优秀传统文化的忠实传承者和弘扬者。戏曲艺术作为文化的重要一环，作为人民群众喜闻乐见的艺术样式，与中国共产党的关系极为密切。早在国内革命战争时期，党就积极运用戏曲这一有力武器，通过戏曲艺术揭露旧社会和统治势力的黑暗腐朽，启发民智，展望新社会的光明美好。将戏曲纳入宏伟的共产主义革命事业，使其成为有力的革命工具和思想宣传工具，是早期共产党人的普遍共识。正如中国共产党人陈独秀对戏曲的评价："戏曲者，普天下人类所最乐睹、最乐闻者也。易入人之脑蒂，易触人之感情，故不入戏园则已耳，苟其入之，则人之思想权未有不握于演戏曲者之手矣。"[1] 在此认识的基础上，陈独秀甚至将戏园比作"大学堂"，将当时社会地位低下的戏曲从业者提高到"普天下人之大教师"的地位，并积极号召戏曲改良以适应当时革命形势的需要。同样，作为党内重要领导人的周恩来在中学读书期间就积极参加剧团活动，演出了很多如《新少年》《恩怨缘》《一元钱》等揭露旧社会黑暗，同时又富有教育意义的剧目，他对戏剧戏曲于社会的作用也有独到的见解，重视戏剧戏曲在宣传方面的重要作用。1932年，中华苏维埃共和

---

[1] 原载三爱（陈独秀）《论戏曲》，《新小说》第2卷第2期，光绪三十一年（1905年）。转引自：叶长海，中国戏剧学史稿［M］. 上海：上海文艺出版社，1986：519.

国临时中央政府教育人民委员部组建了"工农剧社",并在《工农剧社社歌》中明确地指出了戏剧戏曲作为革命武器的政治功能,"我们是工农革命的战士,艺术是我革命武器。为苏维埃而斗争!"[①],明确提出工农剧社须接受党组织和政府的领导。

在抗日战争期间,革命任务由国内战争变成了抗日救亡,中国共产党在陕甘宁边区创作出了秦腔《查路条》、京剧《松花江上》等鼓动人民积极投身抗战的爱国剧目。1942年,毛泽东同志还专门组织召开了文艺工作座谈会,并发表《在延安文艺座谈会上的讲话》,"讲话"进一步明确了文艺工作与革命工作之间的关系。随后,中央文化工作委员会成立戏剧工作委员会,提出具体的戏剧工作方针。在党的指引下,戏剧工作者创作了京剧《逼上梁山》《亡宋鉴》《难民曲》《上天堂》等,秧歌剧《赵富贵自新》《兄妹开荒》等,秦腔《算账》《血泪仇》等,整理改编了传统剧目《四进士》《打渔杀家》《蝴蝶杯》《失空斩》等,积极配合当时的抗日工作及内部整改工作,为革命扬旗造势。据不完全统计,在共产党建政区,仅编写的有利于抗日宣传和传播党的政策思想的新剧目便有1200多部,可见戏曲与党和革命之间的紧密联系。

中华人民共和国成立后,中国共产党与戏曲的关系进一步密切,党顺应新时代潮流,积极推动戏曲改革工作,有步骤地对戏曲艺人、剧目和体制进行改造,适时地提出了"改人、改制、改戏"的"三改"政策和现代戏、传统戏、新编历史剧"三并举"的戏曲方针。在党的指导下,戏曲从业者整理、创作了不少经受住时间考验的作品,诸如京剧《将相和》《雁荡山》《白蛇传》,昆剧《十五贯》,川剧《柳荫记》《评雪辨踪》,越剧《梁山伯与祝英台》《西厢记》,黄梅戏《天仙配》《女驸马》,莆仙戏《团圆之后》《春草闯堂》,淮剧《蓝桥会》《女审》,豫剧《花木兰》,汉剧《宇宙锋》,等等。改革开放以来,为了满足观众需要、推动戏曲的复苏与

---

① 原载《青年实话》第2卷第16号,1933年5月21日。转引自:汪木兰、邓家琪. 苏区文艺运动资料[M]. 上海:上海文艺出版社,1985:20.

发展，在党和国家的支持下新成立了数以百计的戏曲院团。针对戏曲面临的困难与危机，如观众少、从业人员易改行等，国家出台了一系列"振兴戏曲"的方针政策。

新时代以来，以习近平同志为核心的党中央高度重视戏曲艺术的传承发展。2020年10月23日，习近平总书记在给中国戏曲学院师生的回信中强调，"戏曲是中华文化的瑰宝"。针对戏曲发展所面临的问题与困境，党和国家出台了不少保护和传承戏曲的政策文件，如《关于支持戏曲传承发展的若干政策》《关于戏曲进校园的实施意见》等，取得了显著效果，有效地促进了戏曲的传承发展。

正如戏曲研究者朱恒夫所指出的，中国共产党对戏曲的发展与进步做出了三大贡献，即"构建了戏曲现代戏的编演体系""构建了完整的戏曲教育体系""保护已有的戏曲剧种，创立新的剧种，构建了剧团在全国的分布体系"。在中国共产党的正确领导下，戏曲艺术的发展得到了许多有利条件，"可以这样说，如果没有中国共产党将戏曲提升到保护和传承民族优秀文化的高度上予以重视并采取得力的措施，戏曲就不可能还保持着今日这样的生机"[①]。总而言之，以"两个结合"为背景，帮助我们更加深入理解戏曲艺术与中国共产党的关系，把握戏曲艺术的发展方向，在戏曲事业发展过程中坚持党的领导。我们坚信，在中国共产党的正确领导下，戏曲艺术工作者通过不懈努力定能创作出更多无愧于时代、无愧于人民的高峰之作，促进戏曲艺术的繁荣发展，为中华民族伟大复兴做出贡献。

（二）深入理解戏曲艺术与马克思主义基本原理的关系，明确戏曲艺术传承发展的指导思想

中华优秀传统文化与马克思主义基本原理有许多共通之处，同样，戏曲艺术与马克思主义理论也相契合。马克思主义基本原理作为外来理论，

---

① 朱恒夫.中国共产党与现当代戏曲的发展［J］.上海师范大学学报（哲学社会科学版），2018，47（5）：168-182.

能够在百年前动荡不安的中华大地上扎根立足，逐步成为引领中华民族走向独立和复兴的重要思想，一方面是因为马克思主义自身具备客观性和真理性，另一方面是因为中国优秀历史文化和价值理念与马克思主义有很多相契合、相融通的地方，这为马克思主义能汲取中华优秀传统文化的智慧提供了厚实的基础。同样，这也是马克思主义中国化的重要基石，不仅进一步拓展了马克思主义的理论外延，同时也为中华优秀传统文化的创造性转化和创新性发展提供了坚实可靠的理论基础。

戏曲艺术的传承发展必须始终牢记，马克思主义是推动戏曲艺术科学"两创"的指导思想。例如，马克思主义唯物辩证法指出事物是永恒发展的，戏曲艺术在千百年来的发展历史中也是不断与时俱进、向前发展的。戏曲艺术从早期的巫、傩的祈祷仪式、汉代百戏《东海黄公》、北齐时期的《踏谣娘》、唐代参军戏、宋代南戏、元代杂剧到明代传奇等，随着历史和时代不断向前发展，戏曲的样式也不断发展变化，不断提升自身的艺术魅力，适应时代审美需求。进入中国特色社会主义新时代，伴随着传媒技术以及虚拟现实（VR）、人工智能（AI）、元宇宙等数字科技的不断发展，戏曲也必须不断地自我革新和发展，拥抱融媒体时代和数字科技，才能实现持久不衰的发展。在融媒体时代，戏曲的发展与传播不断地与新媒体有机融合，实现戏曲艺术进一步传播和传承，既顺应时代发展的潮流，也满足了人民日益增长的美好生活需要。这是戏曲艺术遵循马克思主义原理进行传承发展的必须，同时也是戏曲应对当今时代的机遇与挑战的必须。再如，马克思主义实践观指出实践是认识发生的基础，是认识的来源、动力和认识真理性的标准。同样，戏曲艺术作为一种艺术样式，是建立在具体实践上的上层建筑，要保持其活力，必须扎根于具体的社会实践，扎根于民间生活和群众，才能创作出反映真实生活、符合人民情感需求的作品。目前戏曲市场上脱离当代生活、脱离人民群众的概念性作品大行其道，正是对马克思主义原理的背离，这无疑会加剧戏曲与时代、与社会、与人民脱节脱轨，不利于戏曲的传承发展。

总而言之，以"两个结合"为视角有助于我们更加深入地理解戏曲艺术与马克思主义基本原理之间的深层关系，明确马克思主义基本原理是推动戏曲艺术传承发展的重要指导思想。戏曲艺术的传承发展，要在马克思主义指导下，紧紧围绕"坚定文化自信，推动社会主义文化繁荣兴盛"的中心任务，要站稳人民立场，立足中国当代的具体实际，把握社会主义文化战略目标和前进方向，实现戏曲艺术的创造性转化与创新性发展。其中，特别要强调的是，传承发展戏曲艺术要将马克思主义的历史观、认识论与实践观相结合，正确地对待戏曲艺术，做到去粗取精、推陈出新。作为戏曲艺术工作者，也应该积极用马克思主义理论武装自己，提升自我的理论修养和专业能力，创作出"思想精深、艺术精湛、制作精良"的艺术作品，构建崭新的新时代戏曲理论话语体系，为戏曲艺术的传承发展添砖加瓦。

（三）深入理解戏曲艺术与中国具体实际的关系，明确戏曲艺术的发展目标

"两个结合"中的第一个结合是马克思主义基本原理同中国具体实际相结合，这是中国共产党百年奋斗历程中总结出的宝贵经验，也是经过历史验证和检验的中国革命取得胜利的重要法宝。同样，戏曲艺术的发展也需要与中国具体实际相结合，特别是与戏曲本身在社会发展中所面临的具体实际相结合，只有这样才能真正做到实事求是、与时俱进，一切从实际出发，真正解决戏曲在新时代发展所面临的诸多实际问题。

戏曲艺术传承发展在高度信息化的今天，实际面临着诸多问题，这也是戏曲呈现一片繁荣盛况之下存在的、不可忽视的隐忧。例如戏曲艺术同其姊妹艺术如话剧、音乐剧、电视剧、电影等相比，创作理念颇显落伍，创作内容陈旧、故事老套、思想落后等问题层出不穷；又如娱乐方式泛化导致戏曲市场萎缩，戏曲观众群体不断老化、年轻观众参与度低等问题；再如各地区各院团存在的戏曲人才队伍匮乏问题，这些都影响了戏曲艺

的传承发展。面对诸多具体实际挑战，戏曲从业者也在积极地、有针对性地探索戏曲发展的新方向和新对策，开拓新的戏曲业态和文化形态。比如粤剧电影《白蛇传·情》的成功上映以及引起的剧烈反响，为我们展示了戏曲与电影媒介结合的新可能。再如2023年出圈的越剧小生陈丽君，引发了网络对于越剧小生和越剧文化的一片热捧，也为我们展示了戏曲与新传媒、新营销合作的不同路径。我们要不断进行探索和尝试，找寻戏曲艺术这一传统艺术在当今数字时代、信息时代发展的新路径和新方法，多元地利用科技力量为戏曲赋能。

与此同时，深入理解戏曲艺术与中国具体实际的关系，有利于明确戏曲艺术的发展目标和努力方向。当前中国最大的客观实际是什么？习近平总书记在中央政治局第二十次集体学习时强调："当代中国最大的客观实际，就是我国仍处于并将长期处于社会主义初级阶段。"中国特色社会主义进入新时代，我国社会主要矛盾已经由人民日益增长的物质文化需要同落后的社会生产之间的矛盾，转化为人民日益增长的美好生活需要和不平衡不充分的发展之间的矛盾。人民对于美好生活的向往中重要的组成部分，就是人民对于美好精神生活的向往。进入社会主义文艺新时代以来，人民群众对美好生活的向往越来越强烈，对精神文化生活也越发重视，并且随着时代和科技的发展，人民群众的文化需求越发呈现出高品质、多层次、个性化的特点，这也是中华民族文化复兴所面临的挑战。戏曲艺术作为其中一部分，是人民大众历来所接受的艺术样式，戏曲艺术来自民间、成长于民间，生动地展现了中国人独特的审美需求和价值观念，涵养着中国人共同的精神家园，更应该明确和清晰自身的发展目标和努力方向，积极在赓续文脉、弘扬中华优秀传统文化、传承民族文化记忆中发挥重要作用。因此，戏曲艺术的传承发展的目标和方向，应该是且始终是以不断满足人民群众日益增长的精神文化需求为根本，坚持以人民为中心的创作导向，坚持传统戏、新编历史剧、现代戏并举的方针，积极拓展戏曲发展样式，提升艺术质量，创作出更多真实反映人民生活和内心情感的优秀戏曲作品，丰富人民群众的精神文化生活。

二、以"两个结合"推动戏曲艺术的传承发展

"两个结合"既是中国共产党在理论创新过程中的世界观，也是党在带领革命实践、拓展科学理论中总结提炼出来的方法论。从"两个结合"的视角出发，不仅有利于深入客观地认识新时代的戏曲艺术，还有利于指导我们用科学方法推动戏曲艺术的传承发展。在马克思主义基本原理中，戏曲艺术的传承发展也是一种实践活动。实践是马克思主义首要的、基本的观点，是马克思主义哲学的核心概念，也是马克思主义区别于其他思想的显著特征。如何以"两个结合"的实践观推动戏曲艺术的传承发展，主要涉及如何正确认识把握戏曲实践中的主体、客体以及激发戏曲实践的动能等基本问题。

（一）把握戏曲艺术实践的主体，坚持以人民为中心的创作导向

在马克思主义看来，实践的主体是人民群众，是人民群众推动社会历史不断向前向善发展，每个人都按照个人意志和目的从事实践活动，构成合力推动历史发展。在《共产党宣言》中，马克思、恩格斯已经明确指出："过去的一切运动都是少数人的，或者为少数人谋利益的运动。无产阶级的运动是绝大多数人的，为绝大多数人谋利益的独立的运动。"[1] 同样，戏曲的传承发展也是靠人民群众不断向前推进的，人民群众是戏曲实践的主体。

回顾戏曲历史，戏曲作为一种民间艺术，与人民有千丝万缕的联系，

---

[1] 中共中央马克思恩格斯列宁斯大林著作编译局．马克思恩格斯文集：第二卷［M］．北京：人民出版社，2009：42．

首先它源自民间，并在民间广泛流传至今。自戏曲形成开始，戏曲艺术便是属于广大劳动群众的艺术，表达和传递着人民的悲欢喜乐，在审美情感上与人民群众同频共振，是人民群众喜闻乐见的艺术形式。戏曲早期形态作品《踏谣娘》可以更加清晰地展现出戏曲源于人民、服务于人民的一面，即戏曲的人民性特征。《踏谣娘》取材于民间故事，讲述的是北齐时期一个烂鼻貌丑的嗜酒男人，每次喝醉回家后都殴打妻子，妻子貌美善歌，将自己满怀的悲怨愁苦谱成了词曲，边唱边跳舞，倾诉自己的不幸，观众以观其故事为乐。唐代《教坊记》中记载，"以其且步且歌，故谓之'踏谣'"，踏谣娘的故事产生于北齐，但流传到中唐时期还在演出，人们看得津津有味，可见其生命力。从故事内容来看，这个剧目源于民间，是常见的家长里短的故事剧、家庭伦理剧，且用一种讽刺的手段谴责家庭暴力，为不公受屈的女子抱不平，很有民主色彩。从演出形式看，该剧由男演员穿上妇女服装，男扮女装表演，她进入表演场地边走边唱，旁边的合唱队和道"踏谣和来，踏谣娘苦和来！"。随后她的丈夫踉踉跄跄登场，做各种殴打的动作，滑稽有趣。整个戏虽为悲剧，但却是以喜剧的形式来演绎，动作性、观赏性和感染力强，深受人民群众的喜爱，还引得唐代诗人常非月观后感叹："不知心大小，容得许多怜！"到了宋元时期，戏曲的繁荣更是与人民群众有着密不可分的联系，宋代勾栏瓦舍的兴起即市民观众群体的兴起，促进了戏曲与其他表演艺术门类如杂技、说书、歌舞之间的融合，促使戏曲实现了向"真正之戏剧"的跨越，也为元代戏曲的鼎盛奠定了基础。而元杂剧的鼎盛更是离不开人民群众，关汉卿、王实甫、郑光祖、白朴、马致远等一众杰出的剧作家便扎根在人民群众之中，生活在市井之处，与民众关系密切，部分剧作家还和民间艺人结合，创作了大量反映民间生活和社会现状的剧目，比如《窦娥冤》《西厢记》《救风尘》等，深受人民群众的喜爱与欢迎。

认清戏曲艺术实践的主体，我们在戏曲传承发展中要时刻坚持以人民为中心的创作导向。马克思主义者列宁认为人民性是艺术创作的一个重要原则,他指出:"艺术是属于人民的。它必须在广大劳动群众的底层有其最深厚的根基。它必须为这些群众所了解和爱好。它必须结合这些群众的感情、思想和意志,并提高他们。它必须在群众中间唤起艺术家,并使他们得到发展。"①2014年10月15日,习近平总书记在文艺工作座谈会上的讲话,更是有112处提及了"人民"这个词,并且提出了"社会主义文艺,从本质上讲,就是人民的文艺"这一纲领性论断,指出了新时代社会主义文艺事业的发展的方向——以人民为中心的创作导向。其中,戏曲艺术包含着众多地方戏曲剧种,有着数以千计的地方戏曲院团,与人民群众有着血肉联系,是中华民族所共同欣赏和认可的娱乐形式,在其传承发展中更要注重人民性。具体而言,戏曲的创作需要扎根人民,深入社会基层,从人民的日常生活提炼创作题材。比如豫剧《朝阳沟》《红旗渠》,话剧《龙须沟》,滑稽戏《陈奂生的吃饭问题》等创作都是深入人民、扎根生活的果实。以《朝阳沟》为例,该剧于1958年首演,一经问世便名闻全国,被京剧、评剧、吕剧、眉户、滑稽戏等多个剧种移植,该剧流传至21世纪的今天,具有极强的艺术生命力。作为该剧的编剧,被称为"豫剧现代戏之父"的杨兰春有句名言,"生活有多深,艺术就有多高",并提出了"走马看花不如下马看花,下马看花不如亲自种花"的创作理念,《朝阳沟》便是这种理念浇灌下长出的艺术之花。后来,剧作家杨林在提及杨兰春和《朝阳沟》时说:"杨兰春先生真正做到了根扎在泥土里,枝丫伸到了天上,最终叶落归根。这是一种互通的关系,泥土养育了这棵大树,大树用浓荫回报大地,最终这个大地又接纳了它!这就是一个艺术家和人民的关系。"②扎根生活,扎根人民,这是戏曲传承发展坚持"两个结合"实践观的必然要求,也是戏曲艺术坚守人民性、以人民为中心的必然要求。

---

① 中国社会科学院文学研究所文艺理论研究室.列宁 论文学与艺术[M].北京:人民文学出版社,1983:435.
② 杨林.话说杨兰春[J].剧本,2017(1):22-24.

此外，把握戏曲实践主体，坚持以人民为中心的创作导向，也要求戏曲的判断标准应该由人民群众决定。人民的审美趣味需要得到足够的尊重，而不是一味地迎合专家、领导，搞所谓的工程式、政绩类的戏曲作品。正如周恩来所说："一定要是我们人民中间发展出来的花朵，才受到人民的欢迎。发展盆景是靠不住的，摆在礼堂里可以，你叫它开花结果就不行。……一定要那个地方的土壤生长出来的东西，那个地方的人民才爱好它。暖室里的盆景是靠不住的。"[1]目前，戏曲在这方面明显做得不足、不够，不少评价类作品大行其道，脱离人民群众的现象也屡见不鲜，值得我们警醒。戏曲创作和评价体系应该破除唯领导论、唯专家论，要多尊重观众、尊重市场，做到真正的"还戏于民"，才能让戏曲艺术的传承发展实现社会效益与经济效益的统一。

（二）认识戏曲艺术实践的客体，遵循戏曲艺术的发展规律

戏曲艺术的传承发展，也需要我们进一步认识其实践的客体，即戏曲艺术本身。认识戏曲艺术发展的客观规律，并遵循规律办事，才能实现戏曲艺术持续、健康地向前发展。王国维在《戏曲考原》中曾定义戏曲为"以歌舞演故事也"，这一论断源于王国维在美学层面上对中国艺术的哲学思考和对戏曲艺术的美学思考，有着深厚的美学基础，成为中国戏曲至今颠扑不破的论断之一。歌舞演故事，"歌舞"指的是戏曲的艺术形式，也就是舞台上呈现的"无声不歌、无动不舞"的载歌载舞的艺术风格，而"故事"指的是戏曲的艺术内容，即戏曲以故事作为内容载体，戏曲具有叙事性。戏曲作为一种综合性艺术，既是时间艺术和空间艺术的综合，也是听觉艺术与视觉艺术的综合。更重要的，戏曲是集文学、音乐、舞蹈、说唱、美术、杂技、武术等多种艺术门类为一体的综合艺术样式。戏曲脱

---

[1] 周恩来论文艺[M].北京：人民文学出版社，1979：37.

胎于曲，是乐教精神的传承与发展，正如叶长海在《曲学与戏剧学》中指出的："中国古时的'乐'则是音乐、诗歌、舞蹈三位一体的艺术……'乐'的精神其实就是中国的戏剧精神。"[1]这也是戏曲千百年来保持魅力的重要原因。除了综合性，戏曲还有虚拟性和程式性两个显著的特征，这也是它区别于话剧等姊妹艺术的特点。

因此，在戏曲艺术的传承发展中，特别是在戏曲的剧目生产过程中，要遵循好戏曲本身的艺术规律。一方面，要注重戏曲的"歌舞"，即舞台上唱、念、做、打等四种基本功和手、眼、身、法、步等五法，要用戏曲的程式塑造人物，不能搞简单的"话剧+唱"，特别是在现代戏的创排中要警惕这种简单化的舞台处理方式。另一方面，要注重戏曲的故事性，其中的重点是戏剧冲突和矛盾的构造，讲好故事是遵循戏曲艺术规律的关键。目前，存在着许多抒情大于叙事、理念多于故事的舞台作品，忽略戏曲故事创作，将戏曲演出变成了一台晚会或是纯粹的政策宣讲或政治教育，这样的作品是缺乏生命力和艺术感染力的，不容易被观众接受，最后只能沦为创作者的疯狂自嗨，成为新一类的"案头之作"，即演一两场便只能搁置在库房或案头。

同时，重新审视戏曲本体，也提醒我们警惕当前戏曲流行的"大写实""大制作"之风。舞台美术是提升艺术效果、拓展艺术语言、丰富艺术感受的有效途径，但现如今舞台上出现的一些脱离实际、脱离艺术规律的大制作，例如大量的舞台机械装置、复杂的多媒体运用、大写实的舞台背景，不仅容易挤压舞台上演员的表演空间，有的甚至会影响剧情的正常开展，这些实际都是对戏曲这门舞台艺术美学原则和艺术规律的背离，也会造成文化资源的浪费。如上所述，戏曲具有虚拟性、程式性，舞台是空灵、写意的，所谓"一桌二椅生万物，三尺戏台化天地"，舞台表演往往是以演员的表演带动场景的变化，一桌二椅就可以展现许多不同的场

---

[1] 叶长海. 曲学与戏剧学[M]. 上海：学林出版社，1999：105.

景，同时戏曲也善于用无实物表演调动观众的想象空间。比如《梁祝》中"十八相送"的片段，演员在场上用简单的圆场就能推动场景的不断变化，草桥边、清水塘、观音庙等场景通过演员的言语与行动呈现出来。剧情中出现的"呆头鹅""鸳鸯"之类的意象也没有真正地出现在舞台上，但又能活灵活现地出现在观众的想象之中，如此的舞台呈现不仅不会折损观众的审美体验，还会给演员的表演和观众的想象留下足够的艺术空间。

遵循戏曲艺术规律，弘扬发展戏曲事业，也要做到守正创新。守正是创新的前提，其中"正"也蕴含着戏曲艺术规律，只有符合戏曲艺术本质和艺术规律的创新，才具有推动戏曲实践向好向善向前发展的积极意义。守正，包含着对于传统经典剧目的高水平传承和展现，这是戏曲从业者领悟和传承戏曲美学的最好范本。在戏曲领域，往往是技融于戏中，不少传统经典剧目都蕴含着丰富且高超的唱腔、念白、做功、调度、砌末的技巧，是戏曲前辈、大师精心设计且经过了实践检验后的成果。因此，戏曲的传承，特别是经典剧目的传承显得尤其重要。马克思主义基本原理指出，事物是不断发展的，戏曲艺术的发展与演进，既要靠传统经典的传承与重新演绎，也要不断创新，适应时代的需求和审美，创作出立足于时代的新作品。戏曲艺术的发展，需要戏曲从业者的新创造，其中新剧目便是戏曲艺术新开拓和新创造较为集中的载体，不断创作出优秀的艺术精品，也是戏曲艺术对时代和观众需求的回应。新时代以来，舞台上涌现出不少艺术精品，诸如滇剧《水莽草》、莆仙戏《踏伞行》、京剧《风华正茂》、芗剧《保婴记》、豫剧《重渡沟》等，它们都因遵循戏曲规律，做到了守正创新而赢得观众的喜爱与认可。

（三）激发戏曲艺术实践的动能，充分调动人民的积极性

从"两个结合"的实践观出发，戏曲的传承发展需要激发戏曲艺术实践的动能，充分调动人民群众的积极性。回顾中国共产党的百年历史，积极调动人民群众的能动性，将绝大多数人组织起来，是革命、建设、改革

取得胜利的法宝和源泉。《〈黑格尔法哲学批判〉导言》中，马克思指出："理论一经掌握群众，也会变成物质力量，理论只要说服人，就能掌握群众；而理论只要彻底，就能说服人。所谓彻底，就是抓住事物的根本。但人的根本就是人本身。"[①] 如何调动人民群众的积极性，也是激发实践动能的关键，毛泽东指出："马克思列宁主义的基本原则，就是要使群众认识自己的利益，并且团结起来，为自己的利益而奋斗。"[②] 传承发展戏曲艺术，是符合人民群众利益、符合新时代社会主义文化建设的重要举措，完全有条件调动人民群众的积极性。从现实层面来看，戏曲艺术的传承发展，能够满足人民对美好生活的向往，特别是对美好精神生活的向往。从专业层面看，戏曲艺术说到底是舞台艺术，观众是舞台艺术特别是现场演出中不可缺少的部分，而观众就是由人民群众组成的，因此戏曲艺术的传承发展也离不开人民群众。从文化层面来看，戏曲艺术是中华民族所共享的民族记忆，是根植于中华传统文化的深层次结构，它以独特的审美内涵构建起中华民族集体的身份认同和共同意识。

调动人民群众的积极性，一方面要积极调动戏曲从业者，特别是基层戏曲从业者的积极性，给予戏曲从业者一定的保障，吸引越来越多的人才进入戏曲行业；另一方面要充分发挥戏曲演艺市场的作用，在深挖农村基层演出市场潜力的同时，加强文旅融合，进一步开拓城市戏曲演艺市场，重塑其活力。宋朝城市戏曲演艺市场的辉煌曾加速了戏曲艺术的成形、成熟与发展，提升了戏曲的文化魅力。在文旅融合逐步推进的当下，城市戏曲演艺市场和空间的衍变发展更是传承发展戏曲艺术的重要阵地。在中国特色社会主义新时代，随着城市文化发展和文旅融合的深入，城市的戏曲艺术节、实景演出、广场演出、文旅融合创意展演等方兴未艾，这正是戏曲调动人民群众积极性的大好时机。值得注意的是，以上两点是相互联系

---

① 中共中央马克思恩格斯列宁斯大林著作编译局.马克思恩格斯选集：第一卷[M].北京：人民出版社，2012：9-10.
② 毛泽东选集：第四卷[M].北京：人民出版社，1991：1318.

的，戏曲从业者人数增多、质量提升，有助于创造出更多斑斓璀璨的戏曲艺术作品，有助于开拓戏曲演出市场；戏曲演出市场的开拓，无疑也会带来社会效益与经济效益，有利于调动戏曲从业者的积极性和主观能动性，吸引更多人从事戏曲行业。

总而言之，激发戏曲实践的动能，调动人民群众的积极性，让更多的人认识戏曲、了解戏曲、喜欢戏曲，参与到戏曲事业之中，尽可能号召和组织更多的人参与戏曲艺术的传承发展，是戏曲艺术实现再次繁荣的必经之路。

戏曲艺术作为中华民族文化的瑰宝，以其独特的艺术想象和文化表达样式，融入中华民族的人文思想和文化印记，承载了丰富的文化记忆和精神内涵，塑造了中华民族集体的审美与历史记忆，成为中华民族这一集体身份认同、凝聚共同体意识的文化基因。习近平总书记提出"两个结合"的论述，既是对马克思主义中国化的高度概括，也是习近平传统文化观和习近平文化思想的新发展，是马克思主义中国化的新发展，为中华优秀传统文化指明了方向，也为戏曲艺术的传承发展指明了方向。"两个结合"不仅进一步回答了戏曲艺术与中国共产党、马克思主义、中国实际之间一系列基础性的理论问题，也进一步揭示了戏曲艺术在新时代传承发展的实践路径，为进一步推动戏曲艺术传承发展提供了新指南和新方向。新征程上戏曲艺术要牢牢把握"两个结合"的正确方向，坚持以人民为中心的创作导向，遵循戏曲艺术创作发展规律，积极调动人民群众的积极性，不断推动实现戏曲艺术大发展大繁荣，推出更多思想精深、艺术精湛、制作精良的艺术精品，满足人民群众的精神文化需求，为建设社会主义文化强国和实现中华民族伟大复兴贡献力量。

戏曲艺术如何借助融媒体实现创新性发展与传播

余国煌　中国传媒大学　国家京剧院

习近平总书记在2023年10月7日至8日召开的全国宣传思想文化工作会议上明确提出要"着力赓续中华文脉、推动中华优秀传统文化创造性转化和创新性发展",为中华优秀传统文化在新时代发展指明了路径与方向。戏曲艺术作为中华优秀传统文化的重要组成部分,其发展与传播问题一直是戏曲学领域关注的热点。当前,随着传媒技术的发展,媒介呈现多功能一体化融合的趋势,在此背景下形成的多元娱乐生态对戏曲形成了巨大的冲击,戏曲发展的困境进一步凸显。在融媒体时代,古老的戏曲艺术如何借助新媒体进行发展和传播成为戏曲所面临的问题和挑战。它不仅关乎戏曲的传承和发展,也关乎国家民族文化的繁荣复兴。本文在分析戏曲在融媒体时代的发展状况的基础上,进一步探究戏曲艺术如何更好地借助抖音、网络综艺、微信、微博等新媒体和新科技实现传承、传播和发展,以推动中国戏曲艺术在新时代的创造性转化和创新性发展。

2014年10月15日,习近平总书记在文艺工作座谈会上的讲话中指出:"中华优秀传统文化中很多思想理念和道德规范,不论过去还是现在,都有其永不褪色的价值。我们要结合新的时代条件传承和弘扬中华优秀传统文化,传承和弘扬中华美学精神。"中国戏曲艺术拥有悠久的历史文化底蕴,是中华民族珍贵的非物质文化遗产,也是中华优秀传统文化的重要组成部分，蕴含着丰富的中华美学精神和思想理念。如何在新时代融媒体日渐深化的形势下，推动戏曲艺术的创造性转化和创新性发展，是戏曲界共同关注的问题。特别是随着融媒体时代的到来，戏曲艺术传播和发展面临的困境进一步被放大。

目前，在全球多元文化娱乐的冲击下，戏曲拥有的市场和生存空间被挤压，戏曲面临着前所未有的危机，戏曲的发展和传播也遭遇了困境和制约，出现戏曲边缘化现象。戏曲艺术在融媒时代，如何借助现代互联网新媒体实现进一步传承、传播和发展，成为戏曲发展目前所面临的机遇和挑战，也是戏曲文化研究的热点问题和核心问题，正如著名京剧表演艺术家袁慧琴所说："戏曲文化艺术研究面临的问题很多，核心问题就是传承、传播和发展。必须突破传统的、经院式的案头戏曲文学、戏曲史论研究方法，跳脱微观的戏曲研究，立足互联网技术和观念，以全新的、宏观的文化生态视角切入，以强烈的历史使命感和炽热的感情尝试运用数字化技术有效探索保留、保护、传承、传播和发展戏曲艺术。"[1]2015年7月11日，国务院办公厅印发《关于支持戏曲传承发展的若干政策》指出，要实施地方戏曲振兴工程，并将其纳入国民经济和社会发展"十三五"规划，还特别指出"发挥互联网在戏曲传承发展中的重要作用，鼓励通过新媒体普及和宣传戏曲"[2]。但是如何具体地综合运用融媒体为传统戏曲插上翅膀，需要我们结合具体实践进行深入探讨。

一、融媒体时代的到来

融媒体时代，即媒介融合（media convergence）的时代。媒介融合这

---

[1] 袁慧琴.以新媒体手段对外传播戏曲国粹[N].中国艺术报，2015-03-13（3）.
[2] 国务院办公厅.国务院办公厅印发关于支持戏曲传承发展若干政策的通知[EB/OL].（2015-07-11）[2024-03-20］. https://www.gov.cn/zhengce/zhengceku/2015-07-17/content_10010.htm.

一概念最早出现在1983年，美国学者伊契尔·索勒·谱尔提出："传播形态融合，用以指各种媒介呈现出多功能一体化的趋势。"一般而言，可以理解为在数字技术、网络技术和信息技术的推动下，不同媒介之间内容的融合、渠道的融合以及终端的融合。在这一融合过程中包含了传播工具的融合、创作技术的融合和观念层面的融合。媒介融合不仅是传媒艺术生产、传播与接收方式的变革，如传统的报纸杂志与网站、微信等新媒体的渗透与相融，也是人类感知方式、思维模式的跨越，如抖音、快手等短视频培养了大众对视觉快感、感性需求满足的强烈欲望。

媒介融合早在20世纪90年代就初见端倪，随着互联网和通信技术的发展，网站这一媒介日益融入我们的日常生活，从较为原始的新闻网站、社交网站到如今的移动多媒体终端的出现，各种媒介之间的合作与融合在进一步加深。2018年《合作建设5G新媒体平台框架协议》的签署，标志着我国首个国家级"5G新媒体平台"开建。随着5G时代的到来，各种媒介之间多功能一体化的趋势将进一步加剧，现代科技与艺术的融合也将进一步升级，VR、电子感应技术，以及4K、8K超高清视频技术与传统艺术的新融合，将为艺术的发展开辟新的空间，也给艺术接受者带来不一样的视听新体验。

当下，媒介融合的结果是新媒体的出现。新媒体形式层出不穷，并进一步深入我们的生活，不断地更新着信息传播方式和接受方式，特别是随着数字技术和网络的进步，逐渐形成了数字电视、数字报、手机报、手机电视等多种形式融合的新媒体。[①] 相对于传统媒体而言，新媒体有可移动、可互动、跨越时空限制、无限容量、可融合多媒体形式等传播特点，这也使得它快速成为新时代传媒与传播的主流方式之一。根据传播媒介的不同，新媒体大体可以划分为：基于互联网应用的新媒体，如电子书、社交网站、博客、视频网站等；基于数字广播网络的新媒体，如数字电视、公

---

① 李喆.传媒艺术现状：媒介融合时代的到来[J].新闻研究导刊，2018，9（23）：65.

交电视、公共设计中的电视显示屏等；跨网络媒体，如常用的微博、微信、QQ、知乎等。以上三类虽有划分，实际却仍在相互融合和渗透之中。目前，生活中常用的新媒体主要有抖音、快手、戏缘、哔哩哔哩、微博、微信等。

因此，在媒体融合背景下，面对日新月异的科学技术和传播手段，戏曲如何在新的环境下进一步借助新媒体之东风实现自身的发展和传播，不仅关乎戏曲艺术在当下的生存状况，也关乎中国优秀传统文化的传承和弘扬。

二、融媒体时代下戏曲的困境与机遇

科技是一把双刃剑，同样在科技推动下的媒介融合对于戏曲的发展与传播也是一把双刃剑。一方面，随着媒介传播方式的改变和传播内容的多元化，戏曲艺术逐渐被边缘化，成为小众艺术，大部分"90后""00后"对于戏曲比较陌生；另一方面，媒介融合极大地增强了艺术创作和传播的便捷性和及时性，戏曲也可以运用新媒体进行创作和传播，展现戏曲艺术的独特文化魅力，吸引更多的人来关注戏曲文化，从而使传统的戏曲艺术在新时代焕发新的活力。

（一）戏曲发展和传播的困境

戏曲这门传统艺术产生于环境相对封闭、文化样式相对单一的农耕时代，是极具民族特色的大众文化娱乐形式。戏曲一般是农闲时在村落场院、寺庙祭台等场所演出，或者在勾栏瓦舍、宫廷戏楼等休闲场所演出。在文娱形式不多的时代，戏曲是最受大众欢迎的文化艺术样态，因大众闲暇时间充裕，过去一台戏短则几十分钟、一两个小时演完，长则达到"长篇巨制"的规模，经常需要十天半月才能演完全本。于是，戏曲逐渐发展成为一门慢节奏的、精致的艺术，变化多端的脸谱可以喻指人物的性格，一招一式的舞台动作程式是对古代日常生活的提纯和艺术化,文学性的唱词也在中国深厚的文化底蕴中意蕴深远,字润腔圆的唱腔更是音乐上美感的极致表达。这是时代的选择,也是观众的选择。然而随着时代的进步和发展,戏曲逐渐走向边缘化。21世纪是一个信息大爆炸的时代,也是一个读图的时代,生活节奏的加快使得人们失去了品味这种写意和慢节奏艺术的耐心,传统的戏曲艺术也跟不上大众浅阅读和快节奏的审美需求,这导致戏曲艺术的生存空间被极大挤压,戏曲艺术逐渐被边缘化。

此外,随着现代传媒技术的迅速发展以及动漫、网络直播、短视频等娱乐方式的多元化发展,内容丰富、效率更高、传播迅速的新媒体,因其"个性化突出、受众选择增多、表现形式多样化、信息发布及时性等多个特点",在以自身的通俗性、时尚性、商业性等功能迅速满足大众的精神需求的同时,有意无意地把传统戏曲文化逼进了大众传媒活动中的边缘位置。[①]戏曲艺术不再是主流的娱乐方式,甚至逐步走向衰落。戏曲的市场不断萎缩,戏曲传播的范围缩小,戏曲的观众越来越少,而且面临老龄化、青黄不接等问题,艺人们自嘲"台上看去,台下一片白""台上的演员,比台下的观众还多",不少戏曲艺人改行,戏曲团体也纷纷解散。20世纪八九十年代,戏曲界甚至存在戏曲将要灭亡的言论。虽然戏曲也曾借助电影、电视、广播等传统媒介之力有过短暂兴起,但是随着电影、电视艺术的成熟和国外大量优秀影片的引进,戏曲电影真正进入院线的极少,戏曲电视剧和戏曲栏目的收视率也很低。随着融媒体时代的到来,其所带来的多样化娱乐方式更是加剧了戏曲受挤压的状况。因此,整体而言,戏曲艺术在融媒体时代发展和传播的困境是非常显著的,其情况不容乐观。

(二)戏曲发展和传播的机遇

危机,即危险与机遇并存。戏曲在融媒体时代遭遇的困境中也蕴含

---

① 王衡.简析新媒体时代戏曲的边缘化[J].传播力研究,2019,3(14):193.

着极大的发展机会。有研究者指出:"互联网时代到来标志着观众自主的复制拷贝时代的到来。对于戏曲来讲,这更像是个机遇而非危机。如果对新技术善加利用,会给戏曲带来新的生机与活力。"[1]纵观戏曲艺术的发展和传播历程可见,戏曲是一门极具可塑性、灵活多变的艺术,能通过自身形式的改变适应不同时代的审美需求。早在明清时期,随着商品经济的发展、生活节奏的加快,戏曲就面临着演出内容整体乏味、演出时间过长的问题,对此戏曲艺人主动求变,"打破每部戏剧的结构,将不同剧本中的折子戏放在一起进行演出,这些折子戏就像一个个艺术碎片,戏曲艺人以舞台演出的形式将它们组合在一起呈现给观众,观众通过点戏的方式选择自己感兴趣的折子戏来欣赏,有时也可以欣赏到同一主题诸多折子戏的演出"[2]。延安戏剧运动时期,针对当时的革命形势,戏曲通过借重秧歌剧等民间艺术形式,形成了"不拘场地,不拘整散,不拘专业与业余,不拘说、唱、演、舞等不同表演体式"[3]的表演特点。可以看到,戏曲这门艺术,实际上有适应当代媒体融合背景的内在潜质和艺术属性。

20世纪,自传播媒介发生改变以来,戏曲艺术的传播也在积极地寻求与现代科技的融合,"经历了'戏曲+广播'、'戏曲+电影'和'戏曲+电视'这三个阶段,这三种模式分别满足了戏迷听戏、看戏和唱戏的愿望和要求,观众的参与性日渐加强"[4]。进入21世纪后,戏曲也自觉地与互联网进行融合,出现了一些非常火的网站,如中国戏曲网、京剧艺术网、河南豫剧网等。新时代以来,随着融媒体时代的进一步加速发展,戏曲也积极地与新媒体相结合,不断调整和提升艺术本身,寻求戏曲艺术的发展之

---

[1] 王鲁鲁. 浅谈中国戏曲艺术的传播趋势[J]. 戏剧丛刊, 2012 (4): 21-26.

[2] 王省民. 黄来明. 戏曲传播中的碎片化: 论《牡丹亭》折子戏及其审美特质[J]. 戏曲艺术, 2009 (1): 119-122.

[3] 鲍焕然. 群体传播: 从延安戏剧运动到"文革"样板戏[J]. 四川戏剧, 2012 (5): 46-47.

[4] 李小菊. 移动互联网时代戏曲艺术发展现状及对策[J]. 戏剧文学, 2017 (2): 67-74.

路，戏曲艺术创造性转化和创新性发展的实践不断走向纵深，积累了鲜活又丰富多元的经验。如"中华戏曲""京剧戏曲网""梨园漫步"等戏曲类微信公众号的建立，抖音平台推出的"谁说传统文化不抖音"活动、"'非遗合伙人'计划"，以及快手平台推出的"非遗带头人计划"，等等。戏曲的现代化传承和传播也一直深受戏曲研究理论家的重视和关注，出现了《互联网与戏曲传播》《互联网上的戏曲传播研究》《中国戏曲网站的现状与分析》《地方戏曲的新媒体传播途径——以"有戏安徽"新媒体矩阵为例》《融媒体时代戏曲传承发展之路的思考》等一系列理论文章。如何将古老的戏曲艺术同新兴媒介有机结合，是戏曲研究理论家一直在不断探索的方向，这也为研究戏曲艺术在融媒体时代的发展与传播提供了丰富的经验。

三、戏曲艺术发展与传播的策略

目前，戏曲艺术的发展与传播主要包含三个领域——艺术团体、戏曲人，教学研究机构、理论研究专家，新媒体传播平台。随着融媒体时代的到来，戏曲的发展需要"三方加强合作、交流、融合，也只有三方携手共建形成合力，才能在传统戏曲创造性转化和创新性发展中取得共赢"[①]。要做到这点，需要将戏曲艺术自身的特点与新媒体的特点相结合，寻求共生共赢之路。戏曲艺术是一种高度融合的综合性艺术，包含了文学、音乐、杂技、美术以及舞蹈等多种艺术样式。融媒体时代下，新媒体的发展呈现个性化、互动性、自由化以及短暂性等特点。新媒体与戏曲艺术的结合，需要激活戏曲艺术的多种内在基因，如运用新媒体技术将戏曲中杂技、舞蹈等基因单独剥离，或借鉴其他艺术门类的成果，对其进行逐一合成，创

---

① 程宇豪.融媒体时代戏曲传承发展之路的思考［J］.新闻世界，2019（4）：73-76.

新传统戏曲的面貌和形态，以适应现代观众的审美需求。

（一）戏曲创作与传承方面

1.综合运用新媒体技术进行创作

在戏曲文化的传承中，戏曲创作是重点。传统戏曲在拥抱融媒体时代时，需要重视对新媒体和新技术的运用。一方面，戏曲可以在遵循自身艺术规律的前提下，适当借用诸如VR、3D投影技术、LED多媒体显示屏等新技术，进一步丰富戏曲舞台的表现力，使得戏曲焕发新的生机和活力，更加适应新时代观众的审美需要。比如《梁山伯与祝英台》中"十八相送"的场景，可以通过VR或3D投影的形式，将十八里路途中樵夫砍柴、鸳鸯戏水、蝴蝶成双对等各种场景仿真出来，营造出三维立体的逼真画面，增强舞台视觉观感，使得戏曲更受年轻群体的喜爱和青睐。

另一方面，戏曲创作应该针对现代青年的娱乐习惯和审美需求，结合融媒体时代媒介传播碎片化的特点，通过创作一些短小精致的作品，或者是利用剪辑等手段创作"形碎而神不碎"的戏曲短片，将戏曲的魅力展现出来并传递给观众。比如京剧演员王梦婷利用抖音短视频平台录制戏曲题材视频，分享戏曲表演、戏曲化妆的过程，并介绍和讲解戏曲道具、服装、表演技巧等，让年轻人了解戏曲、喜欢戏曲。截至2020年4月，"京剧演员王梦婷"抖音号已发布了223条视频作品，拥有93.3万粉丝，获赞616.2万次（数据来自抖音"京剧演员王梦婷"账号主页），播放量更是数以亿计。再如黄梅戏演员吴琼，其抖音账号"吴琼阮巡夫妇"截至2023年6月已发布作品992个，粉丝人数多达256.7万，获赞3693.6万次，抖音的粉丝群多达9个，群内共有4185人，传播范围相当广，其高赞作品"安徽人有都会唱黄梅戏"视频，点赞次数达95.2万，评论2.7万条，转发1.1万次（数据来自抖音"吴琼阮巡夫妇"账号主页），充分展示了黄梅戏的艺术魅力，该条视频还吸引了不少粉丝合拍，增加了视频的影响力和接受度。

当然，值得注意的是，戏曲结合现代科技手段和传播方式进行创作，需要建立在对中国戏曲艺术的尊崇态度之上，需要在遵循戏曲自身的艺术规律基础之上，创作出符合戏曲行当和程式规律的精致作品，引导和提升观众的审美。只有这样，才能使戏曲"与时代同行，与民众共生"，才能保持戏曲的魅力和活力，实现戏曲的传承与传播。

2.运用新媒体进行戏曲的教学和传承

戏曲通常通过师带徒、口传心授的方法实现教学与传承。但随着新媒体技术的进步，电视、网络以及移动客户端的运用使得戏剧的教学传承模式有了一定的改变。通过电视教学、网络教学，戏曲爱好者有了更多与戏曲名家大家学习、交流互动的机会和平台。如中央电视台戏曲频道的《跟我学》《名段欣赏》《戏苑百家》《快乐戏园》等栏目，河南广播电视台的戏曲节目《梨园春》，山西广播电视台的戏曲节目《走进大戏台》等都是非常好的戏曲教学材料。在视频网站上也有丰富的戏曲教学资料，如在哔哩哔哩中，以昆曲为例就有大量专业的学习视频，有香港中文大学昆曲公开课"昆曲之美"，邀请了岳美缇、梁谷音、计镇华、周琴、白先勇等戏曲名家和专家主讲；有苏州大学公开课"昆曲艺术"；有北京大学公开课"'非遗'之首——昆曲经典艺术欣赏"；等等。戏曲学习者不仅可以在视频中学习戏曲的史论知识，也能从专门的戏曲表演中学习戏曲表演技巧。

此外，也有专门戏曲类的APP（手机应用软件），如戏缘APP，其中的"名人堂"板块就是戏曲名家大家网络在线教学的板块，学习者不仅可以在教学视频中学习唱、念、做、打的技巧和方法，还可以通过关注他们进行互动交流。戏缘中还有"超级擂台"板块，作为戏迷打擂的平台，每月评比出第一名，奖金10万元，每年评选年度冠军，奖金100万元。2016年，河南省三门峡市的戏迷何青青用自己录制的《小二黑结婚》唱段参加比赛，1个月内该视频被播放了5万余次，并受到了贾文龙、王红丽等名家的点赞支持，何青青一跃成了当月冠军。于是，作为普通戏迷的何青青不仅领到了 10 万元的奖金，还在戏缘 APP 的引荐下，拜在了豫剧名家王红丽的门下。"像这样足不出户就可以打擂的情况，即使是在电视戏曲擂台红极一时的时候也是不可能出现的。因此，移动互联网极大地方便了戏迷参与到戏曲的各项活动之中。"① 而其中的各项活动中就包括了戏曲的教与学以及戏曲的传承和传播，大大地拓展了戏曲教学和传承的方式与途径。

3.戏曲的数字化工程

融媒体时代最大的优势就是储存技术和方式的丰富便捷，建立戏曲数字化工程是顺应时代的要求。数字化工程即"利用信息可视化设计手段可以对我国戏曲资源进行有效整合、整理和归纳，将优秀的戏曲作品制作成数据资源库，供大众在网络上在线欣赏或下载"②。对戏曲进行数字化处理，不只是对传统戏曲的整理和录像，更是抢救和保护，有利于更好地传承戏曲文化。据了解，由文化和旅游部艺术司组织建设、中国艺术科技研究所负责实施的"中国民族音乐数据库"项目已经结项，该项目由"乐人""乐团""乐曲""乐事""乐论""乐谱""乐器""乐种"等八个专题板块组成，目前收集整理的资料已逾 17 万条，并不断更新和增长。同样，戏曲也可以建立相应的数据库，将戏曲各剧种的曲目、经典唱段、程式绝活儿等资料进行数字化整合。

中国戏曲种类丰富，根据最近一次戏曲普查，全国共有 348 个剧种，但"近年来，很多地方戏曲面临失传的困境"③，因此戏曲的数字化工程迫

---

① 李小菊.移动互联网时代戏曲艺术发展现状及对策［J］.戏剧文学，2017（2）：67-74.
② 程宇豪.融媒体时代戏曲传承发展之路的思考［J］.新闻世界，2019（4）：73-76.
③ 江冰.新媒体对我国传统戏曲文化的影响［J］.新闻战线，2019（2）：129-130.

在眉睫。与此同时，数字化工程可搜集、整理的数据和资料也是相当庞大的，但目前已经有机构正在逐步落实这项工程，以戏曲普查为例，截至2017年6月，全国普查基础数据复核工作已经完成，所有数据正式入库。这些数据都是戏曲数字化工程的基础，可以在此基础之上进一步构建戏曲数字化的框架和网络。再如，浙江图书馆（文化共享工程浙江省分中心）整理编辑了《浙江省56个地方剧种（项目）基本情况》，并启动了"余音绕梁——浙江地方戏曲多媒体资源库"建设项目，计划在3年内分批建成包括56个地方剧种（项目）的多媒体数据库，每个剧种下设历史起源、代表性剧目、艺术家、表演艺术特色与唱腔音乐风格、历史文献、舞台综合艺术、作品欣赏等栏目。该数据库建设将遵循"资源共享、濒危优先、统一标准"三大原则，注重濒危剧种的抢救性记录。对现存资料少的剧种，组织开展专门排演，录制视频。数据库建设采用统一的数字记录格式，保证建设质量。由政府组织戏曲学者、从业者等建立戏曲多媒体数据库，还可以避免因网络信息的"海量"特性和"把关人"的缺失造成的检索不便，降低网络戏曲信息的辨伪难度。为了推动戏曲资源的整合，政府同样也为民间戏曲网站与地方戏曲剧院搭桥牵线。

在戏曲资料收集方面，一些艺术研究机构和高校也有丰富的资源待进一步整合和梳理，如中国艺术研究院，该机构"已收到4万多张戏曲唱片、1.5万多小时的戏曲录音、2000多小时的戏曲录像"[1]，其中有些资料是即将濒临灭绝的剧种最后的影像，异常珍贵。这不只是对传统戏曲剧种的抢救和保护，更是为戏曲的研究构建平台，提供互通有无的途径。

（二）戏曲传播方面的策略

在融媒体时代，戏曲的传播显得尤为重要，有研究者指出："在传统

---

[1] 赵云波.网络与戏曲传播刍议[J].中国戏剧，2018（10）：52-54.

社会中，传统戏曲的重心在创作者和演出者，而在现代新媒体时代，传播媒介逐渐取代戏曲创作成为传统戏曲生存发展的重中之重。"[1] 戏曲在融媒体时代的传播，根据当下较为常见的媒介方式，可以分为以下几种。

1. 戏曲与以抖音为例的短视频平台

短视频"一般指在互联网新媒体上传播时长在 5 分钟以内的视频。短视频不仅可以通过短视频类 APP 进行传播，还可以通过微信、微博等社交媒体平台实现信息的转发与分享"[2]。短视频有从图文到影像全方位覆盖的特点，且能够将文字、图片、视频融为一体，因此迅速成为"碎片化"阅读时代的主要传播方式。近些年是短视频井喷式发展的时代，《2019 中国网络视听发展研究报告》指出，"2018 年网络视频用户（含短视频）规模达 7.25 亿"，作为网络的"C 位"应用，随着 5G 的普及，网络视听行业将再次迎来突破性发展。而截至 2022 年 6 月，我国短视频用户规模达 9.62 亿，占网民整体的 91.5%。以抖音为例，35 岁以下的用户超过 80%，短视频平台呈现年轻化的特征，因此它也是众多艺术及商业都急于抢占的领域。

戏曲与抖音、快手等短视频平台的融合，是顺应时代发展的选择。2018 年起，有大量戏曲工作者入驻抖音平台，掀起了一股戏曲抖音热潮。如 2018 年 11 月，抖音平台与中央广播电视总台《文化十分》栏目组、光明网等联合发起"粉墨新声"话题挑战，不仅有大量知名表演家如史依弘、王珮瑜、张军等参与其中，还有大量戏迷也积极参与，其中涉及了京剧、昆曲、越剧、豫剧等多个剧种，艺术家们通过抖音平台传播戏曲文化。截至 2019 年 4 月，"'粉墨新声'话题挑战下的移动短视频播放量已超 16 亿次，'英气十足似少年'话题挑战下的移动短视频播放量已超 57 亿次，相关视频总点赞数超过 1000 万"。这种传播效率以及范围广度是传

---

[1] 王春阳. 论新媒体时代传统戏曲传播的碎片化 [J]. 戏曲研究，2015（3）：59-67.

[2] 白小琼. 试析短视频对传统戏曲的传播与解构 [J]. 四川戏剧，2020（1）：87.

统传媒方式所无法比拟与想象的。《2018 抖音大数据报告》显示，戏曲等传统文化在抖音平台中脱颖而出，成为新时尚。其中，相关戏曲视频播放量达 12 亿次，一些经典戏曲选段的"点赞"量超过 500 万次。截至 2019 年 7 月，"抖音平台上戏曲类短视频数量已超过 167 万条、播放量超 68 亿次"[①]。此外，各大短视频平台也积极推出了推广传统文化的活动，如抖音平台的"谁说传统文化不抖音""DOU 艺计划""'非遗合伙人'计划"，快手平台的"非遗带头人计划"，等等。这些活动无不吸引了广大用户的关注和参与，是戏曲创新型传播的范例。通过短视频的传播方式，不仅让大量年轻人在轻松愉悦的氛围中了解了戏曲的文化和魅力，而且也在潜移默化间为戏曲艺术的良性发展培育了全新的、年轻化的市场和观众土壤。

此外，值得一提的是一些综合视频网站，如作为新媒体代表的哔哩哔哩，在戏曲传播中的作用同样不容忽视。哔哩哔哩现为中国年轻一代高度聚集的文化社区和视频平台。哔哩哔哩逐步成为年轻用户消费和创作视频的首选平台之一。哔哩哔哩 2019 年数据显示，从年龄占比来看，"90 后"与"00 后"用户占比高达 72.26%，其中 24 岁以下用户占比为 38.51%，25—30 岁用户占比为 33.75%。作为年轻人聚合度比较高的平台，哔哩哔哩特有的弹幕文化和浓厚的社区氛围也给戏剧传播带来更多的反馈和互动，让更多的年轻用户了解戏曲、传播戏曲。除了舞台演出，戏曲电影、动画和纪录片也在哔哩哔哩进行传播。在哔哩哔哩中有许多经典的戏曲电影资源，如黄梅戏电影《女驸马》（1959 年版，由严凤英、王少舫主演），38.8 万次播放量、5319 条弹幕；梅兰芳主演的《牡丹亭》（有字幕版本），10.8 万次播放量、1109 条弹幕；《五女拜寿》（1984 年版），17.1 万次播放量、4776 条弹幕；评剧电影《杨三姐告状》（1980 年版），51.3 万次播放量、1828 条弹幕。从传播效果上看，这类经典戏曲电影也收获了可观的播放量、弹幕互动量，给予了年轻受众感受传统戏曲的机会。可以看

---

① 满山. 抖音让世界看到戏曲之美［N］. 山西经济日报，2019-09-11（6）.

出,戏曲在青年一代中依旧拥有受众群。戏剧纪录片,如纪录片《京剧》(CCTV-1 版),8.6 万次播放量、4672 条弹幕;纪录片《昆曲六百年》,13 万次播放量、2843 条弹幕;话剧如梦之梦纪录片《时代·真相》(CCTV-9 版)16 万次播放量、897 条弹幕……戏剧电影、动画和纪录片用不同的视角传播了戏剧艺术,使受众对戏曲有多维度的理解。

2.戏曲与以戏缘为例的戏曲类手机应用软件

当下随着智能手机的日益普及,各种手机应用软件填满了大众的生活,从衣食住行到文化休闲娱乐,手机应用软件渗透到了现代生活的方方面面。目前在 APP 市场上,以戏曲为专题的软件有戏缘、戏曲大全、央视戏曲、京剧迷、黄梅迷、广州大剧院、江苏大剧院、东方大剧院等。其中,戏缘 APP 是开发较早,也较为引人注目的一款。2015 年 11 月 30 日,戏缘 APP 正式上线,它是"一款针对戏迷和戏曲爱好者看戏、听戏、唱戏、学戏的手机应用软件,用它们的宣传语来说,是'用最先进的互联网科技为媒介,用最平民化的海选方式,推广宣传中国最古老的戏曲艺术'"[①]。在这款 APP 中,包含了"戏小段""大戏""戏号""直播""唱戏"等板块,戏迷不仅可以欣赏戏曲视频、学习戏曲文化,还能通过关注戏曲名家的"戏号"与名家学习互动,也能在"唱戏"板块中发布自己的声音,甚至参加"超级擂台"的打擂挑战。戏缘 APP 利用自身平台,为艺术家和戏迷们搭建了交流互动的桥梁,充分利用移动客户端和新媒体技术传播戏曲文化,"打响了中国'互联网+戏曲'概念的第一枪"[②]。截至 2017 年,戏缘中已有 500 多位一线艺术家、2000 多家院团、200 多家戏曲机构入驻并建立专属网页(即戏号),有 60 余万戏曲从业者加入,拥有 3000 万用户,是戏曲类 APP 中较为成功和典型的范例。

[①] 李小菊.移动互联网时代戏曲艺术发展现状及对策[J].戏剧文学,2017(2):67-74.

[②] 李小菊.移动互联网时代戏曲艺术发展现状及对策[J].戏剧文学,2017(2):69-74.

尽管如此，戏曲类 APP 仍有进一步挖掘和提升的空间，比如戏缘、京剧迷、黄梅迷等软件在推广普及方面仍有不足。运用 APP 的方式传承与传播戏曲文化是融媒体时代的选择，不仅可以进一步满足戏迷的文化娱乐需求，还能进一步培养新的戏曲观众，有助于推动戏曲的传承与发展。

3.戏曲与以《叮咯咙咚呛》为例的戏曲电视节目

戏曲与电视的联姻起步较早，早在 20 世纪 90 年代就有了戏曲类电视节目，如 1994 年河南电视台创办的《梨园春》，而后戏曲栏目、戏曲电视剧、主题片、戏曲综艺节目等多种文艺样态逐渐产生，使得"电视戏曲成为我国电视文艺中最重要的也是最具文化特色的、最独特的一种形式，是传播中国戏曲的主渠道"[①]。随着网络的发展，"台网联动"也成为传统电视市场发展的新方向，比如《梨园春》《非常有戏》《CCTV 空中剧院》等戏曲栏目就依托互联网、移动客户端等网络平台实现多屏传播，以覆盖网民观众。近年来，百度、腾讯、阿里巴巴等三大互联网巨头强势进军影视文化产业，推动了网络电视综艺、网络剧等新形式的发展，同时也推动了电视戏曲真人秀的发展。"2015 年 3 月 1 日中央电视台推出了戏曲真人秀《叮咯咙咚呛》，这也标志着'真人秀'戏曲演绎节目正式面世。"

戏曲真人秀采用了"传统艺术＋"和去专业化形态，赋予电视戏曲以现代综艺节目的神，使得节目轻松好看。以《叮咯咙咚呛》为例，节目采用了"传统艺术＋中外明星＋游戏"的形式，邀请多位中外明星担任嘉宾，借当下流行的"跨界"噱头，让没有戏曲演出基础的演艺明星学戏并参与舞台竞赛，以此来传播戏曲文化和知识，从而培养和吸引大量的新粉丝。其中，国外明星的加入使得外来文化与中国戏曲产生碰撞，从而产生戏剧冲突，让节目更加好看。《叮咯咙咚呛》播出后获得了大量的关注与讨论，与传统的电视戏曲节目相比有了飞跃式的进步与提高。戏曲真人秀

---

① 李金兆.从电视戏曲真人秀节目看中国戏曲艺术的传承与创新［J］.中华文化论坛，2018（6）：115-119.

的形式，是戏曲与电视、网络电视融合的一次大的尝试，在坚守戏曲和电视艺术内核的基础上，大胆地运用娱乐化、大众化、平民化的方式，为中国戏曲拓展新的传播路径，让大众在逐渐了解戏曲的同时，进一步关注戏曲的传承与传播。

4.戏曲与微信、微博等新媒体

如今，微信已经成为人们生活中必不可少的交流工具，其受众广泛，已深入社会各个阶层。其中微信公众号作为自媒体平台，也被广泛用于各行各业的推广和营销，其时效性和便捷性改变了人们获取信息的渠道和手段。举例来说，2016年著名京剧艺术家梅葆玖先生去世的消息，不到12小时就在手机微信上迅速传播，微信朋友圈立即被这一消息"刷屏"。紧接着，各种纪念梅葆玖先生的文章和研究资料就在各戏曲类和文化类公众号和微信朋友圈里传播和转载。微信这类通信工具大大增强了戏曲艺术和观众之间的互动性，也进一步拓宽了戏曲传播的渠道，强化了戏曲传播的效果。戏曲类公众号比较多，其中知名的有"中华戏曲""京剧戏曲网""戏曲与俗文学"以及各种戏剧院线的公众号，戏曲爱好者不仅可以通过关注这些公众号获取戏曲相关知识，还能及时获取戏曲行业发展的相关信息，也能获得戏曲演出信息甚至直接购票。此外，微信上还有各种戏曲类的微信群，如看戏群、名家粉丝群、戏曲研究群等，为戏迷和戏曲研究者提供交流互动的平台。

与微信相似的平台是微博，微博也是自媒体平台的代表，是融媒体时代较为迅速的传播媒介。在微博上，用户可任意浏览和搜索信息，及时交流获取信息。微博在中国有着巨大的影响力，有着较高的曝光度，因此成为演艺明星和网络红人营销的重要平台。如今，很多戏曲演员如昆曲演员魏春荣（17.7万粉丝）、京剧演员王梦婷（56.9万粉丝）、豫剧演员刘冰（19.8万粉丝）也在使用微博，他们通过运营自己的微博账号与粉丝群体互动交流，客观上也对戏曲的发展传播起到了很好的宣传效果。在融媒体时代，戏曲借着微信、微博这种互动性、时效性强的通信工具进行传承、传播，不仅能够提高戏曲的曝光度、扩大戏曲的影响，在一定程度上也能够促进戏曲演出市场的繁荣。

5.戏曲与动漫、电影、游戏等其他艺术

在传播媒介大融合的时代，戏曲也可以与其他艺术形式相融合，实现戏曲的"跨界"发展和传播。戏曲本身就是综合性较强的艺术样式，涵盖了文学、美术、舞蹈、音乐、杂技等多种艺术因素，因此戏曲本身就有着较强的包容性和可塑性。比如戏曲与动漫的融合，通过戏曲科普动漫的制作和传播让小朋友们了解戏曲艺术，甚至让年轻的观众群体喜爱戏曲。例如，在2015年的综艺节目《出彩中国人》中，一位北京大学的研究生京古，身穿戏服，戴一个可爱的玩偶娃娃头，将戏曲与动漫相结合，并在现场玩起了Cosplay（角色扮演），不仅让三位评委叫好，也深受观众的欢迎和喜欢。再如，拍摄戏曲电影以实现戏曲的院线化传播。戏曲电影曾有过辉煌的成绩，如黄梅戏电影《天仙配》。1956年7月，香港有两家影院连续35天放映了280场《天仙配》，观看量高达22万余人次，打破了所有曾在香港放映的欧美影片的卖座纪录。[①]

此外，戏曲与游戏也可以结合，2015年开发的游戏《王者荣耀》就有戏曲元素，游戏人物甄姬着戏曲"游园惊梦"的皮肤出场，并伴随着一段昆曲念白："晓来望断梅关，宿妆残。不到园林，怎知春色如许？春哪春，得和你两留连，春去如何遣。"该设计集戏曲表演和戏曲服装于一体，将戏曲元素与游戏融合，不仅满足了青年人的审美需求，也在客观上增强了年轻一代对戏曲的直观感受，为戏曲培养了潜在的观众群体。

戏曲还可以与音乐结合，这也是艺术互融和跨界中较为常见的形式。如戏腔歌曲与戏曲风音乐就深受年轻人的青睐，《离人愁》《琵琶行》《清明上河图》《出山》《女驸马》《梨花颂》等作品在抖音上均有各种翻唱视

---

① 金芝、杨庆生.黄梅戏［M］.北京：中国文联出版社，2008：87.

频或舞蹈视频，其播放量均以亿次计。再如，2003年大型交响京剧《大唐贵妃》的首演引起了轰动，使得2016年重排时一票难求，其主题曲《梨花颂》被广泛传播也证明在戏曲与音乐的融合方面实际大有可为。

总而言之，戏曲与其他艺术形式的结合有多种方式，不仅可以利用其他艺术形式来表现戏曲艺术，也可以将戏曲元素融入其他艺术形式中，以提高戏曲艺术的传播效率和曝光度，最终达到传承与发展戏曲的目的。

习近平总书记在中国文联十大、中国作协九大开幕式上的讲话中提出："中华文化延续着我们国家和民族的精神血脉，既需要薪火相传、代代守护，也需要与时俱进、推陈出新。要加强对中华优秀传统文化的挖掘和阐发，使中华民族最基本的文化基因同当代中国文化相适应、同现代社会相协调，把跨越时空、超越国界、富有永恒魅力、具有当代价值的文化精神弘扬起来，激活其内在的强大生命力，让中华文化同各国人民创造的多彩文化一道，为人类提供正确精神指引。"[1] 戏曲艺术需要与时俱进、推陈出新。实际上，戏曲艺术的生命力就在于随着时代发展不断进步创新，不断满足人民的文化审美需求，戏曲文化来自民间大众，还戏于民理所当然。在融媒体时代，戏曲不断地与新媒体有机融合，实现戏曲艺术进一步传播和传承，是顺应时代发展的需求，是满足人民日益增长的美好生活需要，是提升中国文化软实力，也是讲好中国故事，传播中华优秀传统文化。总体而言，戏曲事业在融媒体时代积极发挥新媒体的科技优势，深入挖掘戏曲文化的价值内涵，以实现自身的传承、传播和发展，这是大有可为的，也将大有作为。

---

[1] 习近平.在中国文联十大、中国作协九大开幕式上的讲话［N］.人民日报，2016-12-01（2）.

张家口地方文化的传承发展

刘　文　张家口学院

党的十八大以来，习近平总书记从文化关乎国本、国运的战略高度，坚持把马克思主义基本原理同中国具体实际相结合、同中华优秀传统文化相结合，系统回答了新时代文化建设一系列重大理论和实践问题，形成了内涵丰富、科学系统的习近平文化思想。

习近平文化思想，明体达用、体用贯通，是新时代党领导文化建设实践经验的理论总结，构成了习近平新时代中国特色社会主义思想的文化篇，标志着我们党对中国特色社会主义文化建设规律的认识达到了新高度，表明我们党的历史自信、文化自信达到了新高度，在党的宣传思想文化事业发展史上具有里程碑意义，为我们做好新时代新征程宣传思想文化工作、担负起新的文化使命提供了强大思想武器和科学行动指南。①

地方文化遗存承载着地方的历史和记忆，是中华优秀传统文化的重要组成部分。本文通过对张家口范围内地方文化遗存的梳理，揭示地方文化背后所蕴含的文化价值和社会意义。探讨在习近平文化思想指导下，保护与传承张家口地方文化遗存的实施路径，以便更好促进张家口地方文化的发展和繁荣。

---

① 庄荣文.深学细悟习近平文化思想 切实担负起新的文化使命［EB/OL］.（2023-11-01）［2024-05-11］.https://www.12371.cn/2023/11/01/ARTI1698796840836169.shtml.

一、张家口地方文化印记

张家口是一座历史悠久、文化底蕴深厚的城市。200万年前，古人类在此繁衍生息；5000年前，黄帝、炎帝、蚩尤战于涿鹿之地，开启了中华文明之先河；张家口被誉为"第二延安"，是抗日战争时期晋察冀边区军事、经济、文化和政治的中心要地，有"塞外明珠""塞外山城"之称；张家口还是现存长城尤其是明代长城最多的地区，被誉为"长城博物馆"；张家口市崇礼区有被誉为"东方达沃斯"的天然滑雪场，也是2022年北京冬奥会雪上项目的举办地。

（一）东方人类从这里走来

2023年7月29—30日，由中国科学院考古研究所、国家文物局考古研究中心、河北省文物局共同举办的首届"考古科学大会"在河北省张家口市阳原县泥河湾成功举办。全国70余家考古科研机构和高校的专家学者参加了会议。位于阳原县的泥河湾遗址群是我国最早发现并发掘的旧石器时代遗址之一，遗址群数量之庞大，年度跨度之长，前所未有，覆盖了旧石器时代的多个方面，是我国乃至世界独具特色的旧石器考古研究基地，是世界古人类文化及多学科研究的一座宝库，它为研究世界早期人类的发展及其文化和演变提供了有价值的探索，极具历史文化价值。[1] 习近平总书记多次强调要实施和发展好"中华文明起源与早期发展综合研究""考古中国"这些重大项目，要深入研究和充分阐释中华文明起源。[2]

---

[1] 首届考古科学大会召开[N].光明日报，2023-07-30（4）.
[2] 温红彦，杨学博，许晴，等.总书记引领我们谱写中华民族现代文明新华章[N].人民日报，2023-10-08（1）.

（二）中华文明从这里走来

司马迁《史记·五帝本纪》记载：蚩尤作乱，不用帝命。于是黄帝乃征师诸侯，与蚩尤战于涿鹿之野（今张家口市涿鹿县），遂禽杀蚩尤。这便是发生在张家口境内闻名于世的涿鹿大战，被称为中国历史上第一场战争，是血脉相连的古氏族之间的第一次械斗。这次碰撞后的相遇和融合，使黄帝部落的城堡、丝织、文字与炎帝部落的农耕、历律、医药及蚩尤部落的青铜、兵器等生产生活资料汇集融合到一起，逐步形成了中华民族第一次繁荣盛世，把华夏民族推向一个崭新的阶段。大战后出现的天下统一、区域和平，是古老中国的雏形。华夏五千年文明在涿鹿冉冉升起，万代一脉的传承，位于河北省张家口市涿鹿县的矾山镇皇帝城遗址，在历史的风云中静静矗立五千年依然风采犹存，这些保存相对完整的遗迹分布在30平方千米之内，其完整度和原始性、丰厚度和历史性，可谓极其罕见，是不可多得的研究基地。2023年6月2日，习近平总书记在文化传承发展座谈会上指出："只有全面深入了解中华文明的历史，才能更有效地推动中华优秀传统文化创造性转化、创新性发展，更有力地推进中国特色社会主义文化建设，建设中华民族现代文明。"[①]

（三）"第二延安"张家口

1945年8月23日，八路军胜利收复张家口。张家口是八路军从日军手中解放夺取的第一个大城市，为了快速发展其经济文化事业，成仿吾、周扬、丁玲、艾青、沙可夫、康濯、萧军、邓拓、贺敬之、孙犁等3000余名文艺名家先后来到张家口进行文艺创作，成立名团，创立名刊。恢复组建了华北联合大学，并恢复了文艺学院，重新组建了联大文工团；中华全国文艺协会张家口分会于1946年4月在张家口成立；当时在张家口编

---

① 习近平. 担负起新的文化使命 努力建设中华民族现代文明[N]. 人民日报，2023-06-03（1）.

辑出版的大型报纸有《晋察冀日报》《新张家口日报》《察哈尔日报》《晋察冀妇女报》《子弟兵报》《工人报》《内蒙古周报》等；大型杂志有《长城》《北方文化》《民主青年》《鲁迅学刊》《文艺丛刊》《教育阵地》《晋察冀画报》等；大型丛书有长城文艺丛书、群众文艺丛书、新儿童丛书和教育丛书等；涌现的名家名作有丁玲的小说《太阳照在桑干河上》，艾青的诗歌《人民的城》，贺敬之修订的歌剧《白毛女》（张家口版），萧三的传记文学《毛泽东同志的儿童时代》《毛泽东同志的青年时代》，沙可夫的《马克思主义文学观》等，《毛泽东选集》也由这个时期的张家口编选出版。此时的张家口成为晋察冀解放区重要的政治中心、经济中心和文化中心，某种意义上是"延安精神"的延续和发展，故被称为"第二延安"。

（四）张家口的"非遗"

张家口地处晋冀蒙交界处，是农耕文化与草原文化的交汇处，是连接京津、沟通晋蒙的交通要地，自古以来就是兵家必争之地，在历史发展过程中农耕文化、草原文化等多元文化杂糅，逐步形成了包容开放的张家口特色，具有特色鲜明的区域文化特点和厚重的文化底蕴。据中国非物质文化遗产网数据统计，截至2024年，国务院先后公布了五批国家级项目名录，其中包含10个类别，1557个项目，共计3610个子项。涉及张家口域内的非遗项目有传统戏剧康保二人台、传统美术蔚县剪纸、民俗蔚县打树花、传统戏剧晋剧等，其中全国独一无二的以阴刻为主的蔚县剪纸于2009年入选世界《人类非物质文化遗产代表名录》，除此之外，省、市、县级非物质文化遗产众多，有怀来九曲黄河灯、蔚县玉皇阁庙会、阳原竹林寺寺庙音乐、怀安软秧歌、沽源民俗八大怪、崇礼根雕、涿鹿麦秸画、尚义艾草布艺等各类别项目167项。2022年12月，习近平总书记对非物质文化遗产保护工作作出重要指示强调："要扎实做好非物质文化遗产的系统性保护，更好满足人民日益增长的精神文化需求，推进文化自信自强。"①

（五）长城博物馆

我国北方有一条大坝，它是天然的草原文化与农耕文化的分界线，长期的分界，形成了坝上与坝下不同的政治文化、民族宗教、生活习俗、特产物资。这里是兵家必争之地，纷争不断，百姓长期处于水深火热之中，也正因如此，为了防御外敌侵入，这里（张家口）便成了最早长城的修筑地之一。据史料记载，迄今为止，张家口发现和现存的长城遗迹涉及八个朝代：战国（燕、赵）、秦朝、东汉、北魏、北齐、唐朝、金朝和明朝。长城作为冷兵器时期古老的军事防御工程，无论是防御体系还是建筑形制，张家口域内的长城均有保存较好的建筑遗存，加之修筑里程长的特点，故被称为"长城博物馆"。

张家口的标志性建筑"大境门"是万里长城中唯一以"门"命名的关隘；张家口市张北县与崇礼区交界处的草原天路向世人展示着燕、赵、北魏、北齐、金、明六代长城遗址并行的罕见奇观；怀来县境内有一段保存相对完整、巧夺天工、规格最高的长城，即修建明代长城的试点工程"样本间"——样边长城。纵观张家口域内的长城特点，一是修筑里程长，总长度达 1800 余千米，其中明代长城全长约 720.74 千米，占河北省明代长城总长度的半数以上，占国内明代长城总长度的 8%；二是建筑形式多样，有石片、夯土、石土混合、砖垒结构等各种长城建造形式；三是具有完备优良的防御体系，以明代长城为例，配套建设了城堡、卫所、谯楼、瞭望塔、烽火台、驿站、线性墙体等齐备的防御体系。现存的张家口堡、左卫镇、鸡鸣驿城等地名便是最好的佐证。

张家口的长城见证了历朝历代的战火纷争，见证了"张库大道"的贸

---

① 习近平对非物质文化遗产保护工作作出重要指示强调 扎实做好非物质文化遗产的系统性保护 推动中华文化更好走向世界［N］. 人民日报，2022-12-13（1）.

易鼎盛，也见证了中国古代政治、军事、经济、文化等方面的变迁与发展，对于研究历史和文化发展传承具有重要意义。

（六）冬奥之城张家口

2015年7月31日，国际奥委会主席巴赫在吉隆坡宣布北京联合张家口获得了2022年第24届冬季奥林匹克运动会的举办权。习近平总书记于2017年1月23日在河北省张家口市考察北京冬奥会筹办工作时强调，"我们申办北京冬奥会，一个重要目的就是推动我国冰雪运动快速发展，推动全民健身广泛开展"。通过国际冰雪赛事可以努力带动更多人参与冰雪运动，兑现向国际奥委会作出的"三亿人上冰雪"的庄严承诺。冬奥会是一个有力推手，更是冰雪运动产业的一个重要导向。而且张家口积极谋划加强冬奥场馆赛后的综合利用，将举办重大赛事同服务全民健身结合起来，京张联动加快建设京张体育文化旅游带。

近年来，张家口借冬奥会品牌效应之机和京张体育文化旅游带、首都水源涵养功能区和生态环境支撑区等国家战略，把握长城国家文化公园建设、冰雪旅游度假区等契机，促进文旅融合高质量快速发展。目前张家口域内建有高标准滑雪场9家。其中，崇礼区7家，尚义县和张北县各1家，建有高、中、初级雪道近200条，索道与魔毯近百条，雪道总长度164千米。首批国家级滑雪旅游度假地在崇礼区被批准设立，多家滑雪场被认定为"国家体育旅游示范基地"，冬奥之城品牌效应显现，体育、文化、旅游业态正在高质量融合发展。

二、张家口地方文化传承发展

历史文化是一座城市的根脉，张家口拥有两百万年的历史遗迹、五千年的灿烂文化、"第二延安"的红色基因、千百年来劳动人民智慧凝聚起来的文化遗存。冬奥盛会、可再生能源示范区、京张体育文化旅游带等国家战略的实施，为张家口的经济文化发展带来新机。我们蓄势待发，注重以习近平文化思想为指导，创新发展理念，深挖地方文化潜力，使地方发展更具凝聚力和向心力，更加契合时代发展之潮。

（一）习近平文化思想的指导性

习近平文化思想是引领时代高质量发展的战略思想，是高瞻远瞩的顶层思想设计，既有理论上的创新突破，又有工作上的布局部署，明体达用、体用贯通，对地方文化工作具有很强的指导意义，也必将推动中国特色社会主义文化事业迈上新台阶，走向新高度。虽然张家口地区有泥河湾遗址群，也有炎帝、黄帝的古代文明故事记载，但是对当代的张家口文化来说，在讲好历史故事的同时，更应该创作当代故事。根据创造性转化与创新性发展的指导思想，在推动张家口地区优秀传统文化创新性发展的同时，更应努力创造当代张家口地方文化。这种创造不能是凭空制造，应以张家口域内的优秀传统文化为基础，立足于张家口当代文化的实际情况，"是基于人民对美好生活需要的创新性发展，是立足于文明交流互鉴的各美其美、美美与共"[1]。习近平文化思想指导我们要高举中国特色社会主义的伟大旗帜。作为"第二延安"的张家口，有着丰富的红色文化基因，是抗日战争中最早被解放的城市之一，延安的红色文化机构部分转移至张家口，为张家口带来了社会主义红色思想，要想在张家口地区培养和发展这些红色文化基因，就要遵循习近平文化思想的指导，继承延安红色文化精神，发扬张家口地区的地方红色文化精神。我们要深刻领悟习近平文化思想内涵，把握其核心要义，遵循其实践要求，坚持学以致用，结合工作实际，做到学思融通，知行合一，以习近平文化思想为指导，加快张家口地区文化建设，共同建设中华民族现代文明。

---

[1] 傅华.以习近平文化思想为指引 更好担负起新的文化使命［N］.人民日报，2023-12-04（6）.

（二）加强保护的紧迫性

张家口历史文化底蕴深厚，优秀的地方文化是中华优秀传统文化的重要组成部分，它们共同促成了中国文化的多样性和丰富性。通过传承和弘扬地方文化，可以更好地保护和发展中华优秀传统文化。地方文化是地方经济发展的重要资源，通过开发和利用地方文化资源，可以促进地方旅游业、文化产业等相关产业的发展，带动地方经济的增长。地方文化是地方人民的精神家园，它们承载着地方人民的身份认同和文化自豪感。通过加强地方文化建设，可以增强地方人民的文化自信，提高地方人民的凝聚力和向心力。地方文化是不同地区之间文化交流与互鉴的桥梁，它们促进了不同地区之间的文化融合和相互理解。通过加强地方文化交流，可以增进不同地区之间的友谊和合作。传承和发展地方文化，对地方经济文化发展有着至关重要的意义。优秀的地方文化是中华优秀传统文化的重要组成部分，结合新的时代条件传承和弘扬好地方文化也是我们义不容辞的责任。

随着社会的快速发展、城市化进程的加速建设，张家口诸多传统的建筑、文化景观、传统民俗活动等地方文化遗存，面临着被拆除或失传消失的危险。张家口作为一座历史悠久的城市，拥有许多独特的文化遗产，如始建于明宣德年间的张家口堡、古代军事重镇宣化、战国时期的古村开阳堡、始建于明洪武二十六年的万全右卫城、始建于北周大象二年的蔚州古城、万里长城第一门大境门等。还有众多传统非遗项目由于传承方式单一、市场需求不足等原因濒临失传，亟待救助保护。《中华人民共和国非物质文化遗产法》于2011年6月1日起施行，虽然部分非遗传承人每年能够获得一些资金补助，但绝大多数非遗传承人生活艰苦，子女不再愿意学习传承，且他们年事已高，"身在艺在，身亡艺亡"的实际现状让人扼腕叹息。

（三）具体的策略与方法

习近平总书记强调："文物和文化遗产承载着中华民族的基因和血脉，

是不可再生、不可替代的中华优秀文明资源。要让更多文物和文化遗产活起来，营造传承中华文明的浓厚社会氛围。"[①] 保护好地方的历史文化遗产，统筹好城市发展、地方文化传承、古城古堡修缮保护，助力非遗传承人的申报和保护，守护好前人留下的文化瑰宝是我们的责任和义务。

一是建立完善的法律法规体系。地方政府抓紧制定配套法律法规，明确地方文化分类保护的范围、标准和程序，加强对文化遗产的保护和管理。从国家层面来说，文化保护政策的设立，在文化保护制度中属于上层的工作设计，在习近平文化思想的指导下，无论是总体规划还是建章立制，或者是整体的统筹协调都在扎实地推进中，对物质文化的保护，历来就是政府工作的重点，在非物质文化遗产方面，全国人大常委会颁布了相关的法律法规，将文化遗产的保护上升到国家意志的范畴。可以说，上层设计是相对完备的，但地方的法规和政策，很难做到与国家同步，其原因是多方面的，即使有中央政策的指导，地方涉及的具体文化样式和数量还是太过庞大，并且每种文化样式的实际情况各不相同，再加上制定法规政策要落到实处，工作量就会十分巨大，按照"国家＋省＋市＋县"四级保护体系，级别越低涉及的具体情况就越复杂，所以在政策的制定上就相对滞后，因此要确保地方法律法规制定的标准性和针对性，让地方文化保护和发展有法可依。

二是加强宣传。通过切实可行的宣传方法与手段，提高公众对张家口地方文化的认识和重视，增强其对张家口地方文化的保护意识。利用张家口的文化资源和冬奥 IP 热度，发展体育文化旅游，在促进地方经济发展的同时，加强对地方文化的保护和传承。早在 2019 年，河北省文化和旅游厅就提出了"这么近，那么美，周末到河北"的宣传口号，随着京津冀协同发展，以及冬奥会等重大历史机遇，张家口的文化宣传工作迎来了前所未有的黄金期。为此，张家口应该提供更多的旅游产品，加大基础设施

---

① 金瑞国."让更多文物和文化遗产活起来"（坚持"两创"书写史诗·非凡十年）[N].人民日报，2022-10-02（8）.

建设，加强提升公共服务质量，吸引更多的游客来张家口旅游，并以此为契机，宣传和推广张家口的地方特色文化。

三是加强保护。张家口市人民政府应该协调相关部门及鼓励社会资本加大对地方文化遗产保护的投入，加强对文化遗产的监管和维护。例如，曲长城背阁、左卫墙围画等非物质文化遗产的传承人年岁已高，加之缺少市场，面临后继无人和濒危失传的窘境，亟待抢救性保护。地方政府和社会力量可以通过举办文化活动、建设文化场馆等多种方式，推广具有张家口特色的地方文化，提高公众对张家口地方文化的认识和兴趣，在普及和教育方面下功夫，让百姓认识到地方文化是中华优秀传统文化的重要组成部分，树立全民保护意识。在保护传承的同时鼓励创新，充分利用新媒体矩阵等手段推动地方文化的现代化和多元化发展。

四是创新融合发展。淄博的火爆和哈尔滨的出圈究其根本，是文旅领导的用心和创新，是相关职能部门和市民朋友的齐心发力，是官媒和自媒体宣传的融合和配合，是城市自上而下打的一套漂亮组合拳。这为张家口地方文化的传承发展提供了借鉴，我们要加快文化和旅游等业态的新融合，创新和丰富产业链条，借冬奥热度、京张体育文化旅游带等契机，充分利用高铁站、机场等配套交通基础设施，深挖地方文化资源，利用地方文化特色为张家口旅游带来流量，促进经济发展，进而反哺地方文化的传承和保护，形成闭环式的良性循环发展。

总之，张家口地方文化保护需要政府、社会和百姓共同努力，采取多种策略和方法，加强对地方文化的保护和传承，促进地方文化的繁荣和发展。

习近平文化思想，是在新时代中国特色社会主义文化建设伟大实践中形成并不断丰富发展的，是对新时代党领导文化建设实践经验的理论总结。这一重要思想内涵丰富、论述深刻、博大精深，是把马克思主义基本原理同中国具体实际、同中华优秀传统文化相结合的光辉典范，丰富和发展了马克思主义文化理论，构成了习近平新时代中国特色社会主义思想的文化篇，为做好新时代新征程宣传思想文化工作、担负起新的文化使命提供了强大思想武器和科学行动指南，为创造人类文明新形态、引领世界文明发展进步贡献了中国智慧。

　　科学、准确地厘清地方文化与中华优秀传统文化之间的关系，可以引导公众对地方文化的认识和重视，促进二者之间和谐发展。地方文化与中华优秀传统文化是局部和整体的关系，缺少地方文化的滋养，中华优秀传统文化就成为无源之水、无木之林；缺少中华优秀传统文化，地方文化便会有气无力，支离破碎。张家口作为拥有两百万年历史遗迹、五千年灿烂文化、"第二延安"的红色基因、"长城博物馆"之美誉、"东方达沃斯"之称、上百种非物质文化遗产的历史文化名城，要紧紧围绕"五个方面""七个着力""创造性转化、创新性发展"等工作要求，做好保护和传承，以点带面将中华优秀传统文化发扬和壮大，深入挖掘丰富内涵，更加坚定文化自信，凝聚民族精神，把建设中国特色社会主义现代文明不断向前推进。

构建国家体育文化形象的新媒体纪录片生产原则

邓若倓　中国传媒大学

体育文化形象是一个国家在体育事业上的文化形象呈现,属于国家形象的一个侧面,具体表现为反映在媒介和大众心目中对于该国体育事业发展情况、体育精神贯彻程度与体育价值观等的综合印象,体育文化形象的好坏决定了国家外部与内部公众对于该国在体育文化实践各项活动及其成果方面所给予的评价与认定。作为国家通讯社的新华社在中国国家形象的构建与传播中起着重要的输出作用,本文首先确定了当前国家体育文化形象的构建目标与构建意义,然后以新华通讯社体育部所生产的新媒体视频为研究对象,利用采访调查、文本分析等方式,分析了新华社在构建国家体育文化形象时的视频生产原则,旨在更深刻地把握与认识在新媒体时代通过视频生产与传播来构建国家形象的宏观策略。

一、主流媒体新媒体转型的媒介域背景与时代要求

从 2017 年开始,中国逐渐步入了短视频时代,抖音、快手等短视频平台以直播立足,吸引了大量的用户群,同时通过个性化的 Vlog（视频日志）的快速输出塑造了一大批"草根"网红与平民意见领袖,在经历了短

视频生产从爆发式增长到国家/市场双轨修正的两年后，新媒体短视频在后疫情时代已然越过了"奇点"，呈现出传统媒体无法比拟的力量。在此期间，传统老牌媒体主要通过两种转型的方式来追赶时代精神，一是建立官方新媒体平台的APP与电脑客户端，如新华社APP、芒果TV客户端等；二是通过入驻各个具有强大影响力的新媒体平台，构建自身的多元传播生态。

从媒介学的视角进行考察，新媒体首先构建了一种全新的媒介域，这种去中心化、低门槛、视听至上、信息冗余的媒介环境决定了信息生产与传播方式的"内卷"，传统的"官宣"方式如果采取旧有的自说自话模式就注定了迅速被受众淘汰的命运。

从时代要求上看，自从2021年11月8日至11日召开的党的十九届六中全会审议通过的《中共中央关于党的百年奋斗重大成就和历史经验的决议》正式提出了"中国式现代化"一词，便开启了学界对政治、经济、文化、生态等方面现代化问题进行全面且深入研究的新局面。新闻行业同样也面临着"现代化"的问题，在"中国式现代化"的诸多需求中，一个重要面向便体现在对新兴技术和媒介的运用上。随着数字技术的快速发展，新闻内容的生产不再局限于传统的文字、图片等形式，而是扩展到短视频平台、虚拟现实、增强现实等新兴领域。这种需求促使新闻工作者不断学习和掌握新技术，创作出更加多样化和互动性的新内容。

二、研究国家体育文化形象构建的意义

国家形象是国际、国内公众对于国家本身、国家行为、国家各项活动及其成果给予的总评价。[①]一个国家的体育文化形象是其国家形象的一个侧面，具体表现为反映在媒介和大众心目中对于该国体育事业发展情况、体

---

① 管文虎.国家形象论［M］.成都：电子科技大学出版社，2000：23.

育精神贯彻程度、体育价值观、体育明星、体育品牌等的综合印象。如果体育文化形象不好，就代表着在国内外公众的心中，该国在体育文化活动方面的实践是不成功、有缺陷的，进而会影响国内外公众对于这个国家整体形象的认知。比如，在2021年举办的东京奥运会中乌干达举重选手因在祖国生活过于困苦而逃离赛场只身前往名古屋打工、白俄罗斯短跑女运动员在机场前往东京时突然"叛逃"改道华沙寻求庇护，这些体育事件的发生实际上都是与这些运动员祖国的国际形象息息相关的。因而构建一个良好的体育文化形象是提升一个国家软实力的重要措施，体育文化的传播不仅关乎国家体育形象，更关乎国家在国际社会中的地位和文化影响力。[1]

本文关注的是国家体育文化形象的构建策略，因为新时代的国家治理与实践是多方面、全方位的。体育事业的形象与实力作为构建民族自尊心、自信心的重要标志，实际上是不容小觑的——百年前中华民族苦于"东亚病夫"的帽子久矣，从而提出"何时能参与？何时能夺冠？何时能举办？"的奥运三问。如今，北京已经成为全世界唯一一个"双奥之城"，不啻为对百年前的疑问交出了一份满意的答卷。在建党百年之际，要开创中国特色社会主义新时代，从文化建设的视角总结经验，必须以把握时代脉搏为前提。体育文化不仅具有全人类的共通性，能够促进人类命运共同体内部的成员互相理解、互相交流，还具有民族性与地域性。中国幅员辽阔、民族众多，体育文化形象的构建与传播既可以增强中华民族凝聚力，又可以向世界展现中华民族的璀璨文化，所以进行体育文化的形象构建策略研究具有必要性。

在塑造国家体育形象的过程中，需要注重可持续发展、公平竞赛、文化交流等方面的平衡与协调。同时，也要充分发挥体育明星、体育赛事等具有国际影响力的因素的作用，传播积极、健康的体育精神，提升国家体

---

[1] 张庆武.危机管理视角下的中国体育文化传播与国家形象建构［J］.体育与科学，2015，36（2）：6.

育形象的美誉度和影响力。在这个方面，主流媒体无疑承担着最重要的责任，在新媒体转型时期更是面临着"如何塑造"的巨大挑战。

"落后就要挨打，贫穷就要挨饿，失语就要挨骂。形象地讲，长期以来，我们党带领人民就是要不断解决'挨打''挨饿''挨骂'这三大问题。"[①]尤其从当前的国际形势上看，西方国家不断在中国的外交政策上进行无所不用其极的疯狂压制，那么通过软实力方式进行外交，扩大中国新形象的传播力与影响力的自觉性就有必要纳入中国特色文化的各个方面。国家体育形象不仅反映了该国在竞技体育方面的成就和实力，还体现了该国体育体制的运行效率、大众体育的发展状况以及体育文化的传承与创新。同时，国家体育形象也与国际社会的认知和态度密切相关，是国际传播中构建国家形象的重要组成部分。

从历史经验中看，体育的文化传播与外交虽然不带有强烈的政治色彩，容易被忽视，但是体育文化形象塑造一旦成功，往往也伴生着具有独特魅力的"体育外交"效果。"小球带动大球"、基拉宁夫妇畅游长城等案例，都是体育文化与外交碰撞的结果。当然，体育文化形象的构建并不是一劳永逸的，随着东京夏季奥运会的延期举办、北京冬季奥运会的开幕，体育文化形象的呈现也在不断变动中，如今我们在以"文明其精神，野蛮其体魄"为基底的前提下，对内追求的是全民对于体育运动事业的热情态度与尊重游戏规则的精神，对外则进一步响应希腊古典奥运会奥林匹克箴言的当代回响"更快、更高、更强——更团结"，努力通过中国体育文化形象的建设推动中国国际影响力的进一步提升。

三、研究主体的确定

针对文化形象构建策略的研究领域过于庞大，不仅涉及传播学、艺术

---

① 习近平.在全国党校工作会议上的讲话［J］.求是，2016（9）：3-13.

学、体育学，更牵涉其深远的历史学渊源与共时性的国际关系研究[1]，故在此以新华社体育部的新媒体视频化转型之路为案例，进行具体的分析与梳理。新华社是中国国家通讯社和世界性通讯社，是国内权威性最高、实效性最强的传统媒体之一，其转型策略具有代表性和可借鉴性，而其同时作为国际四大通讯社之一，在中国的对外传播领域有着悠久的历史与不可撼动的地位。新华社作为通讯社，它的特殊性在于不像人民日报与中央广播电视总台那样具有事先预设的媒介形态，因而面对新媒体浪潮的来临，新华社具有更宽广的选择空间与表现空间。

在对新华社体育部连续五年的转型调研中，笔者采用了文化记忆的人类学民族志采访方式与人际组织行为学的观察方法。新华社体育部的成员体量与合作模式在当下所呈现出的特点，用他们自己人的说法便是"工作不分大小与分工"。直至2024年备战法国巴黎奥运会的项目，新华社体育部的创作团队在个人能力的提升上远比在组织架构和合作模式上的成长速度快。主要原因是体育报道的特殊性，体育报道在常规播报之外往往要根据大型体育赛事进行工作周期的调整，即大型体育赛事的高强度报道在日常额定饱和的工作量以外形成了一种潮汐式的工作周期，这导致在大型赛事期间体育部从上到下需要全员上阵进行报道。于是在满足生产原则的前提下，每个成员（包括对新岗位的招聘标准要求）都必须具备采编各环节的工作能力。

还有一个原因在于体育文化与体育事业的特殊性，相比于新华社的其他部门，体育报道的内容不仅涉及运动项目的最新消息，还涉及运动明星与体育文化相关的娱乐部分，这要求体育新闻报道人才需要具备更丰富的外延视野、更灵活的创作语态。所以新华社体育部率先进行了新媒体纪录片体与娱乐播报体的尝试，这种尝试在传统新闻行业报选题的生产模式中基本上是以自下而上的方式进行摸索的，故而也出现了生产架构成长慢

---

[1] 罗强强，等.新时代国家治理理论与实践：跨学科视角[M].北京：中国社会科学出版社，2021：3.

于个人成长的情况。这一点属于当下主流媒体转型的通病，因为新媒体的传播要求内容多元且情感丰富，这是传统新闻采编中较少涉及的领域，也是新华社体育部在创作思维上转型的瓶颈之一。以纪录片为例，其兼具生活真实性与艺术真实性的特殊身份与追求纯粹客观真实的新闻理想与伦理形成了一种微妙的对抗张力，这种张力只能通过丰富的实践经验来进行调和。同时，大众传播还要求新媒体内容必须找到足以激发普罗大众共鸣的情感触点，于是从学科本体的领域看，这无疑显示出了新华社体育部的转型在深层次上是新闻传播学科向艺术传播学科进行跨学科转型的探索。

四、新华社构建国家体育文化形象的新媒体纪录片生产原则

新华社作为国务院直属机构，对于构建与传播国家形象有着不容忽视的重要性。从2018年报道"两会"开始，新华社各部门开始向新媒体视频领域转型，尝试进行新媒体视频拍摄与传播。经过几年的人员构架与生产尝试，如今的新华社从"硬件"到"软件"，已经具备了新媒体视频的全流程制作能力。新华社的内容生产部门由总编室进行统筹，下设财经、教育、体育等分部，与体育相关的内容均由新华社体育部负责，其新媒体视频根据时效性的需求与制作的难易程度，主要通过"各地分社制作""总社体育部制作""总社与外部制作团队联合制作"这三种方式生产。在总编室的把关下，内容的策划与呈现风格均由总社体育部来进行统一规划，而在规划过程中必然要遵循一系列的生产原则，生产原则亦必须要符合国家宏观体育文化形象构建的需求。如果说近年来新华社的诸多报道与专题对于我国的体育文化形象构建起到了"密针线"的作用，那么其生产原则起到的则是"立主脑"的作用。

笔者对新华社体育部2018年至2022年所创作的所有新媒体纪录片生

产内容进行了统计，基本可以提炼出如下特征。

转"微"为"精"：从 2018 年尝试转型开始，新华社体育部主要的创作思路基本上是参考当时较为流行的"微纪录片"形式，同时开始尝试"微访谈"（《约大牌》系列，据新华社内部自我评价，部分专题质量较为青涩）的常规专栏采访以及初步的"微"系列片制作。从表 1 中可以看出除了《电竞之感》在 2018 年中国电竞团队夺冠的舆情保障下进行了近 15 分钟（内部定位为"专题片"）的创作，其他新媒体纪录片的时长无一不是严格控制在 10 分钟以内。根据深度访谈得知，新华社体育部在转型之初对于受众以及其传播力的掌控并没有十足的把握，仅能凭借播放量与用户留言进行自我调整与摸索，此时对于热点话题的追踪能力有余，但是在内容呈现上还是较为青涩，尤其是拍摄与剪辑能力限制了创作团队的想法传达。而在 2019 年尝试制作的总时长约一个小时的系列纪录片在国际上获得了较大影响力之后，新华社体育部意识到创作思维不能仅限于"微"这一外部形式，而应该向内深耕内容创意之"精"。在思路转变之后，新华社体育部突破了时长限制，在创作上更加尊重艺术规律，看重内容的丰富与精细度。2021 年，体育部创作了时长近 1 小时的《追光：东京之路》；2022 年，体育部尝试了创意短视频与更为亲民与娱乐化的一线"自习室"播报系列，同时播放渠道延伸到了哔哩哔哩等更为年轻化的视频平台。

表 1　新华社体育部 2018—2019 年新媒体纪录片创作清单

名称	时间	类型	时长	内容主题
飞行狂想曲	2019 年 12 月	微纪录片	5 分 35 秒	关于翼装飞行
打响第一枪	2019 年 10 月	宣传片	1 分 20 秒	八一射击队出征军运会
奔跑吧 追梦人	2019 年 10 月	宣传片	1 分 40 秒	从一双运动鞋的变迁看新中国 70 年巨变

续表

名称	时间	类型	时长	内容主题
重返 IOC 三部曲	2019 年 10 月	系列纪录片	三集共约 1 小时	中国重返国际奥委会纪念
我是神枪手	2019 年 10 月	微纪录片	10 分	一名会修枪、会搞设计、有专利的射击世界冠军
攀登者的告白	2019 年 9 月	微纪录片	5 分 40 秒	两位不同选择的登山者所代表的攀登精神
绽放无声	2019 年 9 月	短视频	3 分 15 秒	一支代表中国参赛的业余聋人女足
钢丝上的"雄鹰"	2019 年 9 月	微纪录片	6 分 26 秒	"高空王"阿迪力和新疆达瓦孜的故事
我的篮球故事	2019 年 9 月	系列微视频	4 集	竞技、中老年爱好者、少儿培训、残疾人 4 个不同群体代表的故事
冰上火苗	2019 年 6 月	微纪录片	5 分	从业余走向国际舞台的高中生花滑运动员陈虹伊的故事
一个人的球队	2019 年 6 月	沙画短视频	1 分 39 秒	少年篮球爱好者器官移植
大众冰雪情	2019 年 5 月	宣传片	1 分 55 秒	北京冬奥会倒计时 1000 天，4 个普通人的生活与冰雪交融
野冰场上"老男孩"	2019 年 3 月	微纪录片	4 分 55 秒	沈阳老年冰球队
飞跃冰瀑	2019 年 3 月	微纪录片	4 分 10 秒	悬崖跳水老爷子
冰火淬炼	2018 年 12 月	微纪录片	9 分	首钢因两个奥运停产转型，与体育结缘的故事

续表

名称	时间	类型	时长	内容主题
加油啊！独臂铁人	2018年12月	微纪录片	6分10秒	中国残疾人铁人三项运动员第一人
电竞之惑	2018年11月	专题片	14分25秒	围绕电子竞技的理解与尊重、警惕与忧虑
飞檐走壁少年气	2018年10月	微纪录片	4分40秒	竞技攀岩小将的故事
一代人皇的电竞江湖	2018年9月	微纪录片	5分10秒	中国第一代电竞世界冠军sky的故事
领军者孙杨	2018年9月	短视频	3分30秒	—
星耀亚细亚	2018年8月	微纪录片	5分40秒	以图片故事串联新中国44年亚运历程
我的世界杯记忆	2018年6—7月	系列片	8集	各个足球相关人群的世界杯故事
双奥总工	2018年8月	短视频	3分25秒	两届奥运标志性场馆总工程师的故事
奥运回响	2018年8月	微纪录片	9分40秒	2008年北京奥运会十年记：运动员、建设者、志愿者、拆迁居民、外围工作者、转型工人等不同身份人群的奥运故事

数据来源：新华社体育部

表 2　新华社体育部 2021 年 7 月—2022 年 6 月新媒体纪录片创作清单

名称	时间	类型	时长	内容主题
遇见王霜：我的巅峰还没到	2022 年 6 月	访谈人物	14 分 45 秒	记者英文出镜解说，中文访谈加介绍背景
张伟丽：困局内外	2022 年 6 月	访谈人物	8 分 25 秒	具有世界知名度的女子搏击名将专访
盛会华章	2022 年 3 月	纪录片	49 分 30 秒	从 1990 年亚运会到 2022 年冬奥会 30 多年的体育征程
盛会华章之系列访谈	2022 年 3—4 月	访谈	6 期	各路相关人物的访谈
雪圈这些人，有话说	2022 年 2—3 月	系列访谈	8 期	滑雪圈重要人物系列访谈（经营者、场地和赛事、培训、滑手、装备、创业、博主等）
呲到世界的尽头	2022 年 2—3 月	单板系列片	7 集共约 1 小时	单板滑雪全行业，记者介入体验式
无雪之地	2022 年 3 月	微纪录片	5 分 30 秒	生长在云南的残疾滑雪女孩
我和我的冬奥	2022 年 2 月	微纪录电影	19 分 20 秒	四个普通人与冬奥的故事
古风冬奥	2022 年 2 月	创意短视频	3 分 45 秒	京剧、诗词与冬奥
杨扬探冬奥	2022 年 2 月	短视频栏目	9 期	杨扬作为特约出镜记者，展开冬奥相关话题
北京晚自习	2022 年 2 月	短视频栏目	22 期	综艺型泛科普新闻
"洋记者"带你探冬奥	2021 年 1—12 月	短视频栏目	7 期	围绕冬奥相关的场馆、事件、地域、文化等，外国主播加本地嘉宾，介入体验式

续表

名称	时间	类型	时长	内容主题
铁甲雄心	2021年12月	微纪录片	5分	中国全甲格斗爱好者的故事
他乡似故乡	2021年10月	微纪录片	6分10秒	北京冬奥组委外国专家的中国故事
燃	2021年10月	新闻短片	6分10秒	北京冬奥会火种点燃
最高荣誉	2021年10月	微纪录片	9分20秒	北京冬奥会奖牌背后的故事
武当少年	2021年10月	微纪录片	4分50秒	一个在武当习武的小女孩的故事
追光：东京之路	2021年8月	纪录片	58分45秒	奥运史上首次延期，七位中国运动员的备战路
杨扬探"东"奥	2021年7—8月	短视频栏目	12期	杨扬作为特约出镜记者，展开东京奥运会相关话题
东京晚自习	2021年7—8月	短视频栏目	20期	综艺型新闻

数据来源：新华社体育部

化"零"为"整"：从"节目化"到"栏目化"是电视内容生产的必经之路，新华社体育部的创作历程亦不例外。从上面的两个列表中可以看出，新华社在三年之内摸索出了一套成型的内容生产范式，把单兵作战的主题记录变为了小组创作的系列专题。这是创意实践团队内部组织逐渐成熟化的标志之一，也是在实践中总结出的经验模式之一。值得注意的是，这种模式化、系列化的推动力与前文所提到的工作模式密不可分，2018年与2019年是没有大型赛事的年份，所以初期的专题来自全国各地分社的推荐，难以统一创作模式。借着2020年武汉军运会与2021年东京奥运会两个契机，新华社体育部在集中人员力量的情况下，迅速摸索出了重大赛事窗口期的创作模式，并将这种模式确定下来，最终成为内部系列专题报送与常规品牌创意打造的案例参考。

积"少"成"多"：新华社相较于其他非主流媒体的核心竞争力之一，是资源的整合与档案的积累。这一点看似与新媒体转型没有关系，但确实构成了新华社体育部内容生产的底蕴。新华社拥有国内最大的新闻资料库与图片库，这种积累文献资料的优良传统在经过创造性转化之后，突出了新华社内容生产的人类学价值与社会学价值。新华社体育部近5年所跟踪的运动项目与运动员本身在影像上便具有人类记忆的价值，时值2024年巴黎奥运会，新华社将今年的创作焦点转向了滑板、冲浪、攀岩与霹雳舞等四个项目，准备进行新一轮的长片创作。这四个项目是过去5年间已经进行过记录与采访的项目，仅仅是这几年的跟踪素材就足以让新华社体育部在这些项目上的内容创作能力比肩国内一线的纪录片创作团队，这在单一追求短平快创作的今天是难能可贵的。可以预见在不久的将来，在创作模式进一步成熟之后，新华社体育部的内容品牌会立足于内容深度与制作精度，进一步打开其传播市场。

接下来，笔者将针对新华社体育部在通过新媒体纪录片构建国家体育文化形象时所呈现的三个最具特征的生产原则进行举例分析。

（一）强调体育对人的塑造：文明其精神，野蛮其体魄

"文明其精神，野蛮其体魄"是毛泽东同志于1917年在《新青年》发表的《体育之研究》中提出的体育教育思想[1]，这是针对当时国人相较于帝国主义国家的国民体力日渐衰落而发出的时代号召，在中华人民共和国成立后进而发展成"发展体育运动，增强人民体质"的口号。从"文明其

---

[1] 陈静，普长辉，栾文敬.体育文化记忆、健康中国与国民体育素养提升：1949—2017［J］.山东体育科技，2018，40（2）：5.

精神"这句来看，与体育配合的还有德育与智育，三育思想百年来从肉体与精神两个层面不断鞭策着我国教育事业的全面发展，强调着中华民族儿女成长过程中全面发展的重要性。毛泽东同志百年前的这句话言简意赅，如今对于我国依旧适用，而且成为中国体育文化运动形象体现中华民族伟大复兴的首要特征。

在新华社近年制作的新媒体视频中，无论是报道还是专题片，无不体现着"体魄"与"精神"教育的辩证关系，在 2019 年表现奥林匹克精神在中国潜移默化影响国民各方面成绩的《五环印迹》一片中，新华社选取了五位来自不同领域的人物，其中来自中关村第三小学的小学生马仲缘因为热爱花样滑冰与中国首位取得冬奥会金牌的短道速滑运动员杨扬结缘。在记录她从一个偶尔偷懒的"冰上小白"到能够在北京冬奥会倒计时 1000 天快闪活动中占据花滑"C 位"并惊艳全场的成长历程中，观众可以看到在以中关村第三小学为代表的中国初等教育体系中，运动文化的普及已经取得了不俗的成就，更难能可贵的是杨扬作为马仲缘的偶像，激励着"小马同学"一步一步勇攀高峰，树立金牌梦想。在本片中，杨扬作为另一个主线人物，她在退役之后，加入了世界反兴奋剂机构，在世界体坛继续发挥着能量，并回到上海作为冰雪运动的推广者，以女强人的新身份开办了冰场，培养了大批的冰雪运动教练，向包括自闭症儿童在内的下一代传递体育精神，身体力行弘扬中国梦。

（二）作为文化自信动力源：立足事实报道，打造文化记忆

文化自信是更基础、更广泛、更深厚的自信，是一个国家、一个民族发展中最基本、最深沉、最持久的力量。[1]1984 年洛杉矶奥运会，中国在奥运会上实现了金牌零的突破，让世界再一次刷新了对中国的印象。2001 年 7 月 13 日北京申办 2008 年奥运会成功至今的二十多年间，中国体育

---

① 中共中央关于党的百年奋斗重大成就和历史经验的决议［M］．北京：人民出版社，2021：44．

事业的发展给了我们更多的惊喜。百年弹指一挥间，如今的我们有更充分的理由与动力，去相信中国的体育文化形象在世界上早就摆脱了"东亚病夫"的帽子，而且中国正在以崭新的形象与世界各运动强国比肩，并通过运动竞技这种"通行语言"的碰撞与交流，不断展示着真实、立体、全面的中国，塑造着可信、可爱、可敬的中国形象。①体育文化自信作为国家民族文化自信的动力源，其深厚持久的原因来自我们对体育文化活动实践的不断记录与报道，也就是一种文化记忆的不断生产。

文化记忆是人们了解和认同自己文化身份的重要途径。通过文化记忆，人们可以深入了解自己文化的历史、传统和价值观，形成对自己文化的归属感。这种认同感不仅有助于个体的成长，还能够加强社会成员之间的联系和凝聚力。正如体育成绩争分夺秒、不容造假、永远追求公平真实的特点，新华社立足于新闻报道尊重真实客观的本性，在生产新媒体视频的过程中承担起了记载体育文化记忆，传递视听历史文献的社会功能。在制作回顾中国正式回归国际奥林匹克大家庭40年历程的专题片《超越之路》时，新华社搜集了国内外大量视频资料，这些资料中不仅有国际奥委会视频库提供的宝贵会议资料，还有来自中国初中生的电视录像。在本片中，为了取得第一手的史实资料，创作团队不仅采访了屠铭德先生、邓亚萍女士，还前往瑞士洛桑说服了为萨马兰奇先生做了数十年秘书的安妮女士，详细讲述了萨马兰奇先生与中国奥运之路的不解之缘，这也是她人生中唯一的一次出镜经历。新华社用诚意证明了一个官方媒体记录真实历史、打造不朽文化记忆的决心与责任感，这在难辨信息真伪的今天是尤为可贵的。

（三）尊重人类命运共同体：天下大同，理念共通，全民运动

中华民族对于磨难二字的认识是深刻的，中国的体育事业也是充满

---

① 本书编写组.《中共中央关于党的百年奋斗重大成就和历史经验的决议》辅导读本［M］.北京：人民出版社，2021：69.

坎坷与弯路的，但我们从未放弃，其中一个很重要的原因就是世世代代的中华儿女培育和发展了独具特色、博大精深的中国文化，使中华民族饱经磨难而不衰、千锤百炼更坚强。这使得国人对于人类命运彼此休戚相关的格局有着更深的体会，也使中华民族对于通过体育文化交流来推动人类命运共同体的愿望更加真切。虽然近年来中国不断推进、维护和践行多边主义，但是世界格局中的单边主义、保护主义、霸权主义、强权政治等情况愈演愈烈。中国国民在自豪于生活在一个和平的国家之际，也要看到我们和平的祖国并非处于一个和平的时代。

在离瑞士洛桑国际奥委会不远处的奥林匹克博物馆中，有一件展品时常被提起，不是因为它的价值有多么昂贵，而是因为在其上镌刻着一句话——"Sports for all"，表达了"运动属于所有人"之意。这恰好证明了"运动"作为一种媒介能天然地连接世界各种文化，在运动场上各民族的交流能够真正达到弘扬和平、发展、公平、正义、民主、自由的全人类共同价值，秉持平等和尊重，摒弃傲慢和偏见[①]的目的。

2021年8月，新华社联合中国传媒大学动画学院创作的纪录片《追光：东京之路》就体现了新华社在构建国家体育文化形象时推动人类命运共同体建设的宏大格局。该片记录了六位奥运会运动员在东京奥运会延期的这一年中所作出的努力，在他们之中有做了母亲之后愈加力不从心的跆拳道运动员吴静钰，有因延期而意外获得参赛资格的马拉松选手彭建华，有令人唏嘘的无冕之王体操王子肖若腾，也有令人沸腾的卫冕冠军乒乓老将马龙……这个片子的格局之所以宏大，是因为全片在国际体育精神的观照下将人物故事娓娓道来——片子伊始便以一种梦幻的蒙太奇方式进行"起兴式"的引入。用导演沈楠的话来讲，首先就要呈现一种面临全球疫情灾难时所有运动员的无力感，随着音乐节奏的变化，片名"追光"的含义渐渐显现，影像的快切向我们展示了全世界运动员在新冠疫情期间用

---

① 本书编写组.《中共中央关于党的百年奋斗重大成就和历史经验的决议》辅导读本[M].北京：人民出版社，2021：69.

各自的方式不懈追寻人类更高、更快、更强梦想的众生相：举重运动员日常练习的配重变成了肩头哈哈笑的子女；皮划艇运动员将划艇绑在自家泳池中，扬起的水花驱散了酷暑；提升核心力量的运动员借助门框做引体向上，家人们在旁边加油、打气、计数；团体项目的队员因为分隔各地，用视频会议的方式彼此监督训练……在这种情景的感染下再去审视本片的主角，观众一方面会因为他们是中国的奥运健儿而产生情感认同，另一方面会站在更高的全人类的角度被他们追寻黑暗时刻那一束光的勇气和坚忍鼓舞，因为当人与人彼此的生命产生一种共同的合力，输赢或许不再重要，重要的是在追求人类极限与生命之光时所产生的那一刹那共鸣。

正如国际奥委会主席巴赫宣布在"更快、更高、更强"之后加入"更团结"，新华社在构建国家体育文化形象时所树立的尊重人类命运共同体的原则体现了国际的视野、中国的气度。也正因为这一点，《追光：东京之路》这部作品才能在2021年米兰国际体育电影节中斩获大奖，成为中国宣传国家体育文化形象的成功案例。

国家体育形象的构建不是一蹴而就的，从目前海内外的传播情况看，主流媒体还需要继续探索，找准时代脉搏。更重要的是在当前的新媒体环境中，主流媒体的转型不仅需要自觉加速，还需要尊重事物的客观发展规律，稳扎稳打、不疾不徐地积累经验，才能最终走向成熟。新华社在新媒体转型期间凭借"强调体育对人的塑造""作为文化自信动力源""尊重人类命运共同体"这三个本位原则指导生产出的诸多视频报道与专题纪录片，在我国国家体育文化形象的构建上已经初见成效。然而破局之路其修远兮，新华社除了1997年建立的新华网和至今仍有待完善的官方APP，不具备更强势的传播渠道，这导致新华社在转型期间的话语风格受不同传播平台掣肘，尚不能形成属于自己品牌式的风格，这有待于接下来新华社深化改革做出进一步努力。同时，由于新华社悠久的文字工作传统，其通讯员之前多来自高等院校的语言类专业和新闻传播类专业，想要让他们在短时间内具备一整套成熟且能够应对各种挑战的视频生产思维，打造出一支具有高精尖水准的视频生产团队，仅仅依靠近年来的招聘与内部人员的转型，恐怕还是远远不够的。新媒体视频行业竞争压力日趋增大，"草根"自媒体自发创作的视频水平目前甚至已经超过了不少专业团队，这也是新华社新媒体转型突围所面临的一个巨大挑战。但是通过新华社体育部制作的这些短视频我们不难看出新华社这个老牌媒体所具备的社会责任感与新闻追求。如果说在新媒体时代点击率就是硬道理，综观各主流媒体在各平台的新媒体视频，新华社体育部各视频的点击率还是令人欣慰的。这体现了新华社在改变原有话语形态、提升用户黏性方面的成功，也说明了新华社在构建国家体育文化形象方面所做出的成绩真正得到了受众的肯定。随着我国国民在体育事业方面的自信心与自豪感不断提升，笔者相信新华社体育部的新媒体转型之路也会越走越顺、越走越宽。

现代化语境下中国传统艺术"两创"的实践逻辑

邓若俊　中国传媒大学

中国传统艺术在当下的创造性转化与创新性发展问题，在"两个结合"与习近平文化思想的正式提出之后更为凸显。作为赓续中华文脉、实现中华文明文艺领域现代化的重要母题，在明确其理论逻辑与历史逻辑的前提下，还必须摸索清楚其实践逻辑，方能最终达成中国传统艺术目前的"两创"目标，才能在党的领导之下，坚持从人民性出发，推出更多"思想精深、艺术精湛、制作精良"的作品。在锚定了"人民性"的概念、确定了转化的方法与发展的判断标准之后，中国传统艺术"两创"的实践逻辑，首先在于要以中国化时代化的马克思主义为指导，这是实践的前提，也是当下中国主要矛盾根属性层面的本原需求。其次是要提升甄别中华优秀传统文化的能力，确保以中国传统艺术的优秀内容为对象；在具体的转化当中，整体的文化生态要充分尊重艺术家、尊重艺术规律以确保创造性发展成果的合理性；在面临经济效益诱惑与工具理性捷径时，创作者必须以社会效益与价值理性作为行为准则。艺术生产与传播各环节的参与者们还需要充分认识到文化发展并非一蹴而就，没有长期坚持的决心、耐心与信念无法达成创作"高峰作品"的宏伟理想。最后是在这个长期的发展过程中，还需要在实践中不断总结经验，在不断变化的实际情况中补充艺术"两创"的理论逻辑，才能处理好"知"与"行"的关系，为作为再生产的中国传统艺术"两创"保驾护航。

一、中国传统艺术面临的双重需求

"中国传统艺术"是一个指涉甚宽的概念。在中国悠久的历史长河中，在中国传统哲学与美学观念滋养下，体现着中国民族性特征的中国传统艺术气象万千，不仅在纵向的不同时期呈现了迥异而绚烂的时代大风格，还在横向的不同维度上形成了多种艺术门类的分类标准与内部层次。得益于中华文脉五千多年的赓续，中国传统艺术各门类围绕共同的艺术精神内涵不断发展，鲜明地体现了中华民族的审美意识与民族特色。然而，随着现代化的加速进程，人们的生活方式、审美观念和价值观发生了巨大的变化，这种变化在不同程度上导致了人们对传统艺术的需求和兴趣减弱。现代科技和社会的发展使得人们更倾向于追求快节奏、高效率的生活方式，传统艺术从创作到鉴赏的方式与现代生活的节奏和现代文明的追求有一定出入，直接结果便是各传统艺术门类的日渐式微。此外，随着全球化的推进，不同文化之间的交流和融合日益频繁，这使得传统艺术在保持自身特色的同时，也需要适应新的文化环境。然而，这种适应过程并非易事，需要对传统艺术进行深入的研究和创新，以适应现代社会的需求。

中国传统艺术作为中华优秀传统文化的重要组成部分，需要在继承与发展的思路上与中华优秀传统文化协同步调。2013年12月30日，习近平总书记在中共中央政治局第十二次集体学习时提出了"创造性转化"与"创新性发展"的理念。2017年10月，"推动中华优秀传统文化创造性转化、创新性发展"被正式写入了党的十九大报告。2021年7月1日，在庆祝中国共产党成立100周年大会上，习近平总书记强调："坚持把马克思主义基本原理同中国具体实际相结合、同中华优秀传统文化相结合。"这一论述将"两创"的内涵进一步拓宽。

中国传统艺术无论是创作、传播、鉴赏的传承，还是内在精神的当代发展，都首先要从"两创"的需求出发，这是一个在现代化时代背景下对传统文化进行当代解读和再创造的过程。这一过程旨在将传统艺术元素与现代审美、技术、生活方式相结合，赋予其新的时代内涵和表现形式，使之在现代社会中焕发出新的活力。"创造性转化，就是要按照时代特点和要求，对那些至今仍有借鉴价值的内涵和陈旧的表现形式加以改造，赋予其新的时代内涵和现代表达形式，激活其生命力。创新性发展，就是要按照时代的新进步新进展，对中华优秀传统文化的内涵加以补充、扩展、完善，增强其影响力和感召力。"[1] 这两个概念的阐述落实到中国传统艺术在当代的继承与发展问题上时，创造性转化就具体化为艺术创作实践要在保持传统艺术精髓的基础上，进行现代化的改造和提升。这包括对传统艺术形式、题材、技法等方面的创新，使之更加符合现代审美需求。而创新性发展强调整体的中国传统艺术体系与内部各门类在原有基础上，进行新的探索和尝试，在结果上符合与时俱进的要求。这包括对传统艺术功能的拓展、传播方式的创新以及与其他文化元素的融合等。

同时，中国传统艺术在当代的继承与发展还有另一个重要的需求维度，那便是要推动习近平文化思想当中对"文艺现代化"提出的具体要求。现代化是一个体量巨大且面向颇多的命题，自2021年11月8日至11日召开的党的十九届六中全会审议通过的《中共中央关于党的百年奋斗重大成就和历史经验的决议》正式提出了"中国式现代化"一词之后，便开启了学界对政治、经济、文化、生态等方面现代化问题进行全面且深入研究的新局面。其中，"文艺现代化"的理念自五四新文化运动开始便在历史演进与文化交流的过程中不断丰富。从历史逻辑上看，"文艺现代化"的丰硕结果源于近现代文学家、艺术家和思想家们致力于推动中国文艺转型的不断努力，整体表现为1840年以后中国传统艺术体系在继承与发展

---

[1] 中共中央宣传部. 习近平新时代中国特色社会主义思想学习纲要[M]. 北京：学习出版社，人民出版社，2019：147.

中向现代艺术体系的不断转化,同时始终伴随着关于中西体用、雅俗变迁、古今取舍的激烈讨论。最终,"文艺现代化"可理解为在中华文明不断更新重塑的自觉性中,文艺作品基于中国实际情况,反映时代精神与人民需求,并使之具有现代性的一种期待与实践。

随着时代变迁、社会发展与观念更迭,"文艺现代化"这一概念不断得到引申和阐发。步入新时代之后,"文艺现代化"强调文艺作品要为人民服务、为社会主义服务,要弘扬社会主义核心价值观,传承中华优秀传统文化,同时也要借鉴世界优秀文艺成果,推动中国文艺的国际化发展,增强其传播力与影响力。以上的诸多论述深化了当下"文艺现代化"的时代内涵,使其更加具体,也拓宽了其面向与外延,为中国传统艺术的继承与发展工作指明了方向。

"文艺现代化"的理念从诞生之初,便是爱国之士实践社会改造意图在文化层面的重要体现,"其对现代中国有着愿望之憧憬与理念之建构,其对传统中国有着价值之批判与学理之解构"[1]。这种理想在动态的历史发展中从未缺席,从现象上看,"文艺现代化"无疑是文艺形式、内容与技术的革新,而从根源上看,更是一种深层次的文化需求和社会发展在自我反思中前行的蜕变动能。这种需求体现在多个方面,比如《文艺的中国式现代化:概念界定与历史脉络》一文便通过对党的二十大报告的领会,将文艺的现代化总结为"意识形态""创作""传播""普及""教育"等五个文艺领域的现代化。[2] 其中,"意识形态"无疑是其他四个领域所围绕的核心,也是"文艺现代化"理论逻辑的抓手;而"创作"则为"意识形态"赋予"骨"与"肉"的具体落实,为"传播"与"普及"领域提供了具体内容,也为"教育"领域提供了可参考的实践范本。这五个领域共同构成

---

[1] 包大为.文艺的中国式现代化自觉:历史生成与概念界定[J].社会科学辑刊,2023(5):206-214,239.
[2] 郭晓,张金尧.文艺的中国式现代化:概念界定与历史脉络[J].艺术教育,2023(2):21-26.

了"文艺现代化"的"整钢"布局，彼此之间相互依赖，"创作"方面汇集了"形式因"与"质料因"，是文艺现代化成果的最直接体现，这也凸显了对"创作"领域实践逻辑进行总结的重要性。

纵观近几年关于"文艺现代化"与"两创"的相关文献，多局限于理论逻辑的论证与历史逻辑的梳理。除此之外，便是门类艺术对各自领域现象的总结与评论。总的说来，从当前文艺学或艺术学的一般性创作规律层面对实践逻辑的总结还比较缺乏，即对中国传统艺术在当下发展的理论参考有余，而实践参考不足，这无疑是当前文艺理论界亟待解决的重要问题，也是本文所探求的核心命题——尝试总结中国传统艺术在现代化需求语境下进行"两创"的实践逻辑。

二、中国传统艺术"两创"的使命、任务、问题与挑战

实践逻辑是对正在进行的实践活动的必然性和规律性的概括，掌握实践逻辑有助于直接把握事物发展的基本现状和内在关系。总结中华传统艺术"两创"的实践逻辑应该从民族复兴的伟大实践着手，寻求其理论逻辑和历史逻辑的根源和统一体。实践逻辑具有基础性、根本性和决定性的作用，它要求任何假说或假设都必须经过实践的验证，也就是我们常说的"实事求是"以及"实践是检验真理的唯一标准"。

在特定的实践活动中，实践逻辑为各方主体的参与提供共识基础、组织依据和行为准则。实践逻辑要求按照实践活动的特性，以及参与个体行动逻辑的空间性与时间性来展开实践。在本文的话题中则意味着艺术活动的各方参与者在物理空间、文化空间以及心理空间等多重空间维度的统摄下，先要充分认识中国传统艺术"两创"的使命与任务，明确当下存在的问题与挑战，然后根据所面临艺术实践活动的具体特性开展具体工作。

一般认为，大众对于中国传统艺术创造性转化与创新性发展的关注从河南卫视的创意舞蹈节目《唐宫夜宴》之后便进入了加速阶段，伴随同时期的《典籍里的中国》等栏目以及稍晚出现的《只此青绿》等大型节目，"国潮"的概念也开始普及并成为一种大众文化的流行趋势。中国传统艺术与传统文化题材成为艺术创作与传播的富矿，从2024年春节联欢晚会各类节目的百花齐放便可一瞥这种创作风潮的成功。但一些反面案例也印证了没有任何成功是一蹴而就的，这些例子往往出现在对传统艺术进行改编或创新时过于追求形式上的新颖和现代化，而忽视了传统艺术本身的精髓和文化内涵。其中一个明显的例子就是对传统戏曲的改编，尤其是一些将戏曲片段与流行音乐融合的尝试。例如某些戏曲作品在改编过程中，为了追求现代观众的喜好，过度简化剧情，前后语境的削弱导致传统戏曲中的深刻哲理和文化寓意丢失。这样的改编虽然可能在短期内吸引观众的眼球，但长远来看，却削弱了传统戏曲的艺术价值和文化底蕴。另外，一些传统艺术在创新过程中，过于追求商业利益，将艺术商品化，失去了其原有的艺术性和文化内涵。此外，还有一些创新项目虽然打着传统艺术的旗号，但实际上却是对传统艺术的歪曲和误读。这些项目往往缺乏对传统艺术的深入研究和理解，只是简单地将其与现代元素进行拼接，结果不仅未能达到创新的效果，反而对传统艺术造成了损害。负面的案例警示我们在进行中国传统艺术创造性转化与创新性发展的过程中，必须时刻保持对传统艺术的尊重和理解，不能简单地追求形式上的新颖和现代化，而忽视了传统艺术本身的精髓和文化内涵。如果没有深刻理解"两创"的使命与任务，无疑会走上偏离的路线。

那么中国传统艺术"两创"的使命与任务是什么？首先，是要明确这项工作肩负着传承和弘扬中华优秀传统文化的重任。坚持在党的领导下对传统艺术进行现代解读和再创造，是含蓄地赓续文脉的重要手段，是通过艺术情感共鸣的特殊能力让更多人了解和欣赏中华文化的独特魅力，从而增强民族自信心和自豪感，进而推动中华文化在国际舞台上发挥更大的影响力。其次，这项工作还承载着服务人民高品质生活的使命，"人民性"始终是"两创"的实践基底。通过创作更多符合人民精神文化需求、"思想精深、艺术精湛、制作精良"的艺术作品，可以满足人民日益增长的美好生活需要，提升人民的文化素养和审美水平。以这种方式推动人的全面发展与社会的全面进步，最终努力解决当下人民日益增长的美好生活需要和不平衡不充分的发展之间的矛盾。总而言之，中国传统艺术"两创"的使命就是在党的领导下实现中华优秀传统文化中艺术领域的现代化，成功赓续中华文脉，全心全意为人民服务；其具体任务是通过推出更多"三精"作品，让中国传统艺术中最优秀的部分传承下来，不断探寻增强自身传播力与影响力的密码，最终发扬光大。

从前述的一些反面案例中可以得知，中国传统艺术的"两创"之路并不平坦。2014年10月15日，习近平总书记在文艺工作座谈会上的讲话中提到的一个最重要的挑战便是经济效益的诱惑。诚然，"两创"是推动文化产业发展的重要途径，通过创新艺术形式、丰富艺术内容、提升艺术品质，可以吸引更多观众和消费者，但这些经济效益需要与社会效益相协调，并将社会效益摆在首位，才能称为"成功"。这个道理看似非常简单，但是有时换了语境，换了场景，换了皮囊，比如在尝试提升传播力和影响力这方面，以经济效益为先的"小心思"就非常容易乘虚而入。在党的二十大报告第八部分"推进文化自信自强，铸就社会主义文化新辉煌"中，有对于"增强中华文明传播力影响力"的明确要求，一时间现象级的海内外传播案例变成了学界讨论的热点话题。有些学者热衷于2023年"科目三"舞蹈和微短剧作为一种流行"迷因/模因（meme）"的"出海"爆火，认定这就是中华文明传播力提升的表现，却又对2024年"龙行龘龘"这一流行语中的生僻字大扣缺乏人民性的帽子。殊不知"人民性"来自人民的生活实践，而生活实践必然要汲取中华文明的智慧，缺乏智慧的流行元素虽然层出不穷，但终究难以为继。其原因在于网络传播力的迅猛往往以"流量变现"为动力，虽然也具有一定的人民性，满足了广大人民群众好奇与娱乐的精神需求，但社会效益和精神底蕴的失语注定了其短寿的周期。相比之下，像"齉齉"或者"𰻞𰻞"这样的生僻字，虽然打眼一看并不"友好"，其流行结果却更为犀利地告诉我们要相信人民群众辨别优秀文化的智慧与解决难题的实践能力，所以"巷子"的"深浅"问题固然要解决，但根本问题终究在于"酒香"自身所蕴含的价值"深浅"。2023年底全国文旅从哈尔滨伊始掀起了一场"内卷"风暴，这股轰轰烈烈的文旅"两创"浪潮成功诠释了什么叫作"经济搭台，文化唱戏"。在全民各方媒体的监督与造势并举之下，2024年的春节氛围格外浓厚，只因这场文旅盛宴巧妙地推动各地传统文化艺术资源进行整合营销。需要注意的是，尼尔·波兹曼"娱乐至死"的寓言始终像达摩克利斯之剑一样警示着我们，在全民狂欢白热化的阶段，张家界文旅"赶尸大戏"和无知网红cos（模仿）福建传统游神"赵世子"的闹剧都是急功近利追求所谓表面经济效益"传播力"而忽视了文化自身社会效益"影响力"的结果。

在"现代化"的语境中，同样存在"经济效益至上"的思维陷阱，即片面追求现代工具理性捷径，而忽视或轻视价值理性。进一步说，便是过于注重达成目标的有效手段，而忽视了行为背后的道德与意义。经济效益的合理增加来自对更高效率与更低成本的合理追求，而对"合理"的判准源自实践的尝试与摸索。一方面，在讲求"科学技术是第一生产力"的时代，任何技术的双刃剑属性都导致其哪怕经过再多试错，也无法保证人类对它的完全掌控；另一方面，技术工具还有可能成为一种被经济捆绑的"噱头"，导致出现一段持续的"概念"炒作时期，过去的几年，从"大数据热"到"IP热"，再到"VR热"和"元宇宙热"，每个技术理念都经历过一段先被行业、学界追捧，而后又突然在公众视野中消失的过程。如果依旧走"文化搭台，经济唱戏"的老路，工具理性绑架文艺创作的现象将永远不会停止，这一点从各地政府近年流行的大型实景演出创作中就可以窥见一斑——"内容"总是居于"排场"之后，完全一派"务宏大，不问费多寡"的局面。好在当下的各种官方创作扶持开始更加关注优秀作品的

"可复制性"，这说明对"传播力"的考量同时具有钳制昂贵"高科技"非理性运用的作用。

诚然，文艺现代化的需求之一体现在对新兴技术和媒介的运用上，尤其是在"ChatGPT4.0"及相关的一系列AIGC（人工智能所生产的内容）技术带来的产业革命浪潮中，"技术负债"所导致的工具焦虑必然会变相推动技术主义的再次抬头，技术是否能够进一步代替艺术创作者进行内容生产也将是未来长久存在的命题。或许，对自身创作能力与意识更深刻的怀疑是文艺现代化不可缺少的副产物——传统艺术的"两创"在数字人文环境下如何自处，其本身传承与发展的意义又如何自洽，艺术训练的必要性与人本价值的不可替代性又将如何再次确证？虽然艺术哲学在形而上层面早就对"人"的核心价值与"意识"的天才原初性给予了一再肯定，但形而下的心灵动荡唯有通过实践才能进行调和。"Midjourney"、"AIVA"与"SORA"等平台的产生导致了视听艺术行业有史以来最大幅度的利润降级，大模型技术通过深度学习图形与声音迅速取代了大量人工岗位，但我们始终不能忘记的是，艺术的真谛在于它是文科领域中通过"无中生有"的创造带领人走向超越的唯一途径，而人工智能的作用在于凭借强大的学习与重组能力为艺术创作提供想法，依靠已有数据库"有中生好"。如果没有刻意的审美意识培养，就谈不上"想法"，更谈不上对于什么是"好"的判断。2024年深圳地铁大量采用AI创作海报，却被大众评价风格"不伦不类"，这说明了美育在接下来进一步开展的重要性。对于技术在中国传统艺术"两创"领域成功运用的思路，可以参照2024年中央广播电视总台春节联欢晚会，晚会中除相声小品的其他类节目在传统艺术"两创"方面的现代化特色——开场节目《鼓舞龙腾》（传统打击乐形式创新）、创意年俗秀《别开生面》（民俗工艺内容创意转化）、中国传统纹样创演秀《年锦》（传统美术纹样视听融合）、陕西西安分会场《山河诗长安》（古诗词与动画IP的AR二创）、舞蹈《锦鲤》（传统艺术符号概念转化与舞蹈技术创新）等，为我们提供了多种创造性转化与创新性发展的实践思路。文艺创作不再局限于传统单一的形式，而是扩展到"全"媒体、"全"视听领域，新的需求与新的局面推动文艺工作者不断学习和掌握新技术，创作出更加多样化和互动性的文艺作品，只有这样才能体现出"国家队"艺术家们应有的真实水平。

三、中国传统艺术"两创"的具体实践逻辑要求

只有在中国传统艺术当前面临的文艺现代化需求与"两创"需求，以及其接下来进一步发展的使命、任务与挑战的基础之上，才可能真正总结中国传统艺术创造性转化与创新性发展的实践要求，完成其实践逻辑的整体闭环。习近平文化思想的总体性框架中其实不乏对于实践的具体要求，尤其是在"文艺应该关注中国实际情况"与"以人民性为中心"的两点理论阐释中，更是能看到古今中外的诸多经典案例，这说明文化思想本身就具有实证性，是"自下而上"所冶炼出的精辟理论。然而问题往往出现在"自上而下"的过程中，一般性的理论容易在种种挑战之中被误读与异化，从而减弱了其指导能力。故而为了避免"党八股"和"假大空"的出现，我们对实践逻辑的认识应该不断往返于总体性的理论与具体的艺术创作、接受之间，打通"上"与"下"的关联——这是一个需要有意识去进行的思维培养过程，最终达到布尔迪厄所描述的那样，实践逻辑应该是"自在"的逻辑，它不仅是一种逻辑项的矛盾，还是一种无视逻辑的逻辑。也就是说，实践逻辑的终点是"日用而不知"的行动逻辑，是要成为一种可供依赖的、出自本能的无意识可靠性。

以下所提出的中国传统艺术"两创"具体要求主要来自三个方面。其中一部分来自文化思想的整体要求，可以理解为中国传统艺术在"两创"实践中的底线性原则，确定了文艺创作的"主脑"与对象；还有一部分来自文艺创新的一般性理论在传统艺术新发展领域的指导，体现着艺术创作

规律的客观必然性；最后一部分来自对当前创作领域现象的经验总结，作为对前两个部分的补充。

中国传统艺术的创造性转化与创新性发展，必须以中国化时代化的马克思主义为指导。"传统艺术"与"马克思主义"这两个概念乍一看仿佛很难发生关联，以中国化时代化的马克思主义指导传统艺术的发展不应该成为当下文艺工作者在一个国家话语体系之下仅仅为了安身立命而时常挂在嘴边的口号，而是应该自觉觉醒为社会责任，以及为了自己所处的文化体系在世界之林真正占有一席之地的理想觉悟。

习近平总书记在党的二十大报告中指出："中国共产党为什么能，中国特色社会主义为什么好，归根到底是马克思主义行，是中国化时代化的马克思主义行。"这一观点是党在不断实践中得出来的结论，从1938年毛泽东同志在《论新阶段》提出"马克思主义中国化"的命题开始，中国就已经注意到了从欧洲经验移植马克思主义的局限性。马克思主义本身作为指导性的哲学社会科学，必须经过"在地化"的结合，才能最大限度地发挥效能。正如马克思主义所认为的艺术是社会生产力和生产关系、经济基础和上层建筑的一种表现形式，其所反映的是特定历史时期的社会现象和人们的内心世界。因此，艺术家在创作过程中需要关注社会的现实问题，以及人们的切实需要，通过艺术作品来反映社会现象，表达人们的心声。由此看来，文艺工作座谈会所强调的"二为"方针本身就脱胎于马克思主义对于艺术的看法。如今，文艺领域的革新好比更为温和的"思想革命"，通过传授方式的改变与巧妙表达时代情感共鸣，带领人们走向更加开放的超越。然而虽然方式温和，长远来看却和整体世界大变局背后更为激烈的意识形态斗争息息相关，也正是因为中国化时代化的马克思主义行，因为结合了中国优秀精神文明的马克思主义路线行，才有必要在包括文艺的各方面融入这种正确的声音。

中国传统艺术在当下立足脱离不开中国化时代化的马克思主义的指导。马克思主义掌握了人类社会发展的规律，具有唯物辩证的科学方法，善于从扑朔迷离的复杂现象中把握问题的实质。这为艺术家提供了深入剖析社会现象和揭示社会本质的理论工具，从而创作更加深刻和具有思想性的作品。同时，中国传统艺术的优秀部分承接了中国以往文化精神的大成创造，能为马克思主义进一步的中国本土实践提供有益的借鉴和启示。

中国传统艺术创造性转化与创新性发展的对象，有着极为丰富的来源，不仅仅是中国传统艺术的既定门类如曲艺、戏剧等，还可能是像"锦鲤"这样的吉祥符号概念，或者是"社火"这样的民俗仪式等。重点在于，传统艺术"两创"素材的来源必须是传统文化中"优秀"的部分，即必须来自"中华优秀传统文化"。

中华优秀传统文化是"中华民族在长期社会实践和中国历代伟大思想家的概括、提炼中交融、汇聚、会通、更新的，形成了独立于世界民族之林的基本精神和主导趋向"[①]，是"对人们的思想行为起着规范作用的观念、价值和知识的体系，是在中国历史上具有一种稳定结构的共同精神、心理状态、思维方式、价值取向"[②]。从定义上看，把握中华优秀传统文化的核心在于把握其积极且独特的精神价值，那么把握作为传统文化精神意识形态具体呈现的传统艺术就应注重剔除新文化运动以来国人一直尝试摒弃的那些糟粕内容。从目的上看，中国传统艺术"两创"的落脚点是"创新性发展"，要达成真正的发展需要在已有的基础上扬长避短，实现更开放和谐的文明，如果不符合这一点，那么"创造性转化"就会失去意义而转向"创新性退化"的尴尬境地。

如果将艺术作品比作人，那么其内容是血肉、结构是骨架、主旨精神则是灵魂，但今天我们所主张的对于优秀传统文化精神性特质的把握并不意味着在创作时必须主题先行。艺术的主旨当然可以明确表达某种精神特

---

① 金元浦，谭好哲，陆学明. 中国文化概论［M］. 北京：首都师范大学出版社，2007：17.

② 薛学共. 中国传统文化与马克思主义中国化［M］. 长沙：湖南师范大学出版社，2010：17.

质或者赞颂优秀品质，但是无论从创作经验还是艺术理论出发，"情"都必须在"理"之前，唯先"通情"方能"达理"，毕竟"缺乏艺术性的艺术品，无论政治上怎样进步，也是没有力量的"[①]。苏珊·朗格从符号学的角度探讨，认为艺术是表现情感概念的符号形式，这个观点从艺术作品有效传播的角度看是极有道理的。白居易说过："感人心者，莫先乎情。"在信息爆炸的"百花齐放"时代，中国的受众已经苦于单一形式的口号说教久矣，唯有"情感"才是真正能够激起共通感受、开启理念之体会的永恒真理。"情"和"理"应该作为一对相互牵制共生的关系在创作当中进行考量，艺术作品的成立，首先要"合情合理"，只有在创作时对内容"揆情度理"，才能在受众接收时达到"通情达理"的效果。

传统艺术各门类的"转化"尝试，要以"间性"为"触点"，合理进行转化。在过去的几年当中，有很多的艺术家尝试对中国传统艺术进行创造性转化，抛开动机不谈，确实有很多所谓的"转化"不尽如人意，不仅难成"高峰"，甚至比"高原"还差了些意思。这种问题归结为一句话，便是仅有"转化"却无"活化"，其主要原因便是对艺术规律的忽略。

对于"转化"一词而言，"转"取"挪移"之意无可厚非，而对"化"的要求不仅是"变化"之"化"，更是"化生"之"化"。以苗木嫁接为例，"砧木"的特质是生命力高，亲和力强，根系发达；而"接穗"能在保持原有遗传信息的基础之上，通过"砧木"的供给改变整体造型，提高抗逆性，增大产量效率。在传统艺术转化的过程中，被转化的对象就是"接穗"，而在转化过程中融入的新元素，无论是形式还是内容，都属于"砧木"。"接穗"转化成功的前提，其实与其本身以及"砧木"的优秀程度关系不大，最重要的是"砧木"与"接穗"之间要有彼此嫁接的可能，要具有相互的亲和力。当下的很多艺术作品为了转化而转化，往往是相中了"砧木"在大众心目中的生命力，而不考虑"接穗"与之的亲和力，更

[①] 毛泽东选集：第三卷［M］.北京：人民出版社，1991：870.

有甚者，连"接穗"原有的优秀遗传性状都忽视掉了，只为在大众传媒的"砧木"上博取一些目光。1995年的小品《如此包装》和1996的相声《两个弄潮儿》就早已抨击过这种现象。在前一个节目中，冯巩和牛群为观众展示了滑稽的"音乐相声""模特相声"以及"全方位、多层次、立体交叉新潮相声"；在后一个节目中，观众印象最为深刻的便是对评剧《花为媒》"报花名"段落MTV的"魔改"。在这两个讽刺性的经典案例中，传统艺术原有的韵味和"艺术家"的自尊荡然无存，也便谈不上有什么文化底蕴。

"接穗"和"砧木"的关系是共生，是有机的生命融合，而非无机的机械聚合，并非所有手段都用上了，就能达成传统艺术的创造性转化。如何合理转化？艺术学学科的建立给出了一个可行的路径，即从"间性"着手，找寻"相通"之处。"主体间性"概念来自现象学大师胡塞尔，简单来说，主体间性就是各性间的共在，反映了主体与主体间的共在关系。王一川在《艺术学理论要略》中指出，艺术门类之间有两种情况，"异质而不可通"和"异质而可通，通而仍不同质"[①]，对于第一种情况应该大方承认，因为艺术门类彼此之间的局限性反而是其个性魅力之所在，只有这样才能从第二种情况中找寻各门类之间的普遍性原理。对于门类间相通之处，该书归纳为"同门间性""邻门间性""隔门间性""全门间性"等四种。比如，国画速写就出于"美术"门类内部的"同门间性"；电影与戏曲作品相互影响就出于同具有表演属性的"邻门间性"；如果是林怀民那种尝试将书法与舞蹈结合的作品，便更多地具有"隔门间性"的基础；继戏剧、电影、电视等综合艺术之后，科技进一步打破了艺术彼此之间的门槛与时空限制，各门类外延的逐步扩大带动了"全门间性"的扩大，门类、媒介、学科、文化的彼此间隔也逐步缩小，对于传统艺术而言，创造性转化的好时机才刚刚到来。

---

① 王一川.艺术学理论要略[M].北京：北京大学出版社，2021：19.

工具理性不仅要在价值理性的统合之下,还要充分尊重艺术规律,这是针对前文所述"两创"挑战之一的重要解决方案,在此结合上一点实践要求继续进行深化。通过"间性"的论述,中国传统艺术的"两创"思路与可能得以极大拓展,然而其具体落实难免面临诸多手段"乱花渐欲迷人眼"的取舍问题。以河南卫视《唐宫夜宴》这个节目为例,从目前中国知网中对其进行研究的所有论文中取样分析,次级主题相关最多的词条除了"传统文化"便是"新媒体"、"技术赋能"以及"创新传播",其中大量文章对这个节目进行了不吝篇幅的大段"影评式"细读,分析其转化细节。随着类似节目数量逐渐增多以及相关研究热度的暂缓,如今我们也可以冷静地拿出一些技术细节重新进行理性推敲,只为将当初的一些遗憾在未来创作中一一弥补。

价值理性的重要性在此不再赘述,在《唐宫夜宴》博物馆场景的构建中,河南博物馆的馆藏重器悉数登场,配合穿插其间的唐宫舞者向观众传递了中原大地的"一眼万年"。笔者想探讨的问题在于,首先,这个节目是否真的彻底打通了舞蹈与影视的"邻门间性",融合了彼此所长;其次,"国宝"的罗列是否可以同民族自信心画等号。《唐宫夜宴》的创新之处在于采用了将影视"绿棚"的虚拟制片技术引入舞蹈的电视化拍摄,从舞蹈节目的角度来说它无疑是成功的。但艺术门类的"间性"是相互共在的,需要同时考量作为影视艺术作品的《唐宫夜宴》,其视听语言以及效果呈现是否兼顾了两种艺术门类的特性并达到了最好的效果。笔者认为,从影视艺术的角度看,《唐宫夜宴》还是个相当青涩的作品。从立意上看,唐宫舞女从博物馆中"复活",在各种陈列中好奇地探险,这首先就要在艺术真实与生活真实上进行巧思。遗憾的是,节目创作者在舞者与馆藏的相对比例、透视关系,以及阴影投射和贴图材质上都着力不足,导致效果不够真实,用一句流行的评价便是"P的痕迹过重"。而在视听角度的选择上,寻常的舞蹈导播画面往往选取较为饱满紧凑的构图来拍摄整体的编舞与局部,"博物馆"的场景假定性却要求从"远景"布局,既要兼顾前景缓缓转动的枭樽，又要兼顾舞蹈主体，最终导致视觉重心的偏移，分散了观众对于舞蹈本身的注意力。也正是这种在视觉上野心过大的频频"兼顾"，既削弱了舞蹈近距离体验的感染力，又缺乏对于诸"国宝"的必要介绍，这种视觉混乱导致河南博物馆在这个节目中的自豪展示蜕变为一种罗列，加之场景与舞蹈的互动不足，最终成为二者的简单聚合。

近几年，还有些主流媒体尝试将"广播剧"与"视频拍摄"相结合，并称其为"融合媒体"与"艺术创新"，这明显是没有尊重艺术门类自身局限性的个性规律，试问"广播剧"长久以来为了以"听觉"引人入胜的那些绝招加上"视频"元素蜕变为早已有之的"电影"之后尚存几何，其"广播剧"本身的存在意义又还剩多少？"他山之石可以攻玉"，《唐宫夜宴》的遗憾对创作者提出了实践的巨大挑战——传统艺术的转化需要其更多面的创作能力，在与其他艺术门类工具结合的时候不能局限于本门艺术。简单地说，融合了几门艺术，便要充分了解几门艺术的艺术规律，才不至于变成"两张皮"或者"多张皮"。工具的噱头随着普及最终会成为理所应当的常识，真正需要探索的，是传统艺术在转化过程中对原有艺术规律的延续以及新形态所需的新的艺术规律。

要有长期坚持中国传统艺术"两创"的决心与信心，逐步深入挖掘，吸取新的经验，反哺动态的传统艺术"两创"实践逻辑体系。对于传统艺术创新中的各种尝试，既有鼓励的必要，也有批评的需要，但吹毛求疵大可不必。任何事物的发展都有从稚嫩走向成熟的过程，在这个过程中需要社会为其提供充足的试错空间。

"两创"的观点至今已经提出了十年有余，今天可谓成果累累。尤其最近三年，无论 PGC（专业生产内容）还是 UGC（用户生成内容）都在充分吸收既往的经验教训，提升内容创作能力。河南卫视 2022 年的节目《思钧如见君》，精简了视觉元素，利用拍摄优势提升编舞形式，作品整体更加完整流畅；短视频平台上的各"UP 主"也各显神通，纷纷巧妙转化传统艺术，从工艺美术的新样式教学到唐宋伎乐的视听还原，垂直深耕

"传统艺术"的创新领域。

在传统艺术创造性转化的经典成功案例不断涌现、思路趋近成熟、愈加多元的阶段，我们有充足的信心来判断中国传统艺术在创新性发展上已经做出了一定的成绩。之所以要有长期坚持"两创"的决心，一方面在于创作周期的必然要求，另一方面在于要保持艺术的持续创作必须要以其生态中逐渐构建起的产业链条为后续支撑。传统艺术的传承和发展需要投入大量的资金和资源，但在当前的市场环境下，传统艺术的市场需求相对较少，经济效益不明显。这使得许多投资者和机构对传统艺术的投入持谨慎态度，进一步限制了其发展空间。如此情况更加凸显了"两创"作为传统艺术市场的重要出路，通过创新艺术形式、丰富艺术内容、提升艺术品质，可以吸引更多观众和消费者，从而推动文化产业的繁荣与发展，真正形成马克思所描述的艺术生产链条。这不仅有助于提升国家的文化软实力，还能为经济社会发展提供新的动力，进而让传统艺术更好地为人民的高品质生活服务。

如果将艺术产业加入考量范围，那么中国传统艺术"两创"的具体实践要求仅仅总结以上几条还是远远不够的。实事求是地讲，实践的逻辑只能提供笔者一家之言的建议与参考，面对更为纷繁复杂的艺术世界，具体情况具体分析，未来还需要总结更多具有普遍适应性的实践逻辑，反哺本身开放的实践逻辑框架，如此方能"知行合一""经世致用"，让实践逻辑框架更好地为中国传统艺术创造性转化、创新性发展服务。

中国传统艺术是中华优秀传统文化的重要组成部分，寄托着中国数千年来宝贵的文化记忆。随着媒介的变革，文化记忆面临着新的挑战，新的传播方式和技术手段使得文化记忆的保存和传承方式发生了变化，同时也加大了文化理解的难度。因此，在全面现代化的新时期，通过传统艺术创新来延续文化记忆的建构和传播，搭建文化理解与沟通的桥梁也就更加重要。

面对习近平总书记所提出的"创造性转化"概念，针对仍有借鉴价值的内涵和陈旧表现形式的改造，艺术实践者们具体的工作便是在"内涵"与"形式"之间，秉持"二为"方针与"双百"方针，构建更加丰富多彩的艺术内容，最终达成"创新性发展"所要求的、对中华优秀传统文化内涵的补充与拓展。

  实践逻辑作为理解和指导实践活动的思维范式，强调实践活动的必然性和规律性，并要求通过实践来检验和修正理论。在文艺现代化的语境与"两创"的全面需求下，传统艺术接下来的发展必然要在中国化时代化的马克思主义指导下，规避单一追求传播力、影响力以及工具理性的陷阱，以传统文化中优秀的部分为对象，在尊重艺术规律的前提下，不断坚定长期奋斗的决心，进行灵活的转化，加快发展速度，并进一步充实自身"两创"的实践逻辑框架，同时为人民群众提供更加丰富、多样、高质量的文艺产品与服务。

哲思：文艺理论的当代呈现

生态共生视域下山西绛州澄泥砚的当代传承

朱小峻　中国传媒大学　太原师范学院

中华传统艺术的当代传承是新时代弘扬中华文化精神、树立文化自信的重要命题。本文以山西绛州澄泥砚的当代传承为研究对象，通过梳理澄泥砚艺术的发展历史，以绛州澄泥砚当代的继承与创新、绛州澄泥砚当代传承的困境与机遇研究为视角，阐释了绛州澄泥砚在当代传承的生态共生环境及实践路径。山西绛州澄泥砚的当代传承研究为中华传统艺术当代的传承提供了新的价值思考，为中华传统艺术融入当代民众生活提供了新的案例视角。

21世纪以来，国家高度重视中华传统优秀文化。中华传统艺术的当代传承是新时代弘扬中华文化精神、树立文化自信的重要命题。习近平总书记在《文艺工作座谈会上的重要讲话学习读本》中强调："文艺创作不仅要有当代生活的底蕴，而且要有文化传统的血脉。"[1] 习近平总书记指出："传承中华文化，绝不是简单复古，也不是盲目排外，而是古为今用、洋为中用，辩证取舍、推陈出新，摒弃消极因素，继承积极思想，'以古人之规矩，开自己之生面'，实现中华文化的创造性转化和创新性发展。"[2] 山西绛州澄泥砚技艺的当代传承为中华传统艺术当代的传承提供了价值思

---

[1] 中共中央宣传部.习近平总书记在文艺工作座谈会上的重要讲话学习读本[M].北京：学习出版社，2015：108.

[2] 中共中央宣传部.习近平总书记在文艺工作座谈会上的重要讲话学习读本[M].北京：学习出版社，2015：117.

考，为中华传统艺术融入当代民众生活提供了新的案例视角。

一、山西澄泥砚当代的传承与创新

（一）山西澄泥砚

山西省位于我国华北西部的黄土高原，西邻陕西省、东连河北省，北靠内蒙古自治区，南接河南省。地势以山地、高原、盆地为主，主要山脉为山西西部的吕梁山脉和东部的太行山脉。省内有海河、黄河两大水系，河流主要有汾河、沁河、三川河等。汾河以山西省宁武县为源头（现考察认为在神池县），流经山西省的忻州市、太原市、吕梁市、晋中市、临汾市、运城市等六市的二十九县（区），全长713千米，流域面积39721平方千米，在万荣县荣河镇庙前汇入黄河。[①] 其间大量的泥沙被冲入河流，经过长期的淘洗、沉淀积累到了汾河湾，为山西地区澄泥砚的制作提供了大量的优质澄泥原料。山西澄泥砚的制作以绛县、定襄、泽州为代表。澄泥砚是"山西三宝"之一，是中国国家级非物质文化遗产。

1.绛州澄泥砚

新绛县古为绛州，地处山西省西南部，汾河自东向西从县境中部穿过，形成汾河高低阶梯构成的冲积平原区，基本处于汾河下游地堑中，相对高差1056.4米。对于穿越山岭沟壑奔流600余千米而来的汾河，这样的地形为含有丰富矿物质的汾河泥沙在新绛县集聚、沉积形成澄泥，创造了得天独厚的自然条件。在多种澄泥砚中，自唐代以来，绛州澄泥砚就以坚润精美的品质为文士所钟爱，与广东端砚、安徽歙砚、甘肃洮河砚并称中国传统"四大名砚"。直至清代末因制作工艺失传，曾中断过

---

① 王恩瑞，梁述杰.探访母亲河：汾河源头在神池[N].山西日报，2013-07-22（7）.

300年左右的时间，现台北故宫博物院存绛州贡品澄泥虎符砚一方，十分精美。

宋代绛州还出产一种角石砚，亦为贡品、名砚。欧阳修在《砚谱》中说："绛州角石者，其色如白牛角，其纹有花浪，与牛角无异。"在米芾眼中，"绛州石出土中，其质坚矿，色稍白，纹多花浪"。由于角石滑而不发墨，人们多用来研磨丹药。元、明时期失传。据当代学者考证，角石产于新绛县九原山下的白云质灰岩溶水裂缝岩层中。

2. 定襄澄泥砚

定襄县位于山西省北中部，属山西省忻州市管辖，三面群山环绕，境内四水贯流，全县地形由东向西呈簸箕形。定襄县早在20世纪70年代，就建有定襄县石刻工艺厂，是忻州地区专业生产石砚的厂家。1983年，定襄县石刻工艺厂和五台县工艺美术厂共同开始研制澄泥砚，虽仅短短三年工厂就倒闭了，但还是为当地留下了很多制作澄泥砚的手艺人。这些手艺人也散落在定襄县、五台县，随之澄泥砚的生产逐渐发展。人们依托当地的五台山景区和阎锡山故居等旅游景区，把澄泥砚推广成了当地知名的工艺旅游纪念品，年销售量高达5万件以上。

3. 泽州澄泥砚

泽州县隶属于山西省东南部的晋城市，位于晋豫两省交汇处，自古是三晋通向中原的重要门户。泽州县境内河流纵横，主要河流为汾河和丹河。干流多由北向南流、支流多由西向东流。相传宋代时，泽州澄泥砚流传较广，其中以吕道人所制作的砚质量最优。米芾在《砚史》中记载："泽州有吕道人陶砚，以别色泥于其首纯作吕字，内外透。后人效之，有缝不透也。其理坚重与凡石等，以沥青火油之坚响渗入三分许，磨墨不乏，其理与方成石等。"可见，当时泽州生产的澄泥砚质量之上乘。现今泽州也有生产作坊，但不出名。

（二）绛州澄泥砚的传承与创新

1994年1月，国务院将新绛县列为第三批"国家历史文化名城"，国家级重点保护文物4处，省级重点保护文物15处，全县各级古迹文物169处。除了自然文物还有大量的民间技艺，如澄泥砚、云雕、木雕、石雕、皮影、剪纸、刺绣、漆器、木版年画等。澄泥砚因其重要的艺术价值、独特的文化内涵、高超的制作工艺被誉为山西三宝之一，其中又以绛州澄泥砚为魁首。绛州澄泥砚是我国澄泥砚中的重要分支之一，其制作历史悠久，在中华传统砚史艺术上享有极高的美誉。

1.制作工艺的继承与创新

澄泥砚的传统制作方法，北宋苏易简在《文房四谱·砚谱》中记述较详："作澄泥砚法，以墐泥令入于水中，挼之，贮于瓮器内，然后别以一瓮贮清水，以夹布囊盛其泥而摆之。俟其至细，去清水，令其干，入黄丹团和溲如面。作一模如造茶者，以物击之，令至坚。以竹刀刻作砚之状，大小随意，微荫干，然后以刺刀子刻削如法，曝过，闲空垛于地，厚以稻糠并黄牛粪搅之，而烧一伏时。然后入墨蜡贮米醋而蒸之五七度，含津益墨，亦足亚于石者。"[①] 以上较为粗略地介绍了北宋时期澄泥砚的制作过程，基本步骤是：澄泥，置绢袋于河中，愈年后取之，以泥令入其内；挼泥，将泥置于瓮中，用手挼之；捏泥，以物击之，使其质密；制坯，以竹刀切成砚状；干燥，阴干；烧结，窑炉。但是，如何烧制并未有记载。绛州澄泥砚精确的制作方法，完整的流程体系并未有标准参照留存。民国时期，澄泥砚的详细制作工艺已经彻底失传。

20世纪70年代末期，随着改革开放的发展，我国政治、经济、文化不断发展。在这种市场经济和文化发展的大背景下，澄泥砚艺术品迎来了发展的春天，全国各地砚台的生产逐步开始恢复。澄泥砚作为四大名砚之

---

① 苏易简.文房四谱［M］.北京：中华书局，1985：39.

一，它的生产如何恢复也成了当时的一大难题。由于澄泥砚的制作处于长期的断裂状态，理论、技艺、制作人、烧制标准、资金支持等面临种种困境。

时任山西省博物馆馆长、山西省书法家协会副主席、山西诗词学会顾问、山西大学师范学院名誉教授徐文达先生（1922—2000），出于对书法艺术的热爱和其工作性质，对澄泥砚产生了浓厚的兴趣。1973年，他以自己所藏的一方绛州澄泥砚为标本，开始与科技人员和制砚艺人一起研究、尝试复制失传已久的澄泥砚的制作技艺。经过坚持不懈的努力和现代科学技术的应用探索，在经过多次失败后，从取材到制坯、烧制及后期的加工打磨等，重新研制出了一条现代化的制作澄泥砚的工艺路径。从掌握烧制火候，到材料选取、材质密度、硬度的掌握等关键性工艺，都得到了较为精密的数据。终于，在1980年代，他们使山西著名澄泥砚工艺品重获新生，并荣获国家发明专利、文化部科研四等奖、山西省科研二等奖。此次他们不仅研究出了新工艺，而且在澄泥砚的造型方面，徐文达先生把澄泥砚的造型与书法、绘画、篆刻及诗情画意巧妙地融合起来，并广泛探索了"罗法""铸法""高温镀釉""窑前抛光"等技艺的使用方法，创新了砚腹注水法，得到了墨池经久不涸的水夹层新结构的澄泥砚。后期经过权威专家鉴定，徐文达先生制的澄泥砚在色泽、密度、精度、发墨等方面，毫不逊色于古代澄泥砚，并且在某些方面还有突破。如他制作的"举杯邀明月砚"，根据李白的诗句"举杯邀明月，对影成三人"，采用了写实与写意相结合的艺术表现手法，把气韵潜入妙境，把篆刻、书法、绘画及诗意巧妙地融合于澄泥砚作品本身，达到了情景交融、虚实相生的艺术意境。

徐文达先生是我国改革开放后最先提出恢复澄泥砚制作工艺的艺术家，并以实际行动突破重重困难，重新研制出了澄泥砚的现代制作工艺，为继承和弘扬中华传统文化做了杰出的贡献。但由于客观因素，徐文达先生对澄泥砚的制作研究多停留在恢复和创新方面，未达到量产，因此当时生产的澄泥砚数量有限，只流通在山西当地，在社会上未形成较大影响力。20世纪80年代后期，全国各地开始生产澄泥砚，在徐文达先生的影响下，时任新绛县博物馆馆长蔺永茂在1986年开始了对绛州澄泥砚的研制，随后山西定襄、五台等地及河南三门峡、焦作等地逐渐开始研制生产澄泥砚。后来又出现了众多生产澄泥砚的企业，为澄泥砚的制作带来了新的生机，也促进了澄泥砚技艺品质的不断提高。

2. 新绛县蔺氏澄泥砚的继承与创新

当前新绛县最为著名的绛州澄泥砚为"蔺氏澄泥砚"，1986年，蔺永茂、蔺涛父子成立了"新绛澄泥砚研制所"，于1991年试制成功并少量生产，得到了社会和专家的认可。蔺永茂，1940年生人，山西新绛县光村人，毕业于山西大学艺术系美术专业，1984年任新绛县博物馆业务馆长。其子蔺涛于1984年调至新绛县博物馆工作。期间蔺涛对澄泥砚产生了浓厚的研究兴趣。后来蔺永茂与儿子蔺涛合作，发掘、恢复、研制出了"绛州澄泥砚"。[①] 蔺永茂、蔺涛父子有着山西人坚韧不拔、勇于探索的精神，他们攻克了一系列难关，经过近40年的探索发展，形成了当下的"绛州澄泥砚"新品牌。

为了明确工艺流程，蔺氏父子追本溯源，搜集并整理了大量文献古籍，对涉及澄泥砚烧制的各种工艺进行了梳理。在此过程中他们善于思考，如历史上制作的"秦砖汉瓦"经过特殊工艺的处理，使得砖瓦质感细腻，琢为砚台后深受文人喜爱；"明代十三陵金砖"在制作时经过泥质精选、过滤沉淀、加入添加剂、木材烧制、定型后经油液浸泡数月，使得今天的地宫内不渗水。经过大量的理论归纳、总结，他们制作出了一份烧制澄泥砚的工艺流程。后通过田野考察，数百次的实验、比较，分析得出汾河下游的澄泥最适合烧制澄泥砚。后经过实践，不断探索采泥选料、澄细、练泥、制坯、烘干、雕刻、焙烧、抛光等几十道工序。尤其在烧制过程中，如何烧及如何烧好成为重要的技术困境，其中，如何建窑，建造怎

---

① 蔺涛，郭兵.中国名砚·澄泥砚[M].长沙：湖南美术出版社，2010：94.

样的窑，使用什么样的燃料烧，如何控制好烧制的温度，窑温如何控制，如何控制烧制色彩，在蔺氏父子几十年的探索中成了烧制澄泥砚过程中的重中之重。终于，他们在1989年建成了第一座"试烧窑"，突破了建造怎样的窑的技术难关。经过长期烧制，蔺氏不断探索烧制材料，经过"百草灰""电""液化气""煤""木柴"等的大量尝试，最终选定"煤""木柴"为最适宜的燃料。窑内的室温和烧制火候的掌握也是一大难关，在烧制时，有一个温度界定即1200摄氏度，决定着烧制时是陶还是瓷。澄泥砚的烧制温度介于陶与瓷之间，烧制温度不够容易使得澄泥砚硬度差、砚质松脆、易渗墨。烧制温度过高，则砚体光滑、无法发墨。经过无数次的实践烧制，蔺氏父子总结经验，掌握了窑内室温和烧制的最佳火候。关于澄泥砚的成色问题，文献曾记载"绛州澄泥甲天下，唯五色者，世所推崇"的砚铭，即含有青、黄、白、赤、墨诸色，也有经典的鳝鱼黄、蟹壳青等美妙色泽。砚台不同色泽的形成，受到配料、添加剂、火候、天气、烧制的温湿条件的影响，澄泥砚的制作每烧制一窑，需要连续好几天时间，蔺氏父子经过十几年对烧制工艺的探索，终于掌握了澄泥砚不同色彩的烧制工艺。直至今天，绛州澄泥砚烧制出很多精品，如鳝鱼黄、蟹壳青、五色澄泥砚等。绛州澄泥砚在当代的成功研制，得到了社会各界的认可，蔺氏父子的探索让绛州澄泥砚以一种崭新的姿态立足于当代砚林。我国著名古砚鉴赏家蔡鸿茹曾评价新生的绛州澄泥砚："蔺氏父子研制的澄泥砚质地细润，刻工古朴刚劲，构图变化多样，在广泛吸取各类艺术营养的基础上，运用其自身的艺术功底，奏刀于泥砚之上，并巧妙地利用从焙烧泥质变化所变成纹理，与雕刻相交辉，增加了砚的艺术性、观赏性，既有传统的古色古香，又有浪漫主义的时代色彩，为绛州澄泥砚注入了新的生命力。"[①]

蔺氏绛州澄泥砚在全国文房四宝和工艺展览中多次获得殊荣。1994

---

① 蔺涛，郭兵．中国名砚·澄泥砚［M］．长沙：湖南美术出版社，2010：101．

年，获"中国名砚博览会"金奖；1997年，获"中国文房四宝行业精品砚"；1998年，获山西省工艺旅游纪念品设计金奖；2003年，获"中国文房四宝行业优质产品金奖"，并荣获"国之宝"最高荣誉，2006年、2007年和2008年三度荣获联合国教科文组织"世界杰出手工艺品徽章"。2006年12月，绛州澄泥砚生产技术入选山西省"省级非物质文化遗产"，同年蔺永茂、蔺涛父子同时荣获"山西省工艺美术大师"称号。2008年6月14日，蔺氏"澄泥砚制作技艺"入选"国家级非物质文化遗产代表性项目"名录。2016年，蔺永茂荣获世界非物质文化遗产大会颁发的"世界非物质文化遗产大会终身成就奖"。2019年，蔺永茂成立的绛州澄泥砚研制所荣获"全国非遗传承人作品联展金奖"，蔺涛获评全国首届轻工"大国工匠"荣誉称号，同年绛州澄泥砚被山西省委、省政府确定为"山西三宝"之一。2020年，绛州澄泥砚研制所所长蔺涛荣获"三晋匠人"年度人物。2021年，绛州澄泥砚研制所八名员工获得"2020年全国行业职业技能竞赛——全国文房四宝用品制作职业技能竞赛优秀选手"荣誉称号。2022年，绛州澄泥砚入选山西省十大非遗保护实践优秀案例。

二、绛州澄泥砚当代传承的困境与机遇

近代以来，中华传统艺术的当代传承面临众多困境，其中中华传统艺术人才流失严重；中华传统艺术师徒传授的传承体系在当代社会没有被有效继承下来；中华传统艺术在国民教育体系中的占比不大，青少年一代对传统艺术的理解普遍不足、兴趣欠缺；尤其是中华传统艺术在与商业消费接轨的过程中出现急功近利现象，导致传统艺术的艺术传统被削弱，也让中华传统艺术难以承继；中华传统艺术与当代科技分离。[①]从以上问题可以

---

① 王廷信. 中华传统艺术当代传承研究的理论与方法："生态理念"与"共生机制"视角［J］. 民族艺术，2021（3）：55-56.

看出，中华传统艺术与当代民众生活之间存在严重的疏离现象，绛州澄泥砚的当代传承也面临着同样的困境。

当下，人们未能自觉地在各个领域认识到传统艺术的重要性，主要问题在于：政治方面，制度体系构建需要优化，组织力量薄弱；经济方面，在与商业消费接轨的过程中，大众思维、急功近利者多，存在"去价值化"的倾向；教育方面，传统艺术在国民教育体系中占比不大，导致了未来艺术受众群体的缺失；文化方面，当代艺术受西方文化影响，缺失了中国化的语境，忽略传统艺术的修养功能；科技方面，中华传统艺术未能有效利用科技手段进行艺术再创作、艺术传播，艺术接受。我们需要从政治、经济、教育、文化、科技等方面进行构建，使得中华传统文化有效进入国民的物质生活及精神生活。

（一）绛州澄泥砚的当代传承困境

当代绛州澄泥砚克服了生产技术的难关。40年来，制作澄泥砚的技术从无到有，从简单到复杂，从小规模实验到大规模的量产，生产流程已经相当成熟。然而绛州澄泥砚在未来仍然面临着如何有效传承，如何更好地传播等问题。

首先，人才的培养、传承人队伍的建设是澄泥砚艺术传承的核心任务，如河南澄泥砚当下的发展情况，"三门峡澄泥砚的发展可谓是如履薄冰，技艺传承严重匮乏。三门峡澄泥砚虽已被列入国家级非物质文化保护遗产，但面对如此窘境，政府对生产厂家或作坊的扶持力度微乎其微。无论是资金扶持、项目保护扶持，还是税收等方面目前都没有出台优惠政策，一些制砚艺人生存困难纷纷转行，家族作坊相继关门，如果不能很好地解决保护传承之大问题，那么澄泥砚将无法走出困境"[①]。山西新绛县澄泥砚艺术的发展同样面临以上困境，因为澄泥砚的制作需要当地特定位置

---

① 岳星.三门峡澄泥砚非物质文化遗产保护传承策略研究[J].艺术评鉴，2018（3）：136-138.

的澄泥原材料，所以澄泥砚一般由当地的家族或个人企业进行生产，这也导致培养传承人只能靠企业自己微弱的力量。以绛州澄泥砚研制所为例，当年蔺永茂在研制澄泥砚时也面临无可靠继承人的问题，于是他便说服儿子蔺涛参与研制，后又说服孙子蔺子麟传承这项技艺。绛州澄泥砚研制所的三代传承人都有着高学历，且有着一定的工艺美术造型修养基础，有利于澄泥砚的研发、制作和传承。这种以家族为主导的传承模式有着一定的局限性，不容易形成一定的体量和规模。因技艺的传承依然主要依靠师徒传授或家传，培养一个合格的澄泥砚设计制作传承人少则需要五六年，多则十年以上，且设计者需要掌握一定的绘画、设计技能，具备一定的艺术修养，往往需要花费大量的时间去学习这门技艺。由于经济收入较低，人们往往会放弃这样枯燥无味的工作，转向收入更高的工作，这也就导致了传承人的流失。其余制作澄泥砚的当地小作坊，则没有大量的设计师或传承人，澄泥砚的生产规模及产量未能实现市场化。

其次，营销策略有待提高。澄泥砚的销售模式依旧以熟人介绍或固定小范围的线下实体营销为主。规模略大的生产商也主要依靠线下商店，并配合线上平台销售。但往往面临线下销售量低迷，线上直播也无人观看的情况，导致销售受到阻碍。这也是大部分传统手工艺制作者最困惑的地方——只会生产、不会销售。原因是他们未能充分做好市场调研，未能充分了解当下人们的艺术审美需求，未能有效解读当下政府政策，未能有效利用文旅产业政策发展自己，未能做好市场定位。这就需要具有特定销售定位，找到消费澄泥砚的群体，如书法爱好者、澄泥砚收藏者等，只有这样才能更好地传播销售。当下的销售更应该注重线上销售，线上销售将成为未来的主要销售模式，这也需要生产者了解各大网络平台的使用方式和营销政策，利用科技力量来进行传播。同时还需要与文旅产业融合发展，与当地文化产业一起，形成集聚优势并抱团发展。

再次，行业整体缺乏品牌意识。美国学者凯文·莱恩·凯勒（Kevin Lane Keller）提出的品牌权益模型理论，强调创建强势品牌一般需要四个步骤："第一步，选择品牌构成的元素，形成显著的品牌标识；第二步，设计营销计划，创造合适的品牌内涵，形成基于消费者的品牌特征；第三步，有效传播品牌价值，沟通客户，引导其正确对待品牌；第四步，利用次级品牌杠杆（品牌创建的相对次要的一些变量，如品牌联盟、名人背书、文化艺术活动等），引起消费者关于品牌的共鸣，缔造适当的消费者—品牌关系。强势品牌的构建就是以这四个步骤为工具，在顾客心中建立起知名度和品牌联想，最终创造出品牌价值的过程。"[①]山西澄泥砚在山西地区享有很高的声誉，但澄泥砚作为"山西三宝"之一，放眼全国，如何形成自己的品牌效应则需要依靠山西澄泥砚企业和地方政府的智慧。山西澄泥砚的厂家众多，如"王氏""蔺氏""绛文阁""河东古韵""绛艺苑""绛州坊"等，其中以"蔺氏澄泥砚"发展最好，这恰恰是因为蔺氏澄泥砚的传承人以国家非物质文化遗产为根基，注重品牌意识，注重文创产品的研发及产品创新，借助非遗进行传播，才有了今天的名气。

最后，澄泥砚的改革创新问题。如何探索中国式现代化传统艺术的传承问题是当下中华传统艺术传承的核心问题。中国工艺美术品最大的问题就是千篇一律、价格低廉，缺少文化、艺术内涵的独创性及创作的当代视野。要想提升创作队伍的文化、艺术素养，教育就变成了必不可少的中间环节。需充分发挥教育资源优势，促成校内教育与澄泥砚生产地的交流，长期组织高校人才与创作人才的交流研讨，理论结合实践，为未来澄泥砚的创新发展提供良好的思路；联合社会教育机构，如美术馆、展览馆、文旅基地、文化产业中心等，举办大量线下活动，让消费者在生活中了解澄泥砚，通过消费者、游客的参与反哺澄泥砚创作者的作品创作思路，使澄泥砚的产品设计思路与当代大众审美相融合，从而提升澄泥砚的创作理念。在传统审美的基础上，融进现代人的审美情趣，使它更多地受到当下年轻一代的喜爱，毕竟传承发扬的主力军是年轻人，是后来者。原绛州澄

---

① 郭伟.品牌管理：战略、方法、工具与执行［M］.北京：清华大学出版社，2016：34-37.

泥砚研制所所长蔺永茂先生曾期待地说："传统的制砚'秘法'，我们不但摸索解密掌握到手了，还实现了发展创新。但是从与时俱进的角度审视，绛州澄泥砚的制作工艺还有很大的拓展空间。我们必须拿出属于我们自己的工艺绝活，比如白泥、釉面等新工艺的进一步研发探索，只有这样，才能在竞争激烈的市场上立于不败之地。"

（二）绛州澄泥砚当代传承机遇

1.中国式现代化的发展机遇

习近平总书记在党的二十大报告中指出："中国式现代化是物质文明和精神文明相协调的现代化。物质富足、精神富有是社会主义现代化的根本要求。"[①] 可见，精神文明建设具有重要意义，非物质文化遗产的传承是中华精神文明得以延续发展的一种体现。

全国人民代表大会常务委员会2004年便批准了《保护非物质文化遗产公约》，2005年，国务院办公厅印发《关于加强我国非物质文化遗产保护的工作意见》。2008年，澄泥砚制作技艺入选国务院公布的第二批国家级非物质文化遗产代表性项目名录，属于传统技艺类中的砚台制作技艺。在文化自信的当代，非物质文化遗产是珍贵的，证明了澄泥砚是中华民族重要的文化资源，是历史的见证。保护好、发展好非物质文化遗产，对于中国文化全面协调发展具有重大意义。党的十八大以来，习近平总书记反复强调要遵从历史，研究历史，确立历史思维，传承中华优秀传统文化。

习近平总书记在党的二十大报告中指出："我们要坚持马克思主义在意识形态领域指导地位的根本制度，坚持为人民服务、为社会主义服务，坚持百花齐放、百家争鸣，坚持创造性转化、创新性发展，以社会主义核心价值观为引领，发展社会主义先进文化，弘扬革命文化，传承中华传统

---

① 习近平.高举中国特色社会主义伟大旗帜 为全面建设社会主义现代化国家而团结奋斗：在中国共产党第二十次全国代表大会上的报告［M］.北京：人民出版社，2022：22.

优秀文化,满足人民日益增长的精神文化需求,巩固全党全国各族人民团结奋斗的共同思想基础,不断提升国家文化软实力和中华文化影响力。"①可见,近些年来国家层面十分重视中华传统艺术的当代传承,这为澄泥砚的当代传承提供了良好的生态环境。

随着改革开放40多年的发展,当代的中国已经实现了第一个百年奋斗目标,全面建成了小康社会,随着经济的稳步发展,人们的需求逐渐从物质转向精神。随着人们消费水平的提高,澄泥砚的市场也在不断扩大,虽然书法工具笔墨纸砚在当代人们的生活中不属于必备消费品,但随着人们对传统艺术的关注,尤其是书法艺术教育的发展普及,必然会对传统书写工具产生浓厚的兴趣,澄泥砚的使用、收藏未来将会拥有较好的市场前景。

2. 科技引领艺术,创造未来新机遇

随着当今时代科技革命的发展,人们越来越关注人工智能技术、虚拟现实技术、5G技术对人类生活的影响,关注人工智能创意和艺术虚拟现实的发展。自20世纪以来,随着科学技术的进步,艺术形态逐渐发生变化。艺术形态的变化也及时回应着技术的变化。到21世纪初,随着"元宇宙"概念的再次提出,我们应该如何将"元宇宙"这样的超前概念落实到艺术实践?如何利用虚拟现实来科学地分析评价?在人类社会的发展进程中,艺术与科学技术之间始终保持着密切的联系。技术进步虽然与艺术形态的发展变化之间并不存在直接的等同对应关系,但艺术自身对技术又确实存在着依存关系。未来艺术作品即技术之物,是技术支撑下的具体呈现,与科学技术的进步发展密切相关,同时也是内在观念的显现和表达。

未来人工智能和虚拟现实技术的发展,能否不断延伸和拓展"澄泥砚艺术",使其更好地融于当代民众的生活,建立一种新的"共生机制",提

---

① 习近平. 高举中国特色社会主义伟大旗帜 为全面建设社会主义现代化国家而团结奋斗:在中国共产党第二十次全国代表大会上的报告[M].北京:人民出版社,2022:42.

升澄泥砚技艺在当代"传承的活态化",这些都潜移默化地影响着当代人对澄泥砚传统艺术的形式、内容、思想、观念、内涵、意蕴等的解读。科技的进步推动着人、社会、自然三者关系的变化,不仅产生了新的社会文化形态,而且有助于人们对传统经典艺术创作和表现形式认识的提升,由此生成的艺术精神进一步形成了对现实社会的文化引领。

三、"生态共生"视域下的传承实践体系

"要解决好中华传统艺术当代传承的生态问题,就必须避开单独在文化艺术领域进行思考,必须让中华传统艺术与当代社会的政治、经济、文化、教育、科技等领域建立对话机制和共生机制,让每个领域都能意识到中华传统艺术与自己领域有紧密的关系,并能把中华传统艺术纳入自身的价值体系和建构体系,从而形成全社会共同关心中华传统艺术当代传承的生态,最终从理论上为中华传统艺术的当代传承问题找到较为圆满的答案,从实践上为中华传统艺术融入当代社会生活进行传承找到可靠路径。"[①] 因此传统艺术要想在当代得到较好的传承,必须重视艺术与政治、经济、文化、教育、科技等领域建立共生机制和生态理念。可见共生理论与中国传统文化当代传承十分契合。将传统艺术当代的传承发展纳入其他领域的相互关联中,构建生态环境和传承实践体系,推动传统艺术与科学学科的创造性转化和创新性发展具有重要意义。

(一)政治视域下的生态共生特征

1. 政治视域下的生态共生具有主导性

"社会组织作为一个社会生命系统,其组织活力乃是标志其生命状态

---

① 吴衍发,王廷信. 中华传统艺术的组织传承生态构建 [J]. 民族艺术研究,2020,33(5):47-55.

的基本范畴。政府是社会组织发展的主导性力量。"[1]政府主导是非物质文化遗产发展的基础,自 2008 年澄泥砚制作技艺入选国务院公布的第二批国家级非物质文化遗产代表性项目名录,澄泥砚生产的社会组织不断通过政府主导来发展自己。一直以来,山西省还没有自己的"三宝"品牌。直到 2019 年,时任山西省委书记楼阳生在巡访第四届山西文化产业博览交易会场馆时呼吁:"珐华器、推光漆、澄泥砚是当之无愧的'山西三宝',我们不仅把传统技艺打造得炉火纯青,还要不断创新,追求更高的艺术价值,通过展示、拍卖、鉴赏等手段,把'山西三宝'推向国际,进一步弘扬传承传统文化。"[2]山西省政府为山西非物质文化遗产的发展提供了大量指导性建议。山西省委结合自身发展的实际情况,发布了加强保护山西省非物质文化遗产的大量保护文件,来促进非遗的发展。

2. 政治视域下的生态共生具有调试性

"调适性合作"被认为是我国当前新型政社关系的基本面和重要共识。[3]当社会非遗组织的发展遭遇困境时,需要政府进行调适。"政府通过资源依赖与制度构建等方式实现与社会组织开展合作实践,而社会组织也在合作实践中影响政府行动。"[4]例如,绛州澄泥砚文化园的建设。绛州澄泥砚文化园项目规划占地面积约 27000 平方米,建筑面积 10000 多平方米,园林面积 15000 平方米。由山西省绛州澄泥砚研制所全面管理实施项目建设。绛州澄泥砚文化园包括博物馆、工场、园林、接待服务设施等项目,是一处集绛州澄泥砚文化交流、非遗展演、艺术展示、休闲娱乐、旅

---

[1] 苏曦凌.激发社会组织活力的政府角色调整:基于国际比较的视域[J].政治学研究,2016(4):81-90,127.
[2] 宗和.山西三宝[N]太原日报,2019-12-16(7).
[3] 吴衍发,王廷信.中华传统艺术的组织传承体系建构、现实困境与效能提升:基于组织社会学新制度主义视角的分析[J].民族艺术研究,2021,34(5):76-85.
[4] 郁建兴,沈永东.调适性合作:十八大以来中国政府与社会组织关系的策略性变革[J].政治学研究,2017(3):34-41,126.

游观光等综合功能于一体的文化旅游景区。当地新绛县政府在文化园的建设中，积极指导工程规划，协调解决建设中的各种问题，确保了澄泥砚文化园的顺利建设。

3.政治视域下的生态共生具有保护性

"政府应该发挥好在非物质文化遗产传承保护中的作用，应本着对文化多元化的遗产保护意识，处理并积极协调好'保护'和'发展'的关系，推动民间非物质文化遗产不断发展形成文化产业，这也是保护文化遗产的有效途径。在这一过程中，文化遗产的持有者不但可以从遗产产业化经营中获取高额回报，同时还在经营过程中弘扬本民族的优秀文化以及对这些文化产品民族精神的保护。"[①] 当代，尤其是改革开放以后社会发展迅速，传统艺术的传承发展并不是持续有效的，而是此消彼长、起起落落地受到社会的关注，当艺术传承生态发展低迷时，政府就会颁布相应的政策来支持。所以我们需要重视并关注艺术与政治之间的生态关系。

（二）经济视域下的生态共生特征

艺术与经济实际上彼此需要。没有一个坚实的经济基础，艺术将无法存在；没有创造性的艺术，经济则难以繁荣。艺术和经济学有一种共生方法，即将经济学思维运用于艺术中。文化经济学家看重艺术的社会价值，反对那些粗糙地将艺术商业化的观点，艺术经济学家总是想方设法来支持艺术，不会因为没有商业利润而不提倡艺术发展。

1.经济视域下的生态共生具有消费性

随着社会的进步和发展、国民经济的稳步提升，人民大众的需求从物质转向精神。绛州澄泥砚有机融合历史、文化、科技、艺术于一身，已成为集工艺品、旅游纪念品、文化礼品、收藏品、馈赠品于一体的高品位综

---

① 褟红葵.论政府在非物质文化遗产传承保护中的作用[D].吉林：吉林大学，2008.

合艺术珍品,并以其独具特色的品牌效应,越来越为国内外不同阶层受众所喜爱。例如,澄泥砚文化园的建设,就是主打旅游,使非物质文化遗产成为吸引游客流量的重要资源,通过游客的参与体验、交流互动、消费需求,促进当地经济发展,也反向推动了澄泥砚艺术的发展。

2.经济视域下的生态共生具有创意性

《体验经济:工作是剧院,业务是舞台》一书中,对体验经济作了较全面的阐述,并指出体验经济是企业以服务为舞台,以商品为道具,以消费者为中心,创造出的能够使消费者值得参与、值得回忆的活动。体验包括娱乐体验、教育体验、审美体验、逃避体验。像绛州澄泥砚文化园这样的集研学与旅游于一体的场所,最终让游客满足的不仅仅是参与活动的过程,还有收获的旅游纪念品。而旅游产品大多千篇一律,但绛州澄泥砚,都是手工艺人通过自己的奇思妙想制作出的独一无二的产品,具有独特的创意思想。澄泥砚未来需要不断探索自己的文化创意产业发展之路,融合旅游来促进当地的经济发展。

(三)文化视域下的生态共生特征

1.文化视域下的生态共生具有内涵性

澄泥砚主要的艺术表现手法是通过砚体本身的造型美来带给民众视觉与实用相结合的享受,这种造型不只是对风景、名胜古迹、中华神话传说故事的形象外化,更是为了表达形象背后的中华精神与文化内涵。如徐文达先生制作的"举杯邀明月砚",通过篆刻、书法、诗歌等技艺雕刻成的砚台,不仅表达的是砚体形象的美,更是以奇特的构思、浪漫的想象体现了砚体形象背后中国文人追求自由和理想的艺术精神境界。2017年1月25日,中共中央办公厅、国务院办公厅印发《关于实施中华优秀传统文化传承发展工程的意见》。文件在其重要意义中指出:实施中华优秀传统文化传承发展工程,是建设社会主义文化强国的重大战略任务,对于传承中华文脉、全面提升人民群众文化素养、维护国家文化安全、增强国家文化软实力、推进国家治理体系和治理能力现代化,具有重要意义。

2.文化视域下的生态共生具有传播性

作品当随时代。因为砚台已经由过去实用性为主的大众文化用品,转变成现在以观赏、送礼与收藏为主的小众工艺产品,所以只有融入主流社会,用作品表现现实生活,才会引起应有的关注,凸显出绛州澄泥砚应有的文化艺术价值,进而拓展新的市场发展空间。蔺氏澄泥砚具有前瞻性,开发了独具特色的旅游纪念品——运城一景一砚系列、尧舜禹帝王系列、关公等历史人物系列,既丰富了各旅游景点富有地域特色的文化产品,又形象地提升了不同县域的历史文化知名度,对传播澄泥砚艺术产生了良好的社会影响力。绛州澄泥砚参与了国内、国际重大活动:从2000年首次走出国门参加新加坡举办的"春到河畔迎新年"文化活动开始,先后参加了"纪念中日邦交正常化30周年——中日砚台交流展"、第十七届"世界手工艺理事会"等一系列国际政治文化交流活动,以独特的形式弘扬了中华文化;在2010年上海世博会上,以"东方之冠砚"作为定制礼品,"和谐砚"作为"联合国千年发展目标公益主题活动"指定礼品,并荣获"中国国粹文化金奖",被参会人员收藏;2011年,又以两套各100款不同造型的"荷塘月色砚"作为清华大学"百年校庆特制礼品",被两岸的清华大学分别收藏,对促进两岸文化的互通交流,做出了应有的贡献。

2021年4月29日,文化和旅游部印发《"十四五"文化和旅游发展规划》,明确提出实施文化产业数字化战略,加快发展新型文化企业、文化生态、文化消费模式,壮大数字创意、网络视听、数字出版、数字娱乐、线上演出等产业。为澄泥砚产业的发展提供了共生新机遇。

(四)教育视域下的生态共生特征

教育关乎中华传统艺术存续与发展最基础和最重要的空间,当代教育包括国民教育和社会教育两大领域。如何从教育生态视角提升中华传统艺术与当代民众生活的关系？我们需要使民众了解国民教育中传统艺术教育的重要性，增强传统艺术教育在国民教育中的教育体系、教材体系、课程体系、校园传承活动体系的构建，提高传统教育的影响力。社会教育领域，我们可从一些文化空间，如博物馆、图书馆、文化馆、美术馆、展览馆、剧院等实体公共艺术机构与当代民众进行交流，并有效地使当代民众及受教育者形成良好的他律性和自律性。

1.教育视域下的生态共生具有他律性

他律性通过寓教于乐中无形的习惯养成。如南京博物院小剧场定期开展非物质文化遗产展演，如昆曲《牡丹亭》《西厢记》《钗钏记》《桃花扇》等经典剧目的演出。南京博物院定期也会邀请全国其他剧种走进小剧场和老茶馆，如晋剧精品折子戏《喜荣归》《教子》《洞房》《交印》《清风亭》等，以及《打金枝》《富贵图》等经典晋剧传统戏。由此看出，南京博物院一方面必须与非物质文化遗产特定的主体传承人群保持密切的合作，筑巢引凤使大江南北各路身怀绝技的高手齐聚南博各领风骚；另一方面要鼓励公众积极参与，通过博物馆生动鲜活的展示，让广大公众喜闻乐见，并使公众在增加对保护非物质文化遗产的重要性和紧迫性认识的同时，寓教于乐、寓教于美，促进传统艺术与当代民众生活的融合。

2.教育视域下的生态共生具有自律性

中华传统艺术在国民教育体系中的占比不大，青少年一代对传统艺术的理解普遍不足、兴趣欠缺。如果能够把澄泥砚的部分制作环节融于当代中小学美术课堂，使青少年在学习中产生制作澄泥砚的兴趣，孩子们就可以主动去了解澄泥砚，了解其背后的审美及文化内涵。这样既可以通过教育中寓教于乐的方式使青少年养成对传统文化热爱的自律性。也可以通过社会上的研学、旅游景区的传统文化实践制作体验等让游客享受其中的乐趣。如果以澄泥砚为代表的非物质文化遗产能够进入国民教育环节，则会产生良好的共生效果。

（五）科技视域下的生态共生特征

1.科技视域下的生态共生具有推动性

未来艺术与科技是共生同行的，"目前中华传统艺术与当代科技分离，当代科技对传统艺术的介入不足，传统艺术向现代科技的贴近程度不足，导致传统艺术的表现手段未能充分吸收科技力量而被科技所构建的时代边缘化"[1]。由此，我们需要有效地使用科技手段，介入中华传统艺术的传播。澄泥砚的当代传承需要贴近科技，只有在传播中与科技共生，才能有效地拓展自身的受众维度，使大众更好地了解与接触。

2020年10月23日，抖音推出"看见手艺"计划，通过微缩任务与他们的作品相结合，用最真实的状态，去展现这些传统艺术创作者在抖音APP短视频中谱写的艺术故事。抖音平台的系列计划利用智能化网络空间进行组织性传播，这种精准定位传播使得非遗得到了更多社会大众的关注。提升了非遗的现代化传播能力，推动全社会参与传播，使传承呈现区域特征。

山西澄泥砚在当代的发展离不开科技力量，徐文达先生起初也正是运用了科技手段，才使得澄泥砚的制作技艺重新面世，为后来澄泥砚的进一步发展打下了坚实的基础。从以上案例也可以发现，只有通过与科技力量共生，才能更好地传播澄泥砚。

2.科技视域下的生态共生具有很强的延伸性

麦克卢汉曾提出"媒介即讯息"，他说："任何媒介（即人的任何延伸）对个人和社会的任何影响，都是由于新的尺度产生的；我们的任何一种延伸（或曰任何一种新的技术），都要在我们的事务中引进一种新的尺

---

[1] 吴衍发，王廷信.中华传统艺术的组织传承生态构建[J].民族艺术研究，2020，33（5）：47-55.

度。"① 例如，人工智能与艺术虚拟现实在与艺术的碰撞中，对艺术的传播产生了一种新的思路。

可以看出当下及未来，艺术与科技的共生机制有着极其重要的意义。科技改变生活，同样也改变着艺术传承的方式，科技的发展使得大众对传统艺术的接触面增加，传统艺术需要依靠网络空间传播甚至传承。在未来，智能化网络空间将会有很大的发展，博物馆、图书馆、科技馆等公共空间利用科技来改变大众与艺术的接触交互方式，充分利用艺术空间与观者进行交流互动。

四、绛州澄泥砚当代传承的实践路径

以艺术与政治、经济、文化、教育、科技融合为视角，在共生机制的生态环境下，我们需积极探索中华传统艺术与当代中国民众生活的关系。从当代人们的生产生活中找出路。必须关注其他与艺术相关的领域，从教育、产业、传播、消费、保护等路径入手。中国传统艺术也急需探索一条中国式现代化发展路径。

（一）教育路径

"教育路径旨在协调各方社会组织力量，探索合作治理视域下政府、市场、学校和社会等多元主体参与治理的中国特色艺术教育制度和组织体系，培育教育服务机构和教育中介机构，积极发挥行业协会、专业学会、研究会、基金会等各类社会组织在教育公共治理中的作用。"② 在中华传统艺术的当代传承中，教育是最重要的基本路径。教育主要包括国民教育领

---

① 麦克卢汉. 理解媒介：论人的延伸［M］. 何道宽，译. 南京：译林出版社，2011：18.
② 吴衍发，王廷信. 中华传统艺术的组织传承生态构建［J］. 民族艺术研究，2020，33（5）：47-55.

域和社会教育领域，我们应加强这两大领域的发展。

自2020年新绛县与山西省太原师范学院省校合作协议签订以来，双方多次就人才培养、大学生实习实训等进行对接交流。高校大学生深入了解澄泥砚的工艺制作流程，感受非遗魅力，体悟匠人精神，开阔眼界增长见识。绛州澄泥砚研制所是太原师范学院、运城学院、运城师范高等专科学校等的学习与实践教学基地，每年都有众多学生来此开展研学，感受砚台文化，促进产业发展。新绛县招商投资促进中心在县校合作中积极与绛州澄泥砚研制所对接，促使更多大专院校学生来澄泥砚研制所研学，以绛州澄泥砚研制所为基点，推进校友招商引才基地建设，拓展县校合作方式和途径，吸引更多学生来此开展交流合作，共同推进非遗文化的传承和保护。未来当地政府和学校可以通过非遗进校园等活动形式，让澄泥砚等非遗传承艺术进入青少年的学习视野，培养青少年对传统艺术的热爱。

AI、VR等科技手段可以让青少年、学习者从线上进行直接体验学习。如河南省的豫剧是中国五大戏曲剧种之一，深受百姓们的喜爱。国家艺术基金2017年度传播交流推广资助项目"影像沉浸式豫剧折子戏传播与推广"已于2018年3月27日上线。该项目将豫剧这一传统艺术形式与最新的影像科技手段——虚拟现实技术相结合，建立了中国第一个以传统戏曲为主题的VR网站，旨在创新传统戏曲的表演和展现形式，以新媒体技术为媒介吸引更多的青年人关注、喜爱中国传统戏曲，扩大豫剧影响。澄泥砚艺术的教育路径也可以借鉴以上科技手段进行宣传。

（二）产业路径

中华传统艺术当代传承的产业路径十分重要，产业是推动经济发展的一个重要引擎。发展文化产业、创意产业、艺术金融产业等都与经济学挂钩，我们需要在艺术、科学相互协调关系的影响下，深度挖掘政府对社会影响下的产业路径。需要推进并完善艺术与多领域融合视域下的制造、建筑、旅游等相关产业的发展，构建科学的艺术市场。

随着市场经济的不断发展，澄泥砚手工艺术也应该朝着产业化发展，使澄泥砚的发展成为地区经济品牌。澄泥砚等非物质文化只有通过产业路径才能逐渐适应市场需求，发掘市场中的消费价值，探索当代人的审美需求。

澄泥砚这类工艺美术品以往都属于家传性质的生产经营，最核心的是技艺的传承方式，以往讲究"师徒传承"以及"家艺似宝不外传，不传闺女只传男"等严格的家族传授制度。这种陈旧保守的观念虽说可以保住家庭作坊的"饭碗"于一时，但也导致许多工艺品因制作技艺的失传而最终绝迹，古绛州澄泥砚便是其中之一，令人痛惜。所以，当代澄泥砚产业的发展不能局限于以往的陈旧观念，想要形成一定的规模，在全国范围内形成一定的影响力，就必须朝着产业化道路发展。当代澄泥砚产业发展需要融合文化旅游，需要借鉴其他成功案例，如景德镇以"特色瓷都、旅游都市"为目标，在全国形成了极具影响力的创意文化产业。以政府支持为导向，人才储备为先导，注重创意产业化、创业园区建设和环境完善，根据自身实际情况构建产业链条。

澄泥砚这类工艺美术未来想要发展好，必须注重产业化路径的发展。首先，需要采取各种措施发展创意文化产业，应注重传统产业和创意文化产业的互动发展；努力发展以旅游为坐标的创意产业文化，思考创意旅游理念，打造独特的旅游产业链，丰富当地旅游内涵；努力提升创意设计，依靠科技力量发展自身产业。其次，培育创意产业集群，如澄泥砚文化园的建设，不仅有澄泥砚，而且融合冯氏宫灯、绛玉坊玉雕、新绛潘全虎青铜器、大唐云雕、绛州木版年画等非遗项目，有利于抱团发展，提升产业集群知名度。最后，需要在发展产业的同时注重政策支撑、资金支撑、法律保护和人才培育。

（三）传播路径

传播是艺术创造到艺术接受过程中最重要的手段。中华传统艺术的当代传播意义重大，没有传播，艺术就无法形成影响力，因此我们需要借助人工智能、艺术虚拟现实等科技手段来思考艺术的传播路径，促进艺术在实体空间与非实体空间的传播影响力。

实体空间传播包括美术馆、展览馆等文化机构，通过陈列展览澄泥砚、展示澄泥砚制作工艺、售卖澄泥砚相关文创产品，让更多百姓了解澄泥砚。也可以利用科技手段让人们进行沉浸式体验。如2021年，《清明上河图》科技艺术沉浸特展在南宁祖龙AC MALL科技艺术购物中心展出。近5000平方米的沉浸式体验区，带游客重游明代苏州城，吸引了不少游客前去观赏。此次《清明上河图》科技艺术沉浸特展用"科技+艺术"的方式，解读明代仇英的传世名画《清明上河图》，通过全息AI动态投影技术，在25.8米的超长全息巨幕上激活《清明上河图》世界，让画中1300多个人物鲜活生动起来，会走、会跑、会跳，有自己的生活，让古苏州有日升日落、天昏天明，让苏州河船橹浮动、水波粼粼，用科技赋予古画鲜活生命力，还原苏州一天的繁荣盛景。不同于传统艺术作品，沉浸特展是艺术与科技的结合，通过多领域连接，带来强烈震撼的视听冲击和真实感。运河虹桥、宫殿楼宇、繁华集市、古朴戏台……明代苏州花锦世界，实地置景还原画中古市集，高精尖科技演绎联觉式的艺术魅力。现代艺术装置营造时空穿越的惊喜梦幻之感，使得观者身临其境，一步一景穿越画中游，成为当地游客的打卡胜地。可见，通过艺术与科技的融合，传统绘画艺术得以以新的数字媒介形式展示在人们面前，与观者互动，游客通过寓教于乐的方式重新认识传统绘画艺术，有效地提升了大众对传统艺术的关注。澄泥砚的传播也可以通过人工智能和艺术虚拟现实技术来有效传播。

非实体空间传播，可以采用传统文化传播方式，如广播、电视、纪录片等。例如，中央电视台科教频道在《探索·发现》栏目播放了蔺氏澄泥砚的制作工艺。企业层面可以采用创建澄泥砚手机应用APP，微信、微博官方账号发布澄泥砚相关知识，在抖音、快手平台发布相关视频的方式来进行传播。政府层面可以在网络平台开设相关普及类学习课程、建立澄泥砚网站来进行宣传，也可组织研发 AI、VR 技术开展线上展览。

（四）消费路径

消费路径是实现中华传统艺术当代传承的重要渠道。[①] 随着时代的发展，人们有着较强的消费能力和对精神文化的消费需求。随着科学技术的发展，科技力量不知不觉地改变着人们的消费方式，人们更加注重精神性消费，所以对消费路径的研究也意义重大。

首先，要注重消费体验个性化。当代人不仅重视物质消费，更重视精神消费。澄泥砚需要介入文化旅游市场，结合文化创意产品、游客参与制作过程的娱乐体验，增强消费者的文化体验感，从而使消费者产生消费兴趣。

其次，注重消费产业集群，如在澄泥砚文化园中增加当地剪纸体验、皮影戏展演、漆器制作等，提升活动的丰富性，不仅可以建设具有当地特色的文化市场，还促进了文化资源的商品化。

最后，当地需要注重对艺术产品符号化的培养，人们每当到达山西省运城市，首先想到的是澄泥砚，就好比平遥的牛肉、太谷的饼、清徐的葡萄……可以让游客产生期待，每次来都想买一方澄泥砚。

（五）保护路径

保护路径能有效地促进中华传统艺术的当代传承和发展。技艺与传承是中华传统艺术最根本、最重要的东西。艺术家的作品与技艺的诉权问题十分重要，这就要求我们必须关注艺术保护，健全保护机制，有效促进和谐共生的文化生态环境。再者，人工智能与虚拟现实从技术手段和信息储存等方面，对中华传统艺术的当代传承提供了强有力的技术保护手段，我

[①] 吴衍发，王廷信．中华传统艺术的组织传承生态构建［J］．民族艺术研究，2020，33（5）：47-55．

们应重视科技艺术融合生态中的保护与和谐共生。

新绛县澄泥砚市场中常常有假冒劣质的"绛州澄泥砚"来扰乱市场，败坏了绛州澄泥砚的品牌信誉，直接威胁到企业的自身生存。当务之急是通过法律手段，确保知识产权的安全性。保护正品澄泥砚品牌，也是在保护广大绛州澄泥砚使用者与收藏者的合法权益。

新绛县的澄泥砚品牌需要提升自身的独创性和技术性，加强自身 IP 意识。政府方面应制定严格的法律法规，加强政府平台对接，加大查处假冒商品的市场销售，保护合法的知识产权；司法机关应加强对非遗传承中智力成果的保护；生产商应秉承诚信经营原则，努力做好非遗技艺传承发展，努力营造良好的诚信经营生态环境。

总之，当代共生视域下的绛州澄泥砚的当代传承，旨在推动澄泥砚在当代更好地传播和传承，我们既要注重澄泥砚在生态共生环境视域下与政治、经济、文化、科技、教育的融合发展，又要注重传播、产业、保护等实践路径。这样既有利于延续澄泥砚传统工艺的生命力，又能使其适应现代审美需求和市场变化，让澄泥砚这种非物质文化遗产在新时代焕发出新的生机和活力。

论艺术创新中的哲学思维

朱小峻　中国传媒大学　太原师范学院

本文以差异哲学为研究对象，通过分析德勒兹对传统思想形象的批判以及差异和重复的概念，旨在强调艺术创新实质是感性认识的逻辑起点的创新。通过对比德勒兹的哲学与庄子的"道"思想，展现了两者在促进艺术创新方面的思想共鸣，即艺术创新应顺应内在创造力的流动，寻找并表达存在的本质差异。文章总结认为，艺术创新是一个深入探索个人感性认识、差异性以及重复性的过程，通过个性化的表达，创造出具有深层意义和独特视角的艺术作品，从而不断丰富人类的文化景观和审美体验。

德勒兹的书《差异与重复》中第三章"思想的形象"，看似关注什么叫思想，什么叫思考的命题，实则在探讨什么叫感觉，或人的感性认识的逻辑起点的问题。感觉的产生过程即事物对人发出一个刺激，人由此获得了关于事物的一个表象。当人接受一个刺激，产生一个表象，这个中间过程即感性论，也叫感性学、美学。研究美学，应该深入思考感性的问题，往往优秀的美学家也同时是哲学家，如黑格尔的著作《美学》，康德的三大批判《纯粹理性批判》《实践理性批判》《判断力批判》，等等。能够从哲学的角度思考感性，并能够深入思考，这是纯正的美学。感性在从人接受刺激到形成表象这一过程之中，如果想深入理解艺术创作，必须进入感性中。

康德说我们调动了时空形式对物质体发出的刺激进行综合，但到表象产生之前并未综合完成的这种状态就是美本身，也是决定艺术作品最核心的要素——艺术性。想象力、知性是人的先天能力，两者能力的配合是一种和谐的自由游戏。游戏是一个过程，想象力想象出一个事物，知性就认识出这个事物，但知性认识完成后会留下剩余（未完成的认识），然后再次触动想象力，对这个剩余再次回到想象，如此形成循环往复的过程（反之亦然，想象过后也会有未想象之部分，然后再回到认识，重新想象，如此循环往复），这样的过程可谓是想象与知性的和谐之自由游戏。康德说物自体是不可知的，所以需要不断地重新想象、重新认识。每一次的重新认识就叫重复，而每次重复都有不同的认识这就叫差异。日常生活中，日复一日即重复，但人每一日的生活都不同于前一日，其中有一股绝不可能让一切完全相同的重来的力量，这就是差异。差异与重复二者有何关系？差异是自在的，是根源性的。差异为了自身的自在，在不断地重新发生。德勒兹认为"自在之差异在自为之重复"，二者之运动无穷无尽，无始无终。德勒兹把这一过程叫作生成。德勒兹想要论述清楚，过去一般哲学家是怎么理解思想的，传统的理解有怎样的不足，便开始批判"普遍的自然思维原则、常识的理想、认知的范性等公设。德勒兹的批判不是他否定的对象，而是通过批判来思考思想之本原性问题。通过思考突破原有的认知，进行感性的创新性哲学思考"。

一、哲学的前提问题

（一）西方先哲对思想的认知

在西方思想界，思想家们都想找到一个思想的无前提的开端，即达到本原。如果达不到本原，那思想的开端即是有前提的，无前提的开端是思想家们的理想追求。科学是讲究严密性的，所谓的任何客观前提都必须符合科学的公理。科学研究的起点就是公理。而在哲学领域中,每一个哲学家都认为自己找到了一个哲学的出发点,奠基于客观的概念,但此概念都是哲学家主观思考出来的。概念需要既有的明确概念,笛卡尔在找一个基础概念,笛卡尔找到了"我思"。他的方法即"怀疑",通过"怀疑"一切的方法,达到一个无法再"怀疑"的状态。这样笛卡尔就找到了他的出发点,即"我思"。这样就比亚里士多德认为的"人是理性的动物"的认识更加深刻。德勒兹认为笛卡尔排除了关于概念的前提,但事实上,笛卡尔还留有隐含的前提存在。"我思故我在"即感受性的,我们可以不借助概念即知道其中存在"我""思""在"等,笛卡尔的哲学要想存在意义,就需要有感受性的前提。德勒兹认为笛卡尔还是没有摆脱前提。我思之纯粹自我的理解,即经验性的自我必须存在。黑格尔的前提是经验性的、感性的、具体的存在,他依然具有诸多主观前提,乞灵于海德格尔所持有的一种限于存在论的存在领会。[①] 海德格尔指出人在无形之中受到了存在本身的引导,人们在暗中已经领悟了存在,如无法领悟则无法展开探讨。海德格尔认为"哲学的开端是前概念的领悟",而黑格尔认为的"哲学开端是纯概念的自我循环"。德勒兹认为"哲学的开端是差异",从差异出发是哲学的开端,开端已然是差异之重复。德勒兹批判黑格尔的循环式的哲学观,批判我们发现之真理,总是我们提前预设的情况。德勒兹认为"圆圈式"的循环形象表明哲学无法真正地开始与重复,真正的开始应该是打破圆圈,走向崭新。打破圆圈是为了寻求差异,圆圈本身之重复并不包含差异。德勒兹认为真正意义上的重复是具有差异性的重复,这样的重复才能够生成崭新。

对于哲学中主观的或隐含的前提,如笛卡尔的"我思故我在",人们会先于概念知道"思"和"在"意味着什么,人们心中早已形成了不言自明的知道。其中就涉及表象一般的世界。表象通过特定的元素得到界定:

---

① 海德格尔.存在与时间[M].陈嘉映,王庆节,译.北京:生活·读书·新知三联书店,1999:17-18.

"概念中的同一性、概念之规定中的对立、判断中的类比、对象中的类似性。任意概念中的同一性构成了认知中的相同之形式。"[1]人们的思想中预先运行了一种高度性的概括,这个概括就是一般性,人人都知道作为一个概念具有同一的形式。白痴与学究的对立,代表着厄多克斯与埃比斯德蒙的对立想要说明,哲学的前提站在了作为无前提的白痴一边。这是肯定一方,否定另一方的方法。凡是落入表象的四重根中的任何一方,当同一性、对立、类比、类似四者中有一个在场时,其余三者也会同时在场。思想从冲击到表象,就落在了这个表象的终点上,把这个中间过程给跨了过去。德勒兹认为隐含的或私人的前提,虽然看上去无前提,但其内部还是有前提的。

(二)德勒兹对思想的认知

德勒兹主张需要具有邪恶意志的奇异者,这里的奇异者就是破圈之人,也是一个永远的不合时宜之人——俄罗斯式的白痴。人的思想进入了无力思考的状态,在这种状态之下,表现出的永远都是不合时宜的行为。这种表现完全不符合正常人的规范,不合时宜之人的行为是一种全新的状态(破圈的人),他是一种崭新的人。这就是最根本的开端与最固执的重复,哲学的开端就是奇异者,即不合时宜。

从艺术作品的创作中来看,真正的艺术创作是追求一种创新。这里的创新就是一种不合时宜,即一种差异。差异不是维护原有的创作,而是一种崭新的追求。这是艺术创作的目的,也是思想的目的。从中国书法艺术史可以发现,传统的书法经典作品无不具有艺术的独创性,历代著名书法家都从创作的思想上形成了书法家们特有的艺术风格。王羲之的《兰亭序》、颜真卿的《祭侄文稿》、苏轼的《寒食帖》被称为天下三大行书,是微醺游戏于兰亭之大喜、至亲被杀祭奠之大悲、仕途人生挫折之无奈的不

---

[1] 德勒兹.差异与重复[M].安靖,张子岳,译.上海:华东师范大学出版社,2019:240.

同人生境遇之下的心境书写，这种心境即艺术创作者感觉的自觉。历代书法家们用笔墨表现了书法艺术经典作品，并为我们留下了经典的思想足迹。

二、德勒兹对"思想的形象"传统认知之批判

（一）普遍的自然思维原则

普遍的自然思维即一般人的普遍思维，是德勒兹的批判对象。普遍的自然思维就如科学中的公理，哲学家将普遍的自然思维设定成普遍承认的前提。如此的设定，在日常理解中是一般的认知形式。一般性的思维都具有求真、求善的亲和力，具有思想的善良意志和正直本性。自然思维通行的定见，亚里士多德的求知是所有人的本性，人的求知都是按照这个自然思维、这个原则进行的。良知是分配最均匀的东西，提到人都有善良的意志与亲和力。哲学家没有关注前提，让前提在人的隐含式的经验感觉的理解中。对于自然而然的思维原则往下思考时没有去反思关注前提，哲学的概念性思维往前追溯就是从常识进入开端，常识中具有普遍的思维，这是前哲学的开端。所以德勒兹认为这种哲学将自然思维的原则作为开端，认为此哲学具有独断论，是不可靠的。

德勒兹对于普遍的自然思维是独断的或正统的形象、道德的形象。[①] 日常的思维在哲学家看来是有问题的，日常思维中我们遇到问题就会开始思考问题的解决方法，当这个问题解决时，就意味着我们找到了明确的道路，也意味着表象的诞生。自然思维或者说日常思维意味着一种思想的形象，这个思想是正统的、道德的形象。在德勒兹看来，这个正统的思想形

---

① 德勒兹.差异与重复［M］.安靖，张子岳，译.上海：华东师范大学出版社，2019：231.

象，是有前提的、有预设的。以往的思想史中的哲学流派或是经验论的或唯理论的。不同的哲学流派面对正统的思想形象之时，会有不同的认识，且在思想的发展中，思想家存在许多来自概念明确的反思与抵抗，并颠覆前人的特征。德勒兹认为，真理毕竟不是人人皆唾手可得的东西，思想的形象依旧在隐含之物当中岿然不动。他关心的是构成哲学整体之主观前提的那个唯一的形象一般，且强调形象一般中忽视了带有差异的重复。尼采运用超善恶思想超越思想形象一般性。正统的思想形象、独断的思想形象，为什么也是道德的形象？之所以是道德的形象，是因为它里面牵扯到道德问题，道德能达到真理，与真理有亲和性，会有一种强大的说服力，正统形象里面包含了善良本性，那这个思想者有一种善良意识，就是除了将思给予真，又将这真给予私的善，没有别的东西了。尼采提到现行的一切伦理规范都是不道德的。德勒兹认为，尼采认为的善是存有问题的。

德勒兹主张差异哲学，他认可的真正的思想的形象与正统的思想形象是两回事，即强调思想的新形象。根据差异哲学的特征，德勒兹发现了哲学的真正开端，即自在的差异。正统的思想形象具有隐含前提，而自在的差异这里是没有任何预设的，是哲学的真正开端。德勒兹想要揭示出普遍的自然思维的非哲学性，想要真正思考哲学的开端问题，必须把正统的、独断的、道德的形象颠覆，颠覆后才可能出现真正哲学的开端。即无形象的思想。差异哲学的核心是"自在的差异在自为的重复"，其中强调了"差异"本身在差异，差异的过程即重复，意味着不断地出现崭新之局面。面对崭新的陌生化，我们无法对其产生价值判断，所以需要去道德化，即对善的颠覆。当面对一个全新的陌生之事物时，我们去感受、去想象、去思考，我们的状态就是与悖论相结盟的状态，即感觉着不可感觉者、想象着不可想象者、思考着不可思考者。相反表象之形式、与常识之元素是在自然思维状态下能够思考清楚的事物。真正的哲学之所以能开端，就是在感觉的层面上，立足于感觉，感觉不可感觉者，即自在的差异、自为的重复。用尼采的话来说，这就叫强力意志的永恒回归。我们需要改变原有的自然思维的哲学起点，如果只局限于此，则永远都不能够真正开始思考。德勒兹的差异哲学是面对着新局面去重新思考，这是哲学的真正开端。

（二）常识的理想

常识的理想，按日常思维认知就是一种高追求的理想。如马克思主义的共产主义思想，强调了民主、平等、社会和平和公平的价值观。以实现"在一定社会关系形式下的人和物、主体和客体相统一的能动的生活过程"[①]，人们共同创造"以每一个个人的全面而自由的发展为基础原则的社会形式"。[②] 按照自然思维解读，马克思的共产主义思想中包含了善良与良知，常识的理想是一件具有积极意义的事。

日常思维的正统思想形象里面预设了一个常识的理想，这个理想是和良知联系的，德勒兹认为一旦理想和良知相联系，良知立即就成为一个圈套，把思想框入其中。当我们永远面对不可思考者，不断重新开始思考时，是涉及不到良知的领域。常识的理想是朝着好的、积极的方向前进的。作为思想的新形象必须跳出常识的理想之限定。笛卡尔所说的"我思故我在"，这种从常识中提取的前哲学元素，不是一种从实际经验出发所说的事物，而是一个从原则上设定出的事物。如果要反驳"我思故我在"的哲学开端，不能仅从经验的角度思考，需要深入先验的角度来思考。

良知属于先验范型，它不是经验的范型。经验性地运用自然思维思考时，我们不一定会思考到良知，良知是一种思考的能力，良知在设定中是向好的、积极的思考能力，良知首先是原则性（先验）的，其次才是道德。在任何一个思想的环节，都分派了一种与善良本性、善良意志相关的良知。在德勒兹看来确实应该批判这一内涵在形象之中的先验范型。

从书法创作的角度来看，以往书法家创作的经典作品是我们临摹学习

[①] 孙伯鍨，张一兵. 走进马克思[M]. 南京：江苏人民出版社，2020：21.

[②] 中共中央马克思恩格斯列宁斯大林著作编译局. 马克思恩格斯文集：第五卷[M]. 北京：人民出版社，2009：683.

的对象。经典性就带有良知等积极要素，但落实到艺术的真正创作时，必须把临摹的经典作品从思想的角度内化为我们自己的思考，打破原有的经典形象，突破原有的思想临摹范式，不断地面向自我，创作出崭新的书法感觉或面貌。

（三）认知的范型

认知的范型与先验范型的对象必须保持同一性，当一个事物降临到我们面前的与料是可感之物、可记忆之物、可想象之物、可理知之物，此与料是特殊之物，永远存在潜在的层面，永远在感觉不可感觉者。当我们认识事物时，在一种能力认为一个对象和另一种能力的对象相同一时，此对象事物才能被认知。这种认知的能力即诸能力的和谐的定见。在持正统形象的哲学家看来，主体必须存在，把各种能力统合起来，即笛卡尔的"我思"，我思的意义便是它表现了全部能力和主体作用的统一，从而表现全部能力与一个映射的主观同一性的对象形式关联在一起的可能性。在德勒兹看来，这是哲学化的定见、通感。

当落实到具体这个对象上时，良知就会出场，与纯粹自我进行配合，良知和纯粹自我不同，纯粹自我应该是显现层面上的，而良知可以在经验层面上发挥作用。常识和良知是具有互补性的，两者间明确存在差异，各自发挥作用。常识是以纯粹自我和与之相应的任意对象形式为着眼点的统一性规则，统一性这个规范，在先验层面上，都看成相同的对象。在经验层面上，这个良知便是以经验自我和拥有特定质的具体对象为着眼点的分割规范。良知在配合这样一个常识的时候，就会把和其不一致的东西统统删掉。实际上，正是从经验层面上，能感到我想到这个东西的确好，但它包含一些可能不好的因素。我们需要让一个好的因素发挥出来，把那个不好的因素压制下去，即良知的作用。当常识提供一个相同的形式，那良知就在经验层面上发挥作用。

从实存的角度，任意对象必须有自己的质。当人们进行思考时，任何一个对象都可以作为思考的对象,可是在具体的思考当中,人们只能思考一个具体的对象。如杯子作为一个对象与任意对象之间是有差别的,杯子有自己的特殊的质,而任意对象是没有办法进行质化的。就是说在思考具体的对象时,某物就被赋予了质,它成为一个具体的对象,这就是德勒兹所说的"如果任意对象只能作为被赋予质的对象而实存"[1],可见实存必须在质化完成之后。如果没有具体对象,没有特殊的质,那这个实存的具体对象是不能成立的。反之,任何被赋予质的活动,赋予的对象就是任意对象。质源于一种赋予质的活动,赋予质的活动的指向就已经把这个任意对象预设在此,否则活动无法进行。

德勒兹认为这个由此产生的认知范型之预设不是真正的哲学开端,真正的哲学开端需要具有严谨的前提和结论。保持着同一性的这样一个对象,作为认知所针对的发生的前提,就是认知的范型,这个常识的元素必然针对的是相同的对象,这个对象具有同一性,而同一性正好是表象之形式。德勒兹针对表象展开了批判。德勒兹要追问的这个表象是如何诞生的?是否在这个正统思维形象里面,已经把表象作为一种前提及预设?所以德勒兹必须对这个正统的形象进行批判。

认知的范型必然包含在思想的形象之中,思想在本质上被假定为是正直地说的善良意志、善良本性。正统的思维形象就是如此预设的。如果一个人不是正直的,我们说他的思想是邪恶的。柏拉图、笛卡尔、康德等人的知性比较突出,他们所思考的哲学分析始终是认知的范型。

三、德勒兹与庄子言说"不可言说"之道

德勒兹尝试定义什么是真正地说、感受、思考。面对自在之差异在自

---

[1] 德勒兹. 差异与重复[M]. 安靖,张子岳,译. 上海:华东师范大学出版社,2019:234.

为之重复的时候，德勒兹哲学地践行了其哲学家的身份，而庄子浪漫地、文艺地阐释了哲学观。在笔者看来，他们两者的哲学思想高度类似，庄子以寓言的方式用"在场"带出"不在场"的本原，即道本身。德勒兹重在运用哲学的思考，通过对"差异"的描述来阐释哲学本身，并在《差异与重复》中以"思想的形象"一章批判前人并非圆满的哲学前提。

中国与西方的哲学发展脉络是正相反却殊途同归的，中国在先秦子学时代达到高峰，而后的经学时代在不断阐发子学经典中丰富繁荣，而西方则从"爱智慧"发端，在不断革新、迭代、自我反省中不断前行，最终发展到了与中国子学时代高峰类似的认知，故而我们可以看到这种现象出现了：德勒兹与庄子的思想，在几千年跨度的时间维度中奇妙地相遇并所见略同。

（一）德勒兹言说"不可言说"之道

吉尔·德勒兹（Gilles Deleuze）的哲学体系复杂而深奥，他的许多思想探讨了传统哲学所忽略或认为难以触及的领域。在理解"言说不可言说者、感觉不可感觉者、思考不可思考者"时，需要从德勒兹的核心思想出发来思考。

首先，德勒兹认为"存在"不是静态的或由预设的本质定义的，相比以往并不能令人满意的各种定义，德勒兹选择了以描述"存在"本原之状态的方式来揭示其奥秘。其发现或揭露事物本质的意义，更多地在于探索如何在变化中产生新的意义（故而在德勒兹这里，传统哲学视域的对象从"Being"转向了"Becoming"）。例如，德勒兹在《时间—影像》中论述晶体影像时所述，"时间应该在它停顿或者流逝时进行分叉，它可以分为两个不对称的流程，一个让整个现在成为过去，一个保存整个过去。时间依赖于这种分解，人们在晶体中看到的，就是这种分解。晶体—影像不是时间，但人们可以在晶体中看到时间"[1]。"有生命的影像"同时是"实在影

---

[1] 德勒兹.时间—影像［M］.谢强，蔡若明，马月，译.长沙：湖南美术出版社，2004：128.

像"和"潜在影像"。于是我们看到,"如此的不可区辩点,无可置疑地便是最小回路所组成的实在影像与潜在影像的复合体,同时是实在与潜在的双面影像"①。言说不可言说者,在德勒兹的哲学中意味着用语言探索和表达那些似乎超越了传统语言表达能力的概念,通过创新的语言使用和概念创造,将哲学汇入"Becoming"之流,从而不断揭示现实层面下潜在的无穷生命。

其次,"无器官身体"是德勒兹的一个关键概念,指代一种"去结构化"的存在状态,并挑战了身体和意识的传统观念界限。"感觉不可感觉者"指的是超越传统感官经验的探索,即在身体无器官的框架内让感知和体验回到最原初且纯粹的本真状态,鼓励我们通过非传统方式来感受和体验世界。德勒兹在《感觉的逻辑》一书中,通过大量的弗兰西斯·培根的绘画作品,描绘了非有机身体(无器官身体)的形象,"身体是身体/它是独一的/而且不需要器官/身体永远也不是一个有机组织/有机组织是身体的敌人"②。"与无器官的身体相对的,不是器官,而是人们说的有机组织对器官进行的组织。这是一个强烈的、具有强度的身体。有一道波贯穿它,在身体中,根据它的广度和力度的不同而划出层次或界限。所以身体没有器官,只有各个层次和界限。"③在无器官身体中能够展现自在的差异在自为的重复。其最终目的是让我们感觉不可感觉之物,用眼睛摸索,用耳朵看,用鼻子听,发挥不同寻常的感觉,来感觉绘画,用绘画作品画出时间、画出力量、画出生命。

最后,德勒兹用"逃逸线"这个概念来描述打破现有结构和意义体系的动态过程。"思考不可思考者",这涉及超越传统思维模式的尝试,即在

---

① 徐辉.有生命的影像:吉尔·德勒兹电影影像论研究[M].北京:北京大学出版社,2014:271.
② 德勒兹.弗兰西斯·培根:感觉的逻辑[M].董强,译.桂林:广西师范大学出版社,2007:47.
③ 德勒兹.弗兰西斯·培根:感觉的逻辑[M].董强,译.北京:北京日报出版社,2022:60.

逃逸线的引领下，让思维摆脱"定居"的惰性而进入"游牧"的栖居，游牧民曾通过发明一种平滑空间学将自身创造为一个民族，现代的游牧民再度发明了"草原"。他们的运动生成一个平滑空间（平滑空间是流动的、多样的、开放的游牧思想，它的运行方式是一个开放的肯定式。[①]）……集体生成的平滑空间这个哲学概念确实进入了其他生命和计划当中，被反——全球化运动采纳，它在21世纪初期为一个新的反——资本主义的抵抗运动的空间做出贡献。[②] 德勒兹挑战和改变了日常定见所框定的僵化思考方式。对德勒兹而言，逻辑和理性的过程是为其认为更重要的创造和直觉来服务的。

总之，德勒兹的哲学思想鼓励我们超越传统的界限和分类，探索新的认识、感知和思考方式。他认为，通过这样的探索，我们能够更深入地理解和体验世界的复杂性和多样性。

（二）庄子言说"不可言说"之道

庄子名周，宋国蒙（今河南商丘）人，战国中期道家学派的思想家。而《庄子》是道家庄周学派的著作总集，只有部分为庄子本人的作品。庄子主张"相对主义"的认识论与价值观，强调追求个人的精神自由。

对于"不可言说"的"道"的论述，体现了庄子深刻的哲学思考。他认为"道"是宇宙的根本原则和生命的本质，是一种无形无象、无法用言语完全描述的存在。其观点在很多方面与西方哲学中关于"绝对真理"或"存在本质"不可言说的论点相似。早在老子的《道德经》开篇第一章中就说："道可道，非常道；名可名，非常名。无名，天地之始；有名，万物之母。"[③] "道之为物，惟恍惟惚。惚兮恍兮，其中有象；恍兮惚兮，其

---

① 赵敦华. 现代西方哲学新编[M]. 北京：北京大学出版社，2014：273.
② 德勒兹，加塔利. 资本主义与精神分析：第2卷[M]. 姜宇辉，译. 上海：上海书店出版社，2010：8-9.
③ 道德经[M]. 张景，张松辉，译注. 北京：中华书局，2021：18.

中有物。窈兮冥兮，其中有精；其精甚真，其中有信。自古及今，其名不去，以阅众甫。"可见道是不可言说的，它先天地而生，大道是这样玄虚，同为道家思想宗师的庄周继承了老子的道论。在《庄子·大宗师》篇中庄子也对"道"进行了深辟的阐述，他说："夫道，有情有信，无为无形；可传而不可受，可得而不可见；自本自根，未有天地，自古以固存；神鬼神帝，生天生地；在太极之先而不为高，在六极之下而不为深；先天地生而不为久，长于上古而不为老。"① 庄子侧重于道的特征，如道自为根本、具有终极性，道对天地鬼神的效用，道的永恒性，等等。

《庄子·知北游》一篇中，东郭子问于庄子曰："所谓道，恶乎在？"庄子曰："无所不在。"东郭子曰："期而后可？"庄子曰："在蝼蚁。"曰："何其下邪？"曰："在稊稗。"曰："何其愈下邪？"曰："在瓦甓。"曰："何其愈甚邪？"曰："在屎溺。"东郭子不应。② 其中庄子以有喻无，朴实无华地说出了"道"无处不在的道理。

要理解庄子言说"不可言说"之"道"的方式，首先要明确"道"是超越传统知识和逻辑的先验存在，超越了日常言语和概念。"道"不能被限定在语言的框架内，任何尝试用语言定义"道"的努力都是徒劳的，因为"道"本身就是不可捉摸、不可言说的。庄子强调言语的有限性，认为语言无法充分表达"道"的真实。庄子认为超越言语的直觉体验是理解"道"的关键。在《庄子·齐物论》中通过庄周梦蝶的寓言，强调梦境中的直觉体验是言语无法涵盖的，从而突显了超越言语的认知方式。突出了庄子追求"天地与我并生，而万物与我唯一"的混同境界。

其次是表达难以言说的"道"，需借助寓言或比喻的方式。庄子经常使用寓言、比喻和隐喻（"寓言""重言""卮言"）——通过寓言故事，他试图传达"道"的本质，即自然的和谐与平衡。这些故事往往含蓄、富有哲理，鼓励人们超越字面意义，去感受和体验"道"的真谛。

---

① 郭庆藩. 庄子集释 [M]. 王孝鱼，点校. 北京：中华书局，2013：225.
② 郭庆藩. 庄子集释 [M]. 王孝鱼，点校. 北京：中华书局，2013：660-661.

在《庄子·内篇·养生主》中提到庖丁为文惠君解牛,手之所触,肩之所倚,足之所履,膝之所踦,砉然向然,奏刀騞然,莫不中音,合于《桑林》之舞,乃中《经首》之会。①庄子通过庖丁的故事来阐述"道"的几个关键要素。

技艺与自然的和谐,庖丁解牛的刀法与牛的自然结构完美契合。他不是强行切割,而是顺应牛体的自然结构,找到肌肉和骨骼之间的空隙。这体现了与自然和谐相处的"道"的原则。无为而治,庖丁在解牛时,几乎不需要用力,刀锋自然而然地滑过牛体。这种"无为"的状态反映了道家的核心思想,即通过不强行干预而达到最佳效果。顺应自然规律,庖丁的技艺展示了深刻理解并顺应自然规律的重要性。这是道家思想中顺应自然、不违背自然规律的表现。

感知与直觉,庖丁不仅仅依靠视觉,还依赖于手感和直觉来判断刀锋的位置。这种对细微差别的敏感,体现了对"道"的深刻理解和感知。

技艺的精进与心灵的修养相辅相成,庖丁的技艺随着时间的推移而不断提升,这不仅是对技能的磨炼,也是对心灵的修养。庄子认为,达到这种境界的人,能够体会到"道"的真谛。

通过这个故事,庄子展示了"道"不仅是一个哲学概念,而且是一种实践,可以通过具体的行动和技艺体现出来。在庄子看来,理解并实践"道",可以让人达到和谐、自然和高效的生活状态。

最后,对"言说"方式的把握要举重若轻,避免拘泥,达到顺应自然(顺物),顺应自己(顺己),即适外物与适自己。理解"道"的最佳途径是顺应自然本性,而不是试图用言语去捕捉或解释它。他提倡一种无为而治的生活态度,即通过不干预自然的过程,达到与"道"和谐相处的状态。庄子讲顺己即顺我之天性,顺物即顺物之天性,并追求个人与自然的完美融合。我是内在的我、自在的我、最个性的我,也是最无外在的我。

---

① 郭庆藩.庄子集释[M].王孝鱼,点校.北京:中华书局,2013:110-116.

当摆脱掉一切外在的约束后，我达到了我的本性之极，真正适我之性。此时的"我"才能与万物为一，天地并生，达到适己与适物的统一，达到心物一元的状态，即"至德内充，无时不适；忘怀应物，何往不通"。

总体而言，从《庄子》一书可以看出，庄子通过寓言的方式鼓励人们认识到言语和逻辑的局限性，倡导通过直接体验和对自然的深刻理解来领悟"不可言说"的"道"。

（三）艺术创新的思维逻辑

什么是艺术创作的真正创新？并非为创新而创新，带着目的性的创新永远无法真正实现有高度的创新。作为艺术家，其任务就是不断创造艺术作品。艺术作品的高度决定了艺术家的高度，高度就是艺术创新的价值显现。真正有高度的艺术创新一定是突破思维原点的创新。艺术家在自在的差异与自为的重复的思想中不断生成着艺术作品，创新性是艺术生成的本质力量，"崭新"的艺术作品则是创新力量的对象化。

艺术创新的思维逻辑是一个复杂而多维的过程，它既包含对艺术形式和内容的不断探索，也涉及艺术家个人认知和感性经验的深化。德勒兹的哲学思考为我们提供了一个理解和探讨艺术创新的独特视角，特别是他关于差异、重复以及感性认识的讨论，对于理解艺术创新的思维逻辑具有深远的意义。

在德勒兹的哲学体系中，差异不仅仅是存在的属性之一，还是构成存在本身的基础。在艺术创新的过程中，这种对差异的重视表现为对独特性和原创性的追求。艺术家在创作过程中，不是简单地复制或模仿现有的艺术形式和风格，而是试图发掘和表达自己独特的视角和感受。这种对独特性的追求，要求艺术家跳出常规思维的框架，通过不断的实验和探索，找到自己的声音和表达方式。德勒兹对重复的讨论为我们理解艺术创新提供了新的视角。在他看来，重复不是简单的复制，而是在复制的过程中创造差异的一种方式。艺术创新往往不是从零开始，而是在现有的艺术传统和形式基础上，通过个性化的再创造和解构，引入新的差异和变化。这种过程要求艺术家具备对传统的深刻理解和批判性思考的能力，以及在此基础上进行创新性转化的能力。

德勒兹关于感性认识的讨论，强调了感觉在艺术创新过程中的重要性。艺术家通过对外界事物的感性体验，获取灵感和素材，进而通过艺术形式将这种体验转化为观众能够共鸣的美学体验。这一过程不仅涉及对外部世界的感性捕捉，也包括对内心世界的深入挖掘和表达。因此，艺术创新要求艺术家具备敏锐的感性认识能力，以及将感性体验转化为艺术表达的创造力。从德勒兹的哲学视角来看，艺术创新的思维逻辑是一种基于差异和重复辩证过程的动态发展逻辑。艺术家在这一过程中不断探索和实践，通过个人的感性体验和理性思考，创造出具有独特性和原创性的艺术作品。这一逻辑不是线性的发展路径，而是一个充满不确定性和可能性的开放过程。在这个过程中，艺术家既是差异的发现者和创造者，也是重复与创新辩证关系的实践者。艺术创新的思维逻辑是复杂而多维的，它要求艺术家具备对差异的敏感性、对传统的批判性思考能力、对感性认识的深刻理解，以及将这些元素融合并转化为艺术创新的能力。德勒兹的哲学思考为我们提供了理解和探索这一过程的独特视角，帮助我们从哲学的深度来理解艺术创新的内涵和逻辑。在不断变化的艺术领域中，正是这种对差异的追求和对重复与创新辩证关系的深刻理解，推动了艺术创新的不断发展，丰富了人类的文化和审美经验。

结合德勒兹的哲学观点与庄子的思想，我们可以看到一个跨越时空的哲学对话，特别是在理解艺术创新的思维逻辑上，两者间存在着奇妙的共鸣。庄子的哲学，特别是他对"道"的理解，为艺术创新提供了一种超越形式、追求本质的思维方式。德勒兹强调差异作为存在的基础，而庄子通过对"道"的描绘，也表达了对超越性本质的追求。"道"无形无象，处处存在而不可言说，正如德勒兹所说的差异，它是独特性与创新的源泉。艺术创新，从庄子的视角看，就是在"道"的指导下，寻找与众不同的艺术表达，通过感知世界的无形之力，实现形式上的创新。

庄子提倡的"无为而治"，与德勒兹关于重复中创造差异的观点不谋而合。在艺术创新的过程中，"无为"不是不做，而是顺应自然，顺应内在的创造冲动，让创作自然流露而非强加于物。艺术家通过内心的自由流动，抓住那一瞬的灵感，以最贴近本真的方式进行创作，这种看似不经意的创作过程，往往能带来意想不到的创新。庄子强调顺应自然，与德勒兹关于感性认识的重要性相呼应。在艺术创新的过程中，真正的创新来自对世界深刻的感性体验和理解。艺术家需要像庄子一样，敏感地感知世界，体会万物的生长法则，然后通过艺术语言将这种体验转化为具有感染力的作品。这种基于深刻感性认识的艺术创作，更容易触及观众的内心，产生共鸣。

综上所述，思想的形象常人本不可说，古往今来西方深入提到此问题的先哲无非柏拉图、笛卡尔、黑格尔、尼采几人，而德勒兹能够洞见思想的形象问题，并且通过批判思想的传统形象问题，从差异哲学视角入手，发现问题并提出了人的感性认识的逻辑起点问题。德勒兹的差异哲学是思维和方法论上的一次哲学突破，与中国的庄子在思想的高度上具有某种相似性，他们都在言说"不可言说"之物。

通过德勒兹的差异与重复的哲学以及庄子的"道"学思想，我们可以得出艺术创新的本质是一种深入本源、追求独特性的过程。艺术家应当像追寻"道"一样，通过深刻的感性体验和对差异的敏锐洞察，顺应内在创造力的自然流动，以无为的态度，创造出既新颖又能触动人心的艺术作品。这样的艺术创新过程，不仅仅是形式上的革新，更是对人类感知世界方式的深刻拓展和丰富。

试论方言词语在网络交谈中的使用
——以吴方言苕溪语片区为例

郭绅钰　中国传媒大学

科技水平的不断提升，网络技术的迅猛发展，使得网络交际成为人们日常生活中主要的交流方式，由此而生的网络词汇和俗、俚语便成了伴随互联网发展的人类现代文明的产物。网络词汇作为网络交谈中的重要工具，也随着网民的标新立异不断被创新、推动着发展，这其中方言也潜移默化地渗入网络交际。各地的方言凭借其独特的韵味和地域性在网络交谈中的应用越来越广泛。由此，方言词汇也随之成为网络交谈中的高频词汇。

本文试以笔者家乡浙江湖州方言——吴方言苕溪语片区为例，列举当地的方言词语及常用语在网络交流中的使用情况，判断其对网络语言产生的积极和消极影响，以及对网络交际用语中方言使用的规范化的几点思考。通过浅显的分析和思考，笔者希望更多人关注方言在网络交谈中的使用情况和方言的传承与发展。

一、吴方言苕溪小片概况

众所周知，我国不仅是政治与经济大国，同时也是历史悠久、人文底蕴深厚的文化大国。党的十八大以来，以习近平同志为核心的党中央高度坚持文化自信自觉，深刻认识到民族文化是一个国家的精神支柱，是人民的精神宝藏。不断深化认识民族文化对提高国家认同感、强化民族凝聚力、促进国家经济发展、提升社会文明程度和提高民众思想素质等方面的重要意义和作用，也因此把坚定文化自信、建设社会主义文化强国等方针策略作为推动我国文化事业逐步完善和文化产业繁荣发展的行动纲领。

由此，近些年我国一直在不断强调传承中华优秀传统文化。作为极为珍贵的文化资源，方言是我国建成文化大国、树立文化自信的进程中不可或缺的关键部分。2015年，由教育部国家语言委牵头，各地高校联合开展的"中国语言资源保护工程"正式启动，该工程主要包括全国汉语方言调查和少数民族语言调查两大部分，2019年已成功完成第一期建设，2021年第二期正式启动。①

由此，足以见得方言文化在我国传统文化中占据的重要地位，且方言资源庞杂而丰富，囿于"推普"运动的展开，方言正处于不可逆的衰亡过程之中，保护方言文化刻不容缓。因而当越来越多的人开始在网络交谈中运用本土方言词语时，从另一个层面上来看，也为各地区方言的传承和焕发新生提供了机遇。

方言作为某一地区或区域特有的语言形式，与标准语或官方语言相比，在发音、词汇、语法等方面可能有所不同，它是当地人民受地理、气候、水文等自然因素影响下的世代积累流传下来的人文载体。在中国，方言通常指的是汉语的各个地方变体，如北方方言、吴方言、湘方言等。这些方言虽然彼此之间存在差异，但它们都属于汉语这一共同语言。这些方言既是不同地区人们对于自然环境和社会生活的沉淀与诠释，也是人们与自己所属地区和民族文化紧密联系的一种情感纽带，是身在异乡也能找到归属感和亲切感的重要依据，更是文化心理认同的重要符号。

本文中笔者所提及的吴方言苕溪小片指的区域主要为浙江省湖州市市

---

① 费城.湖州市区方言语音研究［D］.杭州：杭州师范大学，2023.

辖区，这里是吴方言的重要分布区之一。当地人在日常生活交谈中，无论是工作、学习还是娱乐，都会在普通话的基础上使用大量的方言词语、俚语。这些方言用语不仅丰富了当地人们的语言表达、提高了沟通效率，也反映了该地区人们的文化传统和生活习俗。吴方言苕溪小片主要分布区域为湖州市全市域（包括吴兴区、南浔区、安吉县、长兴县、德清县）、嘉兴市所辖的桐乡市、海宁市（除东部）、苏州市吴江区西部、苏州西山，以及杭州市余杭区（含临平）等区域。

笔者在本文中以家乡湖州市为例，试论湖州地区的方言词汇和俗语在网络交谈中的运用。湖州话，属于吴方言中的太湖片苕溪小片，又称"湖州小片"，使用地区分布于市本级及下辖的吴兴区、南浔区、长兴县、德清县、安吉县等绝大部分地区。在吴方言语言体系中，湖州话与苏州话最为相似，最能体现人们常说的"吴侬软语"的特色。但由于历史上的改朝换代以及大规模的人口迁徙，湖州话与周边地区的吴语也存在一定的差异。例如，在湖州话中许多生活中的常用词汇无法找到与之对应的普通话中的字、词，若用普通话去解释则需要花费更多笔墨且很难兼具到方言中所蕴含的韵味和说话人想要传达的精准的情感，"文"和"言"是分开的。但若将一些有特点的方言词汇用在网络交谈中，既能够准确传达传者的意图，又可以潜移默化地推广本地方言词汇和地方文化。

二、吴方言苕溪小片在本地人网络语言中的运用

吴方言苕溪小片是一个具有鲜明特色的方言区域，由于这里的气候常年多雨水，地形以平原为主，多河流湖泊，因而当地人性格受气候影响多温润、柔和，湖州话柔软雅致，抑扬顿挫，娓娓动听，是吴方言中最具代表性的方言之一。"吴侬软语"就是对其听感最准确的评价。吴方言中的方言词语丰富多样，表达方式独特。在网络交谈中，笔者所生活的苕溪小片地区的网民常常使用一些十分具有地方特色的方言词语，这些词语往往

带有浓郁的地方文化色彩和生活气息。

吴方言苕溪小片的语音特点主要表现为声母、韵母和声调的独特性。声母方面，吴方言保留了许多古汉语的发音，如"切"，它的意思为普通话中的"吃"。在和朋友进行网络交谈时，当地人常使用"切了伐"，作为同一地域文化的人便能立刻明白对方是在询问自己"吃了吗"，又如"伐"这个语气词，也来源于古汉语发音；韵母方面，吴方言有丰富的元音，如"阿""哦"等，本地人在口语中习惯于用"阿"字打头交谈，依然以"吃了吗"为例，在口语对话中常说"阿切辜啦"来问询对方是否吃了饭，相对应地在网络打字交谈中简化为"阿切啦"；声调方面，吴方言共有5个声调，苕溪小片有8个声调，比较完整地保留了中古汉语的平、上、去、入四声与阴阳调域组合构成的四声八调的调类系统。而同属吴方言语系的杭州话是7个声调，上海话是5个声调，南京话是5个声调。

这些特点使得吴方言苕溪小片在网络交谈中具有较高的辨识度和趣味性，也使得新一代的年轻人在网络交谈中更倾向于将方言词语融合进普通话中进行网络对话，彰显了对地方文化和身份的认同感。

许多本地年轻人在聊天时会使用方言来表达自己的情感和观点，甚至当下某些互联网常用语也由吴方言演变而来，如"八坦"（慢慢来）、"鸡糟"（复杂、难办）等。此外，苕溪小片中还有一些特有的词汇和表达方式，如"嘎嘎叫"表示大笑、"咕噜噜"表示滚动等。这些生动有趣的方言词汇使得吴方言词汇适用人群在网络交谈中能够营造一种亲切、有趣和个性化的交流氛围，尤其受到年轻人的认同。由此可见，不仅是吴方言，网络用语中的方言词汇的传播和使用，既丰富了网络语言的多样性，体现了我国各地语言的博大精深，又承载了丰富的历史和文化信息。展现了方言在网络交流中的魅力，推动了本土方言的传承和传播。

三、方言与网络用语间的相互影响

（一）积极影响

首先，在网络交谈中运用方言词语，可以增加交流的亲切感和文化认同感。对中老年人群而言，他们的方言基础深厚，文化认同感更强，其网络交谈的场景多出现于语音或视频电话以及社交软件中的群聊里。比如在吴方言苕溪小片的本地网络社群中，许多网民都是同乡、同村或有着共同的生活或文化背景，在这样的场景中使用方言词语能够更精准地表达自己的情感和观点，也能够引起其他网民的共鸣和认同。对年轻人而言，使用方言词语可以更简要精准地表达自己的意图，节省时间，提高沟通效率。比如，在吴方言苕溪小片地区，"接棍"表示"非常厉害""极其厉害"，形容程度深，有时还表达敬佩之情，当地年轻人在网络交谈时只需要用"接棍"二字就能同时表达多重意思，节省了沟通成本，提升了沟通效率。眼下随着年轻人网络交流需求的增加、新兴网络交互平台的不断涌现，他们更频繁地使用本地方言进行网络对话，以体现自己的地域身份和文化认同感。

其次，使用方言词语还可以增加交流的趣味性，使网络交谈更加生动有趣。比如，形容某样物品、食物品相好、卖相好或者表认同、赞叹的感情语气，除了上文提到的"接棍"，还可以用一个单音节字——"zǎi"（音译：宰）就能表达出对对方询问的认可的真实情绪。当两个苕溪小片的当地人在网络上交谈，一方询问另一方对某一物品或事件的态度时，一个"宰"字便能省略千言万语，直接传达赞赏、欣喜之情，达到信息和情感最直接、高效的传递。

此外，方言词语的流行也反映了一个时期比较普遍的社会心理，体现着世情民生，它的背后是民众在网络时代日益成长起来的公共精神，同时还带有明显的娱乐化的倾向，体现了中华民族的智慧，既增强了自己的地域身份认同感，也推动了方言的保护和传承。这种现象也印证了索绪尔关于语言具有任意性的观点，即"什么样的能指与什么样的所指结合在一起来指代某一种事物，完全是约定俗成的"[①]。

（二）消极影响

最显而易见的消极影响便是，我国的方言种类繁多，因而在进行网络交谈时，许多地方出现了很多意思相同但语音和字形都不相同的网络词语，且这些词语有些不是在交际之前就出现的，是只有在当时的交际语境下才创造出意义的，离开了当时的语境，就难以理解或者会出现理解偏差。因而一味追求新奇独特，网络交流中的方言词汇系统就会呈现更替速度过快、稳定性较差的缺陷，并不利于本土方言的传播。

具体来看，首先，由于方言词语的特殊性和地域性，非本地人可能难以理解网络交谈中随时出现的陌生词语的含义。就拿吴方言来说，吴方言也被划分成多个片区，不同片区的同音词可能表达的意思完全不同。比如，上海话属于吴方言中的太湖大片，通常称为"上海闲话"，与吴方言太湖片其他地区方言基本能互通，但在许多具体词语上发音完全不同。与苕溪小片相比，虽然都用"切"表示"吃"，但同样的一个双音节词——普通话中的"喝水"，在上海话所属的太湖大片中发音类似于普通话中的"切丝"语音，而在苕溪小片中则发音为"切 sèi"。因而虽同属吴方言，但若太湖大片的朋友在网络交谈中打出"切丝"二字，苕溪小片的人可能无法立即理解其含义，这在一定程度上限制了方言词语的交流范围，且容易造成对话人之间的误会，反而降低了沟通效率。

其次，在网络用语中过度使用方言可能会加剧地域文化的分化。如吴

---

① 李露.试论网络语言中方言词语的运用[J].青年文学家，2011，(9)：136.

方言分为太湖（分毗陵、苏嘉湖、上海、杭州、临绍、甬江六小片）、台州、瓯江、上丽（分上山、丽水两小片）、金衢、宣州（分铜泾、太高、石陵三小片）等六片含十一小片，若每一小片都只强调本地的方言词语在网络中的使用，虽然有助于增强地方文化的认同感和归属感，但如果过度强调小片区的方言词汇，可能会使得不同方言片区的网民之间产生隔阂，加剧地域文化的分化和区域情感的分裂。

再次，一些方言词语可能存在不雅或者负面的含义，如果不加选择地使用，可能会引起不必要的争议或者冒犯。比如普通话中的"再见"在吴方言苕溪小片中说便是"八太"或"把太"，但对于非吴方言区的人来说无论是"八太"还是"把太"都难以理解，严重的话还会产生较大的歧义，造成不必要的误解和麻烦。

最后，网络交际中的方言词语的过度使用可能会导致人们个体语言系统的混淆或混乱。同时，由于网络语言的传播速度快、范围广，如果网络用语中的方言词语被过度使用和扩散，严重的话可能会对社会普通话语言环境产生负面影响，背离了"推普"活动的初衷。尤其会对年轻一代人的语文学习产生不良影响。因此，我们需要对网络语言中的方言使用进行适当的引导和监督。

方言词语在网络用语中的使用在丰富网络交流、传播地方文化、增强本地社区凝聚力等方面都发挥了积极作用。然而我们也应该看到，在使用方言词语进行网络交谈时，需要注意其使用的范围、语境，把握适度性和准确性。网络用语中的方言词汇的使用也存在一些问题，需要我们进行合理的引导和规范。在享受互联网带来的交际便利和社交乐趣的同时，我们也应该尽可能地避免其潜在的问题，让网络语言中的方言词汇真正成为提高交际效率、创造方言活力、增进文化和地域认同感的有效工具。

从吴方言苕溪语片区的方言在网络交谈中的使用情况可以看出，目前国内方言在网络交谈中的运用已形成一种文化现象，既体现了地方特色，也丰富了网络语言的多样性。

"明者因时而变，知者随事而制。"我们应该正确认识和把握方言在网络交谈中的作用，既要保护和传承这一独特的语言现象，又要关注其对国家语言文字规范性的影响，努力实现地方特色语言与普通话的有机融合。

我们应该尊重和保护方言，同时也应该关注和引导网络语言尤其是其中方言的运用。作为网络交际的参与者，我们也应该注重提高自身的传统文化学识和素养，理解并尊重不同地方的文化特点，以促进地方文化的交流和融合。媒体对于网络交谈中方言的使用也应该加强引导和把关，对于网络段子和网络视频中出现的低俗、不准确的方言用法应坚决抵制，对网络语言中的方言使用进行适当的引导和监督。

不难看出，方言在网络用语中的使用其实是语言发展和变化的必然结果。语言是一种活的、不断发展变化的人类文明产物，它在不断地吸收新的文化元素，同时也在不断地被人们创新和接续使用。因此，我们应该以一种开放和包容的态度来看待网络用语中方言的出现。

在未来，笔者也期待看到更多关注这一领域的研究成果出现，以期不断学习并找到更好的方法和策略来处理和解决方言在网络交际中出现的相关问题。

论播音员和主持人的职业发展形态

郭绅钰　中国传媒大学

随着全媒体时代的到来，传统媒体的播音员和主持人既迎来了机遇但也不得不直面新的挑战。对县级融媒体而言，在国家现代化转型新的历史征程中，调整优化媒体转型升级，推进全媒体的融合发展，不断提高区县级媒体在本地的影响力、主导性、权威性是当前转型改革的重要任务。2018年8月，习近平总书记在全国宣传思想工作会议上指出，"要扎实抓好县级融媒体中心建设"，从国家战略层面提出全媒体时代县级融媒体中心建设的发展方向。而播音员和主持人作为重要的对外输出"窗口"，需要承担起稳固舆论主阵地的重要任务，其只有跳出固定思维，结合当下全媒体环境和传统媒体的改革发展趋势以及受众收视、收听习惯的转变，以自身播音主持专业优势突出个人魅力为驱动进行全方位的转型提升，才能够深度把握全媒体时代中智能媒介的变化，从而强化自身在融媒体转型与升级中的竞争优势，构建具有时代特征的播音员和主持人职业发展之路。

近年来，各地的县级融媒体中心加快建设步伐，浙江、湖南、河南、四川等地县级融媒体中心已初具规模，并结合自身原有基础形成了一系列具有地方特色的代表性模式，如"长兴模式"等。对此，笔者在本文中就以自己的家乡——浙江省长兴县的融媒体中心为例，试对全媒体时代下县级融媒体平台播音员和主持人的职业发展路径进行初步探究。

近年来，面对国际社会纷繁复杂、瞬息万变的形势，习近平总书记准确把握各个国家地区的思想文化相互作用规律、国内文化思想传播方向和人民文化素养深刻变化的趋势，按照传播学规律和媒体融合发展方向提出了一系列新思想、新观点、新论断。这些理论思想细致深刻、内涵丰富、意义深远，是新时代党领导文化建设实践中的精华提炼。这既是对马克思主义文化理论成果的丰富和发展，同时也在此过程中构建了习近平新时代中国特色社会主义思想的文化篇章，进而形成了习近平文化思想。而习近平总书记关于融媒体传播的重要论述指导了我国媒体融合的实践工作并加快了媒体融合的步伐。

放眼我国现有的三个层级的传统主流媒体：国家级、省级、县市级。前两级别的媒体依托丰富的人力、物力和财力资源已较好地适应了传统媒体的转型升级，而县市级传统媒体由于长期处于区域垄断和行政庇护之下，市场化程度相对较低，对用户需求变动的把握能力也相对较低，转型升级的道路仍在摸索和试错阶段。因而县级融媒体平台的播音员和主持人面对这样的情形更需迎难而上，抓住机遇，寻求个人和职业层面的突破口，以便发挥"窗口"优势，更好地融入县级融媒体的转型和改革浪潮之中。

当前我国来到了民族历史发展的新阶段，新时期的任务是以县城为重要载体，协同推进新型城镇化和乡村振兴。2018年9月，中宣部在县级融媒体中心建设现场推进会上提出，"要努力把县级融媒体中心建成主流舆论阵地、综合服务平台和社区信息枢纽"。由此可见，县级融媒体中心的改革刻不容缓。当下县级媒体迫切需要解决的是职责不清、重复建设、阵地弱化、创新乏力的问题。因此，在这样的困境下，该平台的播音员和主持人也有了新的历史任务。

一、全媒体时代县级融媒体播音员和主持人职业现状分析

2013年8月19日，习近平总书记在全国宣传思想工作会议上作出

了"加快传统媒体和新兴媒体融合发展"的重要指示。[①] 近些年来，在全媒体时代到来之际，长兴县融媒体中心抓住改革的浪潮，勇于挑战，敢于争先。在新媒体领域奋勇突破，陆续开发掌心长兴APP、长兴智慧信息产业运营平台，自主研发了长兴城市大脑、长兴未来乡村、长兴党员队伍分类管理智慧平台等项目；[②] 自办《寻宝记》《与节气相遇的美食》《早餐长兴》《逆风飞扬》《跨越五千公里的爱》《星火燎原》《人间正道》等小屏节目作为媒体融合的新产品。

同时，长兴县融媒体中心主动布局智慧发展格局，投建完成长兴县云数据中心，推动云计算、大数据等信息产业的发展，形成全县"智慧枢纽"，不断推进新型智媒体建设。2018年，中宣部在长兴县召开县级融媒体中心建设现场推进会，长兴模式再次被作为融合典型案例向全国推广。2019年起草了全国首个《县级融媒体中心管理与服务规范》市级地方标准批准发布并开始实施。2020年自研发融媒眼智慧平台获评国家广电总局媒体融合成长项目；7月入选国家广电总局全国广电基本公共服务试点县。2021年作为全省唯一县级融媒体中心入选中央网信办互联网新闻信息稿源单位，同年入选全国县级融媒体中心能力建设十大典型案例。

可见，长兴县融媒体中心在改革之路上已摸索出自己的经验道路，在这样的背景之下，以长兴县融媒体中心的播音员和主持人为例进行县级融媒体平台播音员和主持人创新之路的探究也更有实践意义。

县级融媒体中心的播音员和主持人作为县级主流媒体单位的重要组成部分，往往承担着新闻采写、编辑、播音、发布等多项任务。因而他们需要掌握广泛的媒介和传播方面的知识和技能，以便较好地在电视、广播、报纸等多个平台上进行报道和宣传工作。笔者结合长兴县融媒体中心播音

---

① 吴炜华.习近平文化思想引领下全媒体发展的传播实践［J］.艺术传播研究，2024（1）：4-11.
② 张琪琪.新时代县级融媒体中心的创新发展分析［J］.声屏世界，2022（23）：110-112.

员和主持人目前的工作现状和全国部分县级融媒体平台播音员和主持人的综合能力进行分析，发现目前仍有基本问题存在，具体如下：

（一）专业知识更新速度慢，业务水平有待提高

时代在发展，全媒体背景下的县级融媒体中心对播音员和主持人有了更高的要求，不再是以打"安全牌"为主的千篇一律的风格和样态，而是要求个性鲜明的具有个人色彩和主持人人格魅力的主持风格。

以长兴县融媒体中心的王牌民生新闻节目《小彤热线》为例，该节目是中心专门开辟的一档民生类电视新闻节目，以服务民生、服务百姓为宗旨，开播至今已有十余年，是长兴市民最为关注的本地电视栏目之一，在当地有广泛的群众基础，得到了群众高度的认可。该节目虽然火爆，但细分析节目的样态，除了特别节目，虽几经改版但其节目形式和内容并未有实质性的创新，且随着开播年数增加节目模式化日趋严重，出现套路化情况，且帮助群众解决问题的效率呈下降趋势。节目开播十几年来，主持人的职业状态还停留在节目初创阶段，不论是播报样态还是主持风格都比较陈旧，业务更新速度缓慢。除了节目初创阶段首位主持人小彤，后加入的主持人缺少个人风格，难以给观众留下独特、鲜明的印象，在平台上的职业竞争力并不强。

究其原因，一是受制于基层平台较为固化的工作安排和工作时间，缺乏继续学习的精力和动力。除了外出采访和"出任务"，县级融媒体中心的播音员和主持人往往需要按时按点在单位坐班。通过采访许多县级融媒体中心的播音员得知，虽是业务单位，但作为主持人，除了特殊情况，多数时候仍然需要在工作日按时上班，在承担了节目录制、配音等工作外有时还需要值班，下班回到家中还需要照顾家人，操持家务，实在不具备继续学习的精力，且基于单位的薪酬机制，对节目进行创新不仅需要承担风险且报酬增加并不明显，故而缺少继续学习和精进业务的动力。二是基层播音员和主持人的工作任务大多较为繁重，且常常人手不足，需要播音员

和主持人"一专多能"。一名县级融媒体的播音员或主持人除了完成节目录制、配音等岗位基本工作，往往还需承担采、写、编等其他多项工作，因而在兼顾多项工作任务的同时，难以有更充沛的精力进行本专业知识的学习和业务的研修。

其实，基层融媒体中心的节目受众群体较为固定，因此无论是电视节目内容还是播音员和主持人都应该充分发挥地方优势，第一时间了解并掌握本地政府发布的当地的相关政策信息，关注地区观众的需求和喜好，用当地群众更为熟悉和亲切的口吻讲述身边的故事。基层融媒体中心的播音员和主持人相较于省市级媒体的播音员和主持人更需要充分接触大众，尤其像《小彤热线》这样的民生节目，要"想其所想，及其所及"。在此基础上，选择合适自己的主持风格，进而发掘并强化个人魅力，让观众牢记于心。基于此，县级融媒体的播音员和主持人应该在实践中不断摸索，结合当地受众心理和地域文化进行节目创作，在实践中打磨专业，形成具有个人特点的主持风格。

（二）缺乏良好的创新力，主持人队伍青黄不接

受到平台技术水平和政策制度的影响，县级融媒体中心的播音员和主持人个人能力的展现也有所限制。以长兴县融媒体中心的晚间新闻节目《长视新闻》为例，在融媒体新闻中心，每天上午9点会召开选题会议，收集新闻线索，根据新闻线索属性和端口需要，指派不同文字记者和摄像记者出发；接到采访任务后，新闻记者收拾装备，赶赴一线进行采访记录；记者采访回到单位，在制作室将摄像机素材导入后进行文稿的创作；新闻稿件要求严谨细致，稿件完成上传后会在单位内进行三级审核，分别由主编改稿，分管领导审稿，主任或副主任审批定稿后，制作部后期制作，值班编委审片签字；之后，电视、微信公众号、报纸、掌上长兴APP同步进行编辑制作；稿件审核定稿后交由值班播音员进行配音；配音结束后，后期制作人员再次创作，把声音与画面完美融合一体；在这之后，主

持人在演播室完成出镜直播；在主持人完成节目出镜工作后，制作人员会把所有的新闻视频串联到一起，播出部显示屏上的画面将呈现在电视、抖音、微信、报纸等各个平台上。这样，一档日播的新闻节目《长视新闻》便完成了。

这期间尤为值得一提的是，大约每天下午的五点半，所有新闻人员将会聚集在制作室进行节目审核，一字一句都不放过。在这样的新闻节目制作环境下，播音员和主持人可发挥的余地和空间较为有限，由此可见中心的常规节目对播音员和主持人的功能性要求并不多，主持人的创新创造能力和热情未被激发，长此以往播音员和主持人的职业懈怠便显现了出来。由此可见，县级融媒体平台播音员和主持人受制于工作环境和工作内容等因素的限制，对于节目的创新方面缺乏动力。

与此同时，县级融媒体中心的播音员和主持人专业人才队伍的青黄不接也严重制约了电视新闻节目的创新和发展。以长兴县融媒体中心为例，2013—2022年，中心每年皆面向校园和社会进行招聘，处于"常年缺人，常年招人，招聘告示常年有效"的缺人状态中。从播音员和主持人自身来看，在县级台的许多资深年长的播音员和主持人并不是播音主持专业毕业的科班人士，而年轻的对口专业毕业的科班学生往往不会选择县级融媒体中心这样的基层电视台作为自己的第一个工作平台，因而县级媒体平台的播音员和主持人的准入门槛也在不断降低。再加上传统县级融媒体中心工资待遇与新媒体平台或互联网公司比相对较低，很难满足年轻人对于收入的预期，一些名校科班毕业的播音主持专业的大学生即使来到县级台工作也只是为了增加一份工作实践经历，这就直接导致播音员和主持人人才队伍素质不高且青黄不接的情况持续出现。

（三）学习自主性不高，业务探究动力不足

由于工作内容繁杂且播音员和主持人需要直接面对社会大众，因而对其业务水平和思维表达都有较高的要求。作为一名县级融媒体中心的播音

员和主持人，如何更好地传递信息，提高稿件撰写能力、逻辑思维能力和口才表达能力都值得钻研探讨。

但现实情况是，囿于平台性质和日常工作安排以及单位奖励机制的不健全等因素影响，播音员和主持人即使具备学习和钻研业务的精力，也往往缺乏主动学习精进业务的动力。比如受到人才引进机制不科学、培训激励机制不足、薪酬激励机制欠缺等因素影响，县级融媒体平台的播音员和主持人学习动力不足，且工作性质要求其更多时候只需要照搬完成工作不出错即可，在这样的前提下，播音员和主持人学习缺少自主性，也没有有效或固定的业务探讨模式来促进播音员和主持人相互学习、切磋业务，因而县级融媒体中心的播音员和主持人的业务水平客观上难以提高。

在全媒体时代下，人们获取信息、欣赏文艺作品的平台和渠道非常丰富。因而对于作为传统主流媒体的县级融媒体平台而言，在转型升级的过程中尤其要考虑此因素的影响。如果节目中的播音员和主持人仍然是单纯以口播的形式将节目内容通过播报方式线性传播给受众或难以满足受众的需求。对此，基层融媒体平台的播音员和主持人必须在不断精进业务能力的基础上持续学习新思想，运用新技术，打破传统单一的播报方式，这样才既可以较好地完成本职工作又能够展现更多面的自己，最大限度地提高受众对于本地传统主流媒体的播音员和主持人的接受度和喜爱度。

二、全媒体时代县级融媒体播音员和主持人转型发展策略探究

人才是社会发展的第一资源，中国科技创新力的基本动力，就是人，党的思想宣传工作也一样依靠人才。2021年9月27日，习近平总书记在中央人才工作会议上强调，"坚持深化人才发展体制机制改革"，"加快形成有利于人才成长的培养机制、有利于人尽其才的使用机制、有利于人才

各展其能的激励机制、有利于人才脱颖而出的竞争机制"[①]。由此,在全媒体时代,县级融媒体平台要努力打造让播音员和主持人觉得安全、安心的工作环境和合理的晋升机制,让播音员和主持人有更好的业务创作空间,而播音员和主持人自身也需要加强政治理论素养和职业修养,从而实现全媒体时代下职业的转型升级。

(一)个人微观层

1.加强学习,提升信息化素养

目前信息化时代到来导致媒体信息技术快速更新换代,因而播音员和主持人需要注重自身学习,提升个人信息化素养,通过不断学习新技能以跟上媒体技术迅猛发展的节奏。

值得一提的是,长兴县融媒体中心在2017年启动"万物生长融媒人才学习计划",2018年开展第二季培训。在这样的培训中,播音员和主持人了解了行业前沿动态,提高了自身对信息技术对媒体发展的作用的认知,补充了工作中因技术出现的职业短板。

除此之外,个人也可以主动寻求学习新媒体技术和业务理论知识的机会。具体方式如利用互联网学习资源,通过上网课,学习掌握最新硬件、软件等媒介技术知识以及多平台、多类型节目的编辑制作能力,依托国家、省级平台丰富的行业内部资源以及其他示范县级新媒体中心的经验,主动和上级单位、兄弟单位的同行进行业务探讨、专业研修,以便掌握更多媒体相关前沿技术与优秀播音员和主持人节目创作案例,从而提升职业竞争力,更好地适应信息化时代的全媒体环境。

2.利用信息技术,突破技术壁垒

播音员和主持人可以依托县级融媒体中心的资源整合优势提升个人采

---

① 习近平.习近平谈治国理政:第四卷[M].北京.外文出版社,2022:539.

编与节目制作能力。不过由于大多数县级融媒体中心在硬件设施上投入比重有限，因而难以引进最先进的新媒体设备，导致中心的硬件设施配备并不完善。鉴于此，播音员和主持人可通过使用网络直播的方式进行线上传播，突破传统媒体的技术壁垒，比如以线上直播或短视频、中长视频拍摄的方式进行自媒体节目创作。这样既省去了传统广播和电视需要昂贵设备的局限，也提升了新闻工作者的创作能力，使其积累了新技术、新设备、新平台的使用经验，同时还降低了节目制作的成本，提高了播音员和主持人利用互联网平台进行信息传播的能力，展现个人职业风格，提升播音员和主持人的个人影响力。

比如长兴县融媒体中心自2022年起实施"人才活力焕新工程"，鼓励一线记者编辑、新闻主播运营短视频号，创新传媒项目，涌现一批独当一面的新型内容创作者，以"流量+变现"为核心指标，进行绩效分成，实现"传媒支持创业，创业赋能传媒"的互相成就的格局。

3.深入实践，提高业务技能，发展独特个性

播音主持创作艺术是一门实践的艺术，播音员和主持人需要在实践过程中不断纠正错误，完善理论知识，提高个人职业素养。因而对县级融媒体中心的播音员和主持人来说，一方面要把握好国家形势政策及本地实际状况和百姓生活需求，做好受众的服务工作。在这个过程中重新对自己的职业进行定位，离开职业的舒适区，克服畏难情绪，勇于接受新技术，挑战全媒体时代的新形式，这样或能得到受众更大程度的认可。另一方面，播音员和主持人作为新闻工作者要根据受众不断变化的需求，在工作实践中习得经验，以"三贴近"原则为根本原则，提升业务技能，依托有地方特色或群众基础的王牌节目形成自己与众不同的播报或主持风格，提升本地融媒体中心在当地群众心中的话语权和权威性。

此外，在日常工作中要不断锤炼口语表达能力和职业素养。持续跟进业内播音员和主持人成功转型的案例，通过学习或借鉴节目创新模式，不

断积累经验，从而提高业务水平和职业素养。另外，在以往的县级融媒体平台的媒体环境中，播音主持风格具有很强的标准化、时代化特点，而播音员和主持人的个性在全媒体时代被赋予了更多的期待和要求，传统的"标准化"个性表达已经无法满足全媒体时代观众对主持人或主播的诉求。因而在进行节目创作过程中，县级融媒体中心的播音员和主持人在完成基本的职业要求后，要对个人的情感表达、声音造型、个性特征等方面进行塑造，展现独具特色的个人播报或主持风格和独具魅力的个性特征，从而为播音员和主持人在全媒体时代的顺利过渡和成功转型保驾护航。

（二）职业宏观层

1. 了解全媒体时代新媒体传播特点，提高创造力和创新性

全媒体时代传播需求依然具有即时性的特点，在媒体竞争格局高度多元化的当前，"快"这一要素就显得尤为重要。以直播为例，新媒体平台相较于传统主流媒体在图文、音频、视频多种介质的承载和传播形式上更加即时且丰富。另外，全媒体时代信息还具有多元网状传播的特征。从传统媒体时代媒体灌输式的"我来说"到今天的"大家都来说"，新闻内容的传播关系从一元单向变成了多元多向，曾经沉默的大多传播受众已经成为新闻节目内容的评论者，甚至采写者。[1]以长兴县融媒体中心为例，为吸引受众、鼓励互动，守好主流媒体的舆论阵地，长兴县融媒体中心积极开通并打造"常聚长兴""掌心长兴"公众号和"掌心长兴"APP，通过移动端的新媒体平台加强与本地群众的交流互动，并将受众引流至电视端。

由此可见，县级融媒体平台应突出"新媒体才是新闻主阵地"的理念，以用户思维开拓创新。就中心内部的建设来说，无论是节目形态还是

---

[1] 胡瑞庭，陶广平，王庆忠，等. 全媒体新闻采编 全链条产业经营 全能型人才培养：长兴传媒集团深入推进传统媒体与新兴媒体融合发展［J］. 视听纵横，2015（5）：32-37，1.

传播模式都应该尊重个体首创精神，允许年轻人破圈发展，可适当开展新媒体业务大培训大比武、传媒创新项目大竞赛大海选，激发青年媒体人的创新性和创造力。还可实施人才活力焕新工程，播音员和主持人可借由这样的理念和方案，孵化个人IP，打造个人账号；一线记者、编辑可直接运营短视频号，创新传媒项目，做独当一面的新型内容创作者，以"流量＋变现"为核心指标，向单位建议绩效分成，实现"传媒支持创业，创业赋能传媒"的互相成就的格局。

2. 主动构建用户思维模式，充分利用智能传播手段

伴随着5G时代的到来，传统媒体正经历着深刻的变革，现出移动化、社交化以及智能化的发展趋势，传统的广播电视受众正向移动端以及社交端迁移，为此，构建互联网用户思维，结合现代媒体用户的需求进行适应性的改变，是播音员和主持人适应全媒体时代的关键所在。[1]全媒体时代给媒体人带来了不少便利，但在丰富信息资源的冲击下，需要深度把握用户思维，从用户的角度出发进行新闻报道和信息筛选工作。而播音员和主持人针对传播对象的差异性，在播报或主持的过程当中应予以区分，切实了解用户的需求，进一步将信息准确并个性化地传达给受众，才能够真正实现高效的信息传播。

长兴县融媒体中心深度把握用户思维，把受众当作用户，从用户的视角对信息进行筛选、制作、发布。在传播过程中，利用互联网大数据、"云"端技术等工具为节目生产的改革创新服务。比如，利用先进的互联网技术，开创便捷的惠民广电服务功能，打造"5G＋电视＋宽带＋语音＋X"的融合应用体系，聚焦医疗、交通、教育、家居等多个百姓关注的领域，拓展"5G＋"差异化运营服务场景，实现了对智能传播手段的充分运用。播音员和主持人在这样的传播方式下，也应当针对传播对象的差

---

[1] 王雨佳.区县级融媒体中心播音员主持人的转型与发展研究［J］.新闻传播，2022（8）：95-96，99.

异性进行二次创作，在播报、主持或与受众的互动过程中对目标用户予以区分和细化，从而将节目精准地传达给不同人群。因为从用户角度考虑，想达到真正的优质的信息传播，满足用户的心理和实际需求是前提。

当然，播音员和主持人在具备互联网用户思维的同时，还要秉承"想人所想，及人所及"的宗旨，从本地观众的角度思考他们真正想要看到、听到的节目内容是什么。同时，在创作过程中不能忽略语言的时代感和文稿的专业性，要尝试与受众走心、贴心、暖心地互动和交流，而不是机械无感情地播报或缺少真诚表达地主持。

3. 拓宽传播渠道，提高宣传意识，增加互动频率

全媒体时代，县级融媒体平台应该在做好舆论宣传工作的同时，积极主动拓宽信息传播渠道，将党的声音和国家政策更好地宣传落实到位。播音员和主持人作为"喉舌"也应努力提升媒体人的责任感和宣传意识，积极与受众互动交流。

2022年度，长兴县融媒体中心利用自主开发的新媒体客户端"掌心长兴"APP进行宣传工作和服务群众。不断围绕"传媒十问"——如何唤醒"掌心长兴"APP沉睡用户，主动破题，以客户端建设为轴心，完成"掌心长兴"4.4版本迭代升级。社区版块策划推出"国庆回老家，喜看新变化""长兴美食我来推"等短视频节目和话题50个，单个话题最高阅读量达60万人次；开辟长兴防疫求助平台，及时发布防疫政策并回复市民求助信息，保障信息接收渠道畅通，有效回复率达100%。精心打造"掌心长兴"公众号，突出民生类新闻，其中55条阅读量破万，粉丝超16.6万；"长兴发布"粉丝超10万，"掌心长兴"抖音号粉丝超209万，快手号粉丝超94万。"掌心长兴"客户端下载量153万，注册用户42万，各类移动端总用户量突破522万，融合指数平均排行全市第一。

在这样优异的全媒体时代县级融媒体创新发展的条件下，播音员和主持人也应该积极参与到节目的制作中，拓宽"发声渠道"，占领舆论阵地。

比如在重大新闻报道或特别节目中，可将新闻采集、播音主持工作同步进行，更好地发挥新闻的时效性，便于群众在第一时间掌握新闻和资讯。同时，要在平台 APP 或节目的新媒体账号上及时回复受众的互动信息，形成友好、健康、温暖的谈话交流场，从而更好地发挥出县级融媒体平台在本地的舆论领航作用。[①]

三、全媒体时代县级融媒体播音主持行业发展趋势

（一）技术赋能，播音语态灵活多样

2016 年 2 月 19 日，习近平总书记在党的新闻舆论工作座谈会上强调，党的新闻舆论工作是党的一项重要工作。县市级融媒体要强化阵地意识，坚守基层舆论阵地，在智能传播媒体融合发展过程中，积极发挥构建主流意识形态建设，大力推广"新闻+党建"宣传形式，充分发挥新闻传播与党务信息的融合功能，进一步推动基层党组织党建工作的有效落实，使其舆论引导作用能够得到充分发挥。

在播音主持样态方面，中央广播电视总台《主播说联播》栏目的成功经验也引起了县级融媒体中心的注意和学习。[②] 比如，长兴县融媒体中心在 2022 年度策划推出原创新媒体产品 400 余个，两会短视频《何以长兴》，两小时阅读量突破 10 万次，获"采访编辑圈"公众号转载推介，周边多家媒体进行"何以"式模仿。由长兴县融媒体中心主持人自己策划并出镜的持续深化家庭教育服务类专栏《说吧说吧》，已完成访谈栏目 71 期，直播浏览量达 28.4 万余次，通过长兴广播、"掌心长兴"微信公众号推送阅

[①] 黄叶蓉. 全媒体时代播音主持发展新路径探析［J］. 传媒论坛，2018，1（14）：125，127.

[②] 陈芝，叶新源，赵圣洁. 江西县级融媒体中心播音主持发展研究［J］. 新闻传播，2021（21）：32-34.

读量达 17.9 万余次。这些节目中的播音员或主持人根据节目形式和节目传播方式的不同，调整优化语言样态，让自己的播报或主持风格得以更贴近自己所创作的节目。

由此可见，长兴县融媒体中心这些新的节目形式和主持人创新的出镜方式，既发挥了县级媒体在舆论引导和宣传文化思想方面的作用，又传播了主流声音，传递了温暖情谊，拉近了播音员和主持人与受众的心理距离。从横屏到竖屏，从严肃到亲切，从刻板到轻松，通过长兴县融媒体中心的例子我们可以看到县级融媒体中心在全媒体时代的改革创新也推动了播音员和主持人的话语样态创新和个人形象呈现的多样化。相信随着新兴技术的发展和县级融媒体中心制度的完善，未来会有更多基层主流媒体的播音员和主持人依靠新技术创作出更多鲜活有趣、富有时代生命力的作品。

（二）贴近群众，内容生产服务为主

2022 年，长兴县融媒体中心创作短视频《历了个史》以 3.6 亿次的话题阅读量占据热搜榜首；策划发起 16 场"山海 1+1 接力大连麦"主题新闻行动，联合全省 38 家县级融媒体单位开展新闻宣传活动，为"山区 26 县跨越式高质量发展"营造浓厚氛围。这些新兴节目无论是节目形式还是节目内容，都是从用户思维出发进行创作的，把"和受众有关系"作为提炼节目素材的第一法则，节目生产以服务大众为出发点，节目内容更贴近本地、贴近受众，因而播音员和主持人也应用更"接地气"的话语样态完成节目创作。

长兴县融媒体中心在发展中不断突破，取得了耀眼的成绩。"长兴模式"迅速得到推广，放眼全国，越来越多的县级融媒体中心以内容建设为根本、先进技术为支撑、创新管理为保障，深化体制机制改革，加大全媒体人才培养力度。全媒体传播体系向着资源集约、结构合理、统筹协调方向推进，为县级融媒体中心发挥舆论导向作用、进行信息传播和民生服

务、落实主流媒体的责任和义务等提供了保障。越来越多的县级融媒体中心的播音员和主持人也借助平台的建设得到了技术赋能。

由此可见，从短视频节目到主持人线下直播活动再到助力县级领导干部的带货直播，播音员和主持人在节目创作过程中借助多种传播手段，把握贴近群众的宗旨，不断创新节目内容，以群众需求为创作主旨，其有声语言传播也呈现出更加丰富的趋势。当然，在这样的节目内容生产创作过程中，更加需要播音员和主持人不断提升自身学养、涵养、修养，以人民为中心，真实、客观地讲好新时代中国故事，创作出群众喜闻乐见的好节目、好作品，只有这样播音员和主持人在传递时代强音的过程中才能与大众的关系更加紧密。

（三）多维联动，全媒体传播融合高效

2020年起，长兴县融媒体中心的建设立足融合传播，开创多维联动，积极构建省、市、县三级联动全媒传播矩阵，推动优质内容精准投放，准确触达用户。同时，牢牢把握"切本地热点"这一宗旨，积极稳妥推进报纸、电视、网站等产能优化，坚持移动优先、小屏抢发、大屏集纳、客户端交互，以融媒运营部为中坚力量，整合中心资源，加大微电影、短视频、短音频作品创作力度，对接好浙江省舆论引导在线平台工作。同时，改版客户端首页呈现，实现"新闻＋社区＋政府掌心号＋商家营销"的融合模式，推出用户内容生产和常态登录等奖励机制，真正实现全媒体高效传播。

从长兴县融媒体中心积极改革、多维联动、高效传播的例子可以看出，当前各县级融媒体中心的播音员和主持人面临着更加复杂的新型媒体环境，播音员和主持人要充分利用好全媒体传播体系的建设为自身赋能，利用互联网平台和新媒体技术，时刻完成身份转换。比如既能完成好播报和主持工作，亦能随时转换为短视频创作者、音频记者、直播主播等多重身份，充分发挥全媒体的交互性优势和融合高效的特点，做具有影响力的

党的"喉舌",同时有效推进县级融媒体中心的创新发展。

由此可见,播音员和主持人在全媒体时代的媒体环境中应立足当下。借助融合传播和多维联动的优势,开拓用户思维,充分发挥自身的主观能动性和创造性,在全媒体传播体系建设的进程中占领舆论高地,凭借自身的业务能力和职业素养充分发挥播音主持工作的创作优势,打磨出更多群众喜闻乐见、既叫好又叫座的节目,从而提高播音主持的传播力、引导力、影响力和公信力,让党和国家的声音传得更远、更广、更深入。

随着新时代社会快速发展,科技突飞猛进加快了媒介融合的步伐。全媒体时代下,新兴的传播方式带来了媒体的变革,传导至县级融媒体平台的播音主持行业,为其带来了机遇与挑战。

县级融媒体中心要以民生为根本,贴近百姓生活,切实解决人民群众在生产生活中遇到的根本问题,拒绝假大空,拒绝浮于表面的报道,做到透过现象看本质,深度挖掘新闻素材,[①]做好舆论引导工作。除此之外,县级融媒体平台的播音员和主持人作为地方主流媒体发出的最强音,具有较强的公信力和影响力,因而在把握舆论主阵地以外的其他领域,如引导网络舆情等方面也起到至关重要的作用。播音员和主持人作为地方主流媒体的新闻工作者,应明确自身的职责和使命,既是党和政府的喉舌、文化思想的宣传员,也是有声语言艺术的创作者,是当地观众、听众熟知的媒体人,因而更应加强知识修养和职业道德素质,把节目做真、做实、做好、做深,在媒体融合的考验中不断锤炼脚力、眼力、脑力、笔力,在基层政府与当地群众之间架起一座传播的桥梁。

综上所述,县级融媒体播音员和主持人在全媒体时代里要提高自身素质,着眼工作实际,主动学习,积极实践,不断适应全媒体时代下新的基层主流媒体发展趋势,增强政治修养、文化素养和专业涵养,走出一条适合全媒体时代基层播音员和主持人发展的道路。唯有如此,才能更好地面

---

① 刘磊.融媒体背景下报社记者新闻采写能力提升的策略[J].记者观察(中),2020(8):49-50.

对县级媒体宣传任务和新闻事业的发展形势，才能勇于接受媒体行业不断到来的新挑战，才能满足群众日益增长的文化精神需求，为广大群众提供更多优质的新闻报道和文艺作品，不负党和人民的嘱托与信任。

马克思主义文艺理论视域下的中国少数民族歌曲创作

李艳双　北京市东城区职工大学

中国马克思主义文艺理论是世界马克思主义文艺理论的重要组成部分，是马克思主义文艺理论和中国当代文艺创作相结合的伟大结晶。中国少数民族创作歌曲是中国少数民族音乐文化的分支，是中华文化的重要组成部分，是促进各族人民相互了解、交往交流交融的重要文化手段。中华人民共和国成立以来，在中国马克思主义文艺理论的指导下，中国少数民族歌曲创作取得了突出的成就。但是，也仍然存在歌曲创作质量不高、脱离人民群众、数量匮乏、精品佳作难出等问题。本文首先对中华人民共和国成立以来中国马克思主义文艺理论与少数民族创作歌曲同构共振的典型代表作品进行归纳梳理，并针对相关问题进行了具体分析，而后提出了相关建议策略，希望与广大音乐工作者共勉，为少数民族歌曲创作尽绵薄之力。

一、马克思主义文艺理论与中国少数民族歌曲创作的同构共振

马克思主义文艺理论是马克思主义科学理论体系的重要组成部分，中国马克思主义文艺理论是世界马克思主义文艺理论的重要组成部分。中华

人民共和国自成立以来，不仅将马克思主义文艺理论与中国当代文艺创作实践相结合，还推进了马克思主义文艺理论的中国化。中国少数民族歌曲创作与中华人民共和国成立以来中国化的马克思主义文艺理论指导和中国社会发展史具有一致性，其歌曲创作始终坚持时代主旋律，用其独具魅力的音乐色彩诉说着中国社会的发展变迁。从其发展历程来看，中国少数民族歌曲创作可分为三个发展阶段：蓬勃发展阶段（1949—1966），曲折前进阶段（1966—1976），多元繁荣阶段（1977—　）。从三个阶段的歌曲梳理分析可知，有些歌曲是在传统民歌的基础上改编创作的，有些则是全新创作的，本文将两者皆称为创作歌曲。

（一）蓬勃发展阶段（1949—1966）

中华人民共和国成立初期，中国共产党在新中国文艺发展实践的基础上，吸收了马克思主义文艺理论，总结出了"百花齐放，推陈出新""古为今用，洋为中用"等新中国文艺发展理论。这极大地激发了音乐工作者的革命热情和音乐创作热情。在以上文艺理论的指导下，一些音乐工作者深入少数民族地区，从事音乐教育、音乐表演、音乐采录、音乐搜集、音乐整理以及音乐研究等工作，作曲家们也开始重视对民族音乐风格特点的发挥，形成了一股"开发边疆，开发民间"的热潮，促成了当时"边寨歌曲"的繁荣兴盛。在这一时期，产生了许多优秀的少数民族创作歌曲，如蒙古族代表性歌曲《草原上升起不落的太阳》《敖包相会》《洗衣歌》《远方的朋友》《赞歌》等，藏族代表性歌曲《北京的金山上》《藏胞歌唱解放军》《翻身农奴把歌唱》等，维吾尔族代表性歌曲《新疆好》《喀什葛尔女郎》《阿瓦日古丽》《曲蔓地》等，撒尼族代表性歌曲《远方的客人请你留下来》，布依族代表性歌曲《桂花开放幸福来》，壮族代表性歌曲《了罗山歌》《好花红》，哈萨克族代表性歌曲《玛依拉》《手挽手》等，苗族代表性歌曲《你见过雷公山的山顶吗》，赫哲族代表性歌曲《乌苏里船歌》，塔吉克族代表性歌曲《花儿为什么这样红》，鄂伦春族代表性歌曲《勇敢的鄂伦春》等。

（二）曲折前进阶段（1966—1976）

1966 至 1976 年，正值"文化大革命"时期。受"文化大革命"的影响，少数民族歌曲创作同其他音乐作品创作一样坠入低谷。这一时期产生了"样本戏"，并成为当时文艺作品的主旋律。在声乐方面，有"语录歌"和"诗词歌"，同时也产生了极少量的经典歌曲，如哈萨克族代表性歌曲《打起手鼓唱起歌》，朝鲜族代表性歌曲《红太阳照边疆》等。

（三）多元繁荣阶段（1977—）

党的十一届三中全会后，中国的文艺方针也做出了相应的调整，以往歌曲单一化、标准化的模式受到了冲击，纯粹政治题材的歌曲创作逐渐减少。随着社会经济文化快速发展，1980 年，文化部和国家民委联合发布了《关于做好当前民族文化工作的意见》，提出民族文艺在注意形式的前提下，要积极发展文艺队伍建设，要适应少数民族民众文化生活的需要，要抓好民族文化遗产的搜集整理和民族文艺理论的研究工作等，少数民族音乐创作既要弘扬主旋律，又要发展多样化等文化发展思想。在以上文艺理论方针的指导下，广大音乐工作者进行了有计划、大规模的全面搜集、采录、整理、编纂工作，音乐新人辈出，创作创新层出不穷，多样性成为新时期歌曲创作的一大特点。此时期，少数民族歌曲创作达到了一个发展的高峰。如蒙古族代表性歌曲《美丽的草原我的家》《父亲的草原母亲的河》《呼伦贝尔大草原》《蒙古人》《鸿雁》《天堂》《吉祥三宝》《草原赞歌》《天边》《我和草原有个约定》《套马杆》《月亮之上》等，藏族代表性歌曲《青藏高原》《我的家在日喀则》《天路》《在那东山顶上》等，苗族代表性歌曲《苗岭好地方》《苗岭的早晨》《山寨素描》《苗家酒歌》等，维吾尔族代表性歌曲《吐鲁番的葡萄熟了》《我从新疆来》《月下情》等，土家族代表性歌曲《山里的女人喊太阳》《峡江情歌》，彝族代表性歌曲《火把节的火把》《赶圩归来啊哩哩》，回族代表性歌曲《回回人》，佤族代表性歌曲有《阿瓦人民唱新歌》，朝鲜族代表性歌曲《长鼓敲起来》，纳西族代表性歌曲《纳西篝火啊哩哩》等。

从以上少数民族创作歌曲的归纳梳理可知，蒙古族、藏族、维吾尔族、苗族等代表性歌曲数量较多，且多是广大人民群众耳熟能详的歌曲。而大部分少数民族有经典歌曲，但创作数量不佳。尽管如此，中国少数民族创作歌曲仍然丰富了中华民族音乐文化宝库，并且对加强各民族之间的相互了解、交往交流交融、民族团结等做出了贡献。

二、中国少数民族歌曲创作问题分析

一个时代有一个时代的文艺，正如 2014 年 10 月 15 日，习近平总书记在文艺工作座谈会上的讲话中指出："文艺是时代前进的号角，最能代表一个时代的风貌，最能引领一个时代的风气。"自中华人民共和国成立以来，少数民族歌曲创作与文艺理论同构共振，创作了许多深受人民群众喜爱的优秀歌曲，但仍然存在许多问题亟待解决，需要广大音乐工作者认识到自己所担负的历史使命和责任，具体问题如下：

（一）思想高度有待提高

2014 年 10 月 15 日，习近平总书记在北京主持召开文艺工作座谈会并发表重要讲话，讲话具体内容包括"实现中华民族伟大复兴需要中华文化繁荣兴盛、创作无愧于时代的优秀作品、坚持以人民为中心的创作导向、中国精神是社会主义文艺的灵魂、加强和改进党对文艺工作的领导"这五个问题。中国少数民族音乐文化是中华民族优秀文化的重要组成部分，词曲作家应该站在实现"两个一百年"奋斗目标、实现中华民族伟大复兴的中国梦的思想高度思考少数民族歌曲创作的现状和未来。具体应该从人民性、民族性、时代性、现代性等四个维度提高少数民族歌曲创作的思想高度。

1. 人民性

人民性是中国当代马克思主义文艺理论的"根"与"魂",是中国马克思主义文艺理论的坚守与发展,无论是毛泽东同志《在延安文艺座谈会上的讲话》还是习近平总书记《在文艺工作座谈会上的讲话》都阐明了文艺创作不能脱离群众、不能脱离实际的观点,也都阐明了文艺属于人民,是为人民服务的重要观点。作为艺术的音乐,同样源于人民、属于人民、为了人民,人民性是新时代音乐创作的根本立场和逻辑起点。所以,少数民族歌曲创作的任务不仅仅是去探索崭新的音乐,还应该贴近人民生活,坚持以人民为中心的创作导向,思考人民需要什么音乐。事实上,具有人民性的音乐应该是在现实社会中产生的,是广大人民喜欢听、听得懂、乐于传唱的音乐。

2. 民族性

少数民族创作歌曲的民族性是指歌曲的民族特点,是一个民族的民族特性在创作歌曲中的体现。歌曲的民族性体现了民族性格,是在我国各族人民长期的历史发展中形成的,它同人民的生活习惯、语言特点、情感表现等有着密切的联系。它长期培育了人民群众的审美习惯,所以注重歌曲创作的民族性是同广大人民群众密切联系的一个关键因素。

少数民族创作歌曲的民族性依赖于长期社会实践中形成发展起来的许多具有民族特色的音乐表现形式和手法,具体包括旋律的进行、调式音阶、音乐语汇、节奏节拍、曲式结构、演奏演唱形式和方法等。例如,宁夏回族民歌在音调上可分为"羽核心级进音调"和"徵核心双四度框架","羽核心级进音调"多出现在宁夏南部六盘山区流行的"山花儿"、宴席曲、小调等民歌中,"徵核心双四度框架"主要出现在劳动号子、小调、宴席曲、河湟花儿等音乐品类中,所以充分挖掘认识各个少数民族民歌音调特征，是少数民族创作歌曲保持民族性的基本前提和条件。

需要注意的是，在关注少数民族创作歌曲民族性的同时还要防止狭隘保守的民族性的出现。关注民族性绝对不是将我们的民族音乐加以局限，让它同外界隔绝，而是在保持民族风格和民族特点的同时使其易于受到国际社会的接受和欢迎，进而弘扬中国音乐文化，加强国际社会之间的友好交流。所以，我们应该创作出更多新鲜活泼的、中国老百姓喜闻乐见的、具有中国作风和中国气派的音乐作品，从而更好地服务各族人民，丰富世界音乐文化。

3.时代性

一个时代的音乐要适应一个时代的需要，反映这个时代的社会生活，体现时代精神，具有时代的艺术特点。少数民族创作歌曲的时代性，就是创作歌曲与同时代的关系，即要体现时代精神，反映这个时代的社会生活，具有时代的艺术特点。这种关系还体现在创作歌曲要深入人民精神世界，要触及人民的灵魂，要引起人民的思想共鸣。

事实上，歌曲同其他艺术形式和社会意识形态一样，既是对社会现实的反映，又反作用于社会现实。社会随着时代的发展而变化，反映社会生活的歌曲也应该发展变化。所以，少数民族歌曲创作要抓住时代发展的主流、代表社会进步力量、表现时代发展中先进的思想。例如，20世纪50年代初期，美丽其格作词、作曲的《草原上升起不落的太阳》，以真诚感恩的情怀唱出中华人民共和国成立之初，草原人民和全国人民的骄傲自豪之情。再如，藏族民歌风格的歌曲《天路》，将青藏铁路喻为天路，赞美了神奇的雪域风光，表达了藏族儿女对祖国的眷恋之情。以上作品都是时代性的具体体现。正如习近平总书记在文艺工作座谈会上的讲话中强调的："文艺工作者应该牢记，创作是自己的中心任务，作品是自己的立身之本，要静下心来、精益求精搞创作，把最好的精神食粮奉献给人民。"

4.现代性

现代性一词来源于西方,是指现代化的性质和特征,它是将传统与现代相区分的一种属性。现代性体现在诸多方面,少数民族歌曲创作同样要关注现代性问题,即传统音乐的现代性转型。事实上,转型的目的是寻找更好的艺术,因为传统只是现代性的一种资源,而不是现代艺术本身。中华人民共和国成立以来收集整理了大量可供少数民族歌曲创作的传统音乐素材,要将这些音乐素材变得更加与时俱进、更加切合主流文化、更加具有地方特色、更加自由是少数民族歌曲创作者努力的目标和方向。需要注意的是,在转型的过程中要避免过度后现代性,要尽量保持艺术最纯粹的本质。此外,音乐是听觉和语言艺术,音调的听觉美是第一感觉,语言则是精神内涵的核心要素,让歌曲的语言富有精神内涵,也是现代性转换的关键因素。

综上所述,少数民族歌曲创作工作者需要从人民性、民族性、时代性、现代性等维度提高自己的思想高度,只有有了这样的思想高度,才有可能创作出让广大人民群众喜欢传唱、经久不衰的优秀歌曲。

(二)歌曲创作质量、数量有待提高

从少数民族歌曲创作质量和歌曲本身来看,除了早期经典少数民族创作歌曲作品,当下仍然缺乏好的精品佳作。精品佳作要具有文化性、普遍性、传世性。当一首好的歌曲出现时,人民大众的接受应该是普遍一致的。

从少数民族创作歌曲数量和涉及民族范围来看,蒙古族、藏族、维吾尔族、哈萨克族、苗族等是创作歌曲高产民族,其他各个少数民族也会有少量的经典歌曲,如赫哲族的《乌苏里船歌》、佤族的《阿瓦人民唱新歌》、布依族的《好花红》,然而大部分兄弟民族至今还没有一首经典的高质量歌曲。

近些年来，部分地区关于少数民族歌曲创作问题已经开始有组织、有计划地开展起来，例如，2014年4月，在北京召开了"回族音乐汇宁夏"研讨会，主要讨论的议题是如何从宁夏回族民间歌曲中挖掘基本音乐元素，进而创作出具有时代精神、民族地域特色和群众喜闻乐见的群众歌曲。[①] 类似于这样的研讨会其他地区的各个兄弟民族也应该多举行，互相交流意见建议，进而改善当下少数民族歌曲创作质量较低和数量较少的问题。

（三）歌曲传播力度有待加强

传播力和影响力是衡量经典歌曲的重要依据，再经典的歌曲若缺乏舞台表现、产生不了影响力也是难以成为经典之作的，所以要加强少数民族歌曲舞台传播力度。

随着社会科学技术的发展，音乐的传播舞台更加多样化、复杂化，已经不仅局限于传统的舞台表演，以互联网为依托的各类音乐平台、短视频平台、直播平台等提供的在线K歌、数字音乐单曲、数字专辑、线上音乐会等都是歌曲传播的有效途径和载体，其特点是延伸了传统舞台的传播范围，不受空间限制，个人传播非常便捷自由，信息量大、成本低，更加具有广泛性和全民参与性，更能有效反映出人民大众的精神需求。以互联网为依托的各类音乐平台，其代表的是一种具有本土特点的大众审美。

故而，少数民族音乐工作者和其他音乐工作者既要关注前期高质量歌曲的创作问题，还要关注后期歌曲传播推广等问题。

三、中国少数民族歌曲创作建议策略

中华人民共和国成立以来，在马克思文艺理论中国化的指导下，少数

---

① 弘扬优秀传统文化 突出民族地域特色 展示宁夏文化魅力 繁荣回族歌曲创作："回族音乐汇宁夏"（北京）研讨会内容摘要［N］.中华文化报，2014-05-27（3）.

民族歌曲创作已经取得了很大的成就。但近些年来，仍然存在歌曲创作质量不高、佳作难出的问题，针对以上问题，还需要从以下几个方面寻求解决办法：

（一）深入人民群众中进行田野调查

自中华人民共和国成立以来，关于少数民族音乐的田野调查就从未间断过，并取得了突出的成绩，产生了一系列理论研究成果，如《哈萨克民间歌曲集》《藏族民歌选》《云南贵州少数民族民歌选》《新疆民歌》《丰富多彩的藏族歌舞》《十二木卡姆》《白沙细乐》《中国民族音乐集成》，以及冯光钰和袁炳昌主编的《中国少数民族音乐史》、田联韬主编的《中国少数民族传统音乐》、张中笑与杨方刚等人主编的《贵州少数民族音乐文化集粹》、杜亚雄编著的《中国各少数民族民间音乐概述》、伍国栋所著的《民族音乐学概论》，还有其他音乐工作者发表的相关论文等，为少数民族歌曲创作提供了理论支撑和保障。

然而，随着当今社会的快速发展，在经济利益的驱使下，社会变得"浮躁"了，很难让人们沉下心来深入人民群众中去了解人民的音乐和人民对音乐的需求，对少数民族音乐的田野调查更是形成了走马观花、蜻蜓点水似的形式主义，这就导致符合时代需求的理论研究成果不够深入，阻碍了符合时代需求的优秀歌曲的创作产出，急功近利、粗制滥造、低俗媚俗的创作歌曲层出不穷，这种现象不仅是对少数民族歌曲创作的一种伤害，也是对社会精神生活的一种伤害。

正如 2014 年 10 月 15 日，习近平总书记在文艺工作座谈会上的讲话中强调的，"人民既是历史的创造者、也是历史的见证者，既是历史的'剧中人'、也是历史的'剧作者'。……人民是文艺创作的源头活水，一旦离开人民，文艺就会变成无根的浮萍、无病的呻吟、无魂的躯壳"。人民生活中本来就存在着文学艺术原料的矿藏，人民生活是一切文学艺术取之不尽、用之不竭的创作源泉。所以，切实地深入人民群众中去了解他们对艺术的需求，才会有精品佳作的出现。

深入的田野调查可以使音乐工作者解决少数民族歌曲中人民性、民族性、时代性、现代性缺失的问题，深入的田野调查可以了解人民对音乐的需求，可以促进传统音乐的创造性转换和创新性发展，创作出传世精品。好的作品一定是流淌在人民群众血脉之中的。故而，不为"浮躁"的社会所干扰，潜心深入人民群众中去挖掘人民的音乐和人民对音乐的需求是解决问题的关键所在。

（二）加强研讨、组织创作与人才培养

自20世纪90年代以来，关于少数民族音乐创作的研讨会逐渐增多。全国少数民族音乐学术研讨会第七届（1997年贵州贵阳）、第八届（2000年新疆乌鲁木齐）、第九届（2002年贵州黎平县）都将少数民族音乐创作列为重要的研讨课题。2005年，广西少数民族艺术研究中心主办了"广西少数民族音乐暨音乐创作民族化问题学术研讨会"，重点研讨了广西地区少数民族音乐创作问题。2012年，中国音乐家协会与四川省文学艺术界联合会、中共凉山州委宣传部首次举办了全国优秀青年词曲作家（少数民族）高级研修班，共同探讨了少数民族音乐创作问题。2014年，在北京召开了"回族音乐汇宁夏"研讨会，探讨了如何从宁夏回族民间歌曲中挖掘基本音乐元素，进而创作出具有时代精神、民族地域特色和群众喜闻乐见的群众歌曲等问题。可见，针对少数民族音乐创作问题已经开展了一系列高规格的学术研讨工作，类似这样的学术研讨十分必要，还应该再多举办一些。但仅限于研讨还不够，还要在研讨的基础上组织创作。雷碌的文章《重视音乐创作的组织工作》重点讨论了音乐创作组织工作的重要性。该文中指出，在1956年1月17日至19日，上海市的诗人和作曲家为迎接上海市社会主义改造胜利献礼，在三天时间里创作了200多首歌曲。同时期，中央音乐学院作曲系师生在社会主义浪潮的鼓舞下，在短短半个月的时间里创作了141首歌曲。雷碌通过这两个实例告诉大家，组织创作

的重要性。同样，当下关于少数民族歌曲的创作缺乏有组织、有规模的创作，所以要把词曲作家组织起来，共同创作好听、好唱、好记的少数民族歌曲。

此外要把少数民族歌曲创作人才培养的事情抓起来。自中华人民共和国成立以来，党中央、国务院采取了一系列措施培养了一大批少数民族党政干部和各类专业人才，加大了对少数民族音乐艺术人才的培养力度，体现了国家对少数民族音乐艺术教育及艺术人才的高度重视。少数民族歌曲创作人才培养是少数民族音乐艺术人才培养的重要组成部分，应该大力培养少数民族歌曲创作人才，不仅要从唱词和曲调等专业角度进行培养，还要从思想和人民对音乐的需求视角进行培养，帮助青年词曲作家树立正确的人民观、民族观、时代观、现代观等文艺理论观。专业创作人才的匮乏是歌曲创作质量不高的主要因素，全方位地培养、引进、用好人才，是人才队伍建设的根本。

综上所述，只有深入人民群众中去进行田野调查，大力加强对少数民族歌曲创作的学术研讨，有组织、有计划地开展创作，积极努力培养词曲创作新人，才有可能使少数民族歌曲繁荣发展。这既是在践行中国马克思主义文艺理论，也是对中国马克思主义文艺理论的补充。

中国少数民族音乐是中华优秀传统文化的重要组成部分，自中华人民共和国成立以来，在中国马克思主义文艺理论的指导下，中国少数民族歌曲创作取得了突出的成就，为人民群众带来了大量好听、好唱、好记的歌曲，促进了各民族之间的交往交流交融与团结友爱。所以，应继续加强对少数民族歌曲创作问题的研究，从人民的视角出发，创作出具有人民性、民族性、时代性、现代性的优秀歌曲。路漫漫其修远兮，希望广大音乐工作者共同努力，为少数民族歌曲创作贡献力量，为中华优秀传统文化添砖加瓦。

中国式现代化背景下对戏曲艺术
传承问题的探索

丁逯园　山西师范大学

随着中国特色社会主义进入新时代，中国式现代化的探索和实践不断深入，这种独特的现代化进程迫切需要传统文化的支撑与引领。中华文明几千年的传承演变，孕育了丰富多彩的戏曲文化。戏曲不仅仅是一种娱乐形式，更是中华民族精神的象征和文化认同的重要承载。在世界多元文化交流和融合的大背景下，中国传统戏曲艺术正面临着前所未有的挑战和机遇。为了让中国传统戏曲文化更好地适应现代社会，实现生动活泼的传承和创新性改良，亟须在深厚的传统艺术底蕴上，积极拓展和丰富其表现形态和思想内容，使之更加符合现代人的审美习惯和精神追求。

戏曲艺术的传承与改良，需要立足于当前中国社会的实际情况，既要充分发掘其内在的生命力和时代价值，又要创新其表现手法和传播方式，这种双重要求使得传统戏曲艺术的发展走向一个全新的历史阶段。本研究利用SPSS统计分析软件针对现代化背景下戏曲艺术的传承和创新问题进行了定量化分析，深入挖掘戏曲艺术在新时代的社会功能和影响力。为了确保戏曲艺术的活跃传承，研究提出通过剧目创新和演出形式多样化，特别是引入新媒体及互联网技术，激发青少年对戏曲文化的兴趣和参与度。同时，戏曲教育的普及也是传承的重要途径。在此过程中，国家于2008年正式将京剧纳入全国基础教育课程体系之中，体现了国家层面对戏曲传承的重视。尽管如此，戏曲艺术的传承和改良仍然面临着观众群体老龄化、演艺市场竞争激烈等难题。因此，如何通过科技手段和多媒体渠道强化戏曲艺术的传播力，如何在尊重传统的基础上进行合理创新，成为推动中国戏曲艺术与中国式现代化同步发展的关键。本文的理论和实践意义在于，为中国传统戏曲艺术的传承与现代化转型提供新的思路和方案，希望可以为促进传统文化与现代文化的融合提供参考。

一、中国式现代化概念解析

（一）现代化的历史脉络

中国特色社会主义的新时代实践证明，中国式现代化不仅仅是工业化、城镇化、市场化和国际化的简单叠加，而是一个多维度、多层次、综合性的系统进程。在对历史脉络的深刻梳理中，我们不难发现现代化始终是各个时期的国家战略，贯穿着中华民族自强不息、奋发图强的精神脊梁。自鸦片战争以来，中国社会历经了从"富国强兵"的晚清变法，到民主革命的新文化运动，直至改革开放后的市场经济风潮。在这一进程中，中国人民不断求索适应本国国情的社会主义现代化之路，积极引进和借鉴外国先进技术和管理经验，同时努力保持和发扬中华民族独有的文化特质和价值追求。尤其是党的十八大以来，习近平新时代中国特色社会主义思想的提出，为中国式现代化提供了科学指导和实践路线，强调在发展的大道上要走好自己的路，坚持以人民为中心、全面深化改革、扩大开放，不断推动社会主义现代化并实现中华民族伟大复兴[1]。在此过程中，中华优秀传统文化与现代化的深度结合，不仅凝聚了民族精神和文化自信，也为世

---

[1] 赵岐山.中国式现代化探索的历史进程[J].天津市社会主义学院学报，2023（1）：16-19.

界贡献了中国智慧和中国方案。

（二）中国式现代化特征

中国式现代化不仅强调经济建设的速度和效率，更致力于政治体制、文化价值、生态环境的全面进步与和谐发展。在此过程中，中国式现代化特征逐渐清晰，可概括为以下几点：

首先，中国式现代化坚持以人民为中心的发展思想，强调发展成果全民共享，致力于缩小城乡、区域、社会贫富差距，以实现全体人民的共同富裕和社会稳定。政治体制改革不断深化，推行法治政府建设，保障公民权利与自由，实现社会的长期稳定与和谐。

其次，中国式现代化重视传统文化的传承与创新，在继承中华民族五千年不间断文化传统的基础上，吸收人类文明有益成果，弘扬民族精神，提高国民文化素质。在此基础上推动文化产业发展，实现文化强国的梦想。

再次，中国式现代化坚持绿色发展理念，倡导节约资源、保护环境的生态文明发展道路。通过推行国家节能减排政策，大力发展循环经济，促进清洁能源的消费，不断提升生态环境质量，构建人与自然和谐共生的现代化模式。[1]

最后，中国式现代化强调和平发展、互利共赢的国际理念，不走传统大国崛起的老路，而是致力于构建人类命运共同体，通过"一带一路"等国际合作项目，推动构建开放型世界经济，促进全球治理体系更加公正合理。在当前中美贸易摩擦、全球气候变化等问题的背景下，中国式现代化展现出了"不以牺牲环境质量为代价"的发展态度，并在国际事务中秉承平等、协商、对话的处理方式，为解决全球性问题贡献中国方案与中国智慧。

---

[1] 胡亚军.浅谈中国式现代化对中华优秀传统文化的基因传承[J].政工学刊，2023（10）：9-11.

（三）现代化过程中的文化诉求

在中国式现代化的进程中，文化诉求尤显重要。它不仅是不断推进社会主义现代化建设的动力源泉，也是实现中华民族伟大复兴的文化支撑。文化诉求在现代化中体现为对文化遗产的保护、传承与创新，以期在保持民族文化连续性的基础上，实现文化形态的现代转型。中国特色社会主义文化发展的策略，正是围绕着这一核心诉求展开，不懈追求文化发展的内在逻辑与时代精神的统一。在此背景下，传统戏曲艺术作为中国传统文化的瑰宝之一，其传承与改良具有特殊的现实意义和深远的历史价值。通过戏曲艺术的现代演绎，不仅能够增强其自身的生命活力，还能够加速其与现代社会的融合，以达到传承与创新并重的文化发展目标。

在现代化的大背景下，戏曲艺术需要遵循以下基本策略：第一，要以传统文化的现代价值为依托，深化对传统戏曲精神内核的解读，进而挖掘其在现代社会的应用潜力与发展空间；第二，要注重戏曲艺术形式的创新，借助现代科技手段，如数字媒体、影视制作、互联网平台等，拓展其表现形式与传播渠道；第三，要关注戏曲教育与普及工作，将戏曲艺术教育纳入国民教育体系，形成有利于戏曲艺术传承的社会环境，同时，引导年轻一代认识并欣赏戏曲艺术的魅力与价值；第四，要深化对戏曲艺术的学术研究，这不仅需要学者们以扎实的学术功底，对戏曲艺术进行纵深挖掘，也需要文化工作者与艺术家们将研究成果转化为具体的舞台实践，创建更多贴近现实、反映时代、具有教育意义的优秀戏曲作品。只有这样，才能使传统戏曲艺术在中国式现代化的浪潮中焕发出新的光彩，进而在全球化的文化交流中发挥其独特的文化软实力，促进中华文化的世界影响力进一步提升。

二、传统戏曲艺术概述

（一）戏曲艺术的发展历程

中国戏曲艺术的发展具有丰富的文化内涵和社会影响，自唐代以歌舞演进至宋元变革之盛，再到明清时期各类剧种百花齐放，中国的传统戏曲艺术正如同一部民族的史诗，展现了中华民族的文化自信与审美情趣。数百年间，戏曲艺术经历了从地方曲种到全国流行的转变过程。其中，京剧以它独特的表现形式和内涵，成为戏曲艺术的代表，被誉为"国粹"。戏曲之所以能历经岁月而不衰，是因其在不同时期对传统的继承与革新所作的极致努力。明末清初，随着音乐与舞蹈艺术的注入，戏曲艺术达到前所未有的辉煌。虽然戏曲的发展受到时代变迁的影响，却始终有着顽强的生命力，通过剧种与表演艺术的演绎，传递出鲜明的时代印记。20世纪初期，国内外政治环境发生剧烈变化，戏曲艺术在大时代的背景下面临着新的挑战与转折。20世纪40年代至60年代，戏曲进入新的发展阶段，艺术家们在继承传统的基础上，融入社会主义核心价值观，同时也接纳外来艺术形式与思潮，使戏曲艺术焕发新的生机。戏曲一方面秉承了严谨的表演规范，一方面又不断开拓创新，使之成为汇聚传统与现代、哲学与艺术的瑰宝。最新一波改良与传承在21世纪初再次兴起，越来越多的跨界合作和多媒体融合技术被引入戏曲创作与表演之中。[1][2] 戏剧观演空间的设计也经历了从传统剧场到电影院再到网络直播的巨大转变，不断吸引着年轻一代的注意力。今天，国家对戏曲艺术的重视程度不断提高，通过立法保障

---

[1] 薛娟.向伊琳.现代化语境下传统戏剧观演空间的设计创新[J].家具与室内装饰，2021（6）：112-117.

[2] 楚小庆.全球化格局与中国戏曲发展的若干问题[J].艺术百家，2011，27（1）：17-24.

与资金扶持,为戏曲艺术的现代传播和跨界融合提供了坚实的支撑。[1] 这种跨时代的艺术传承充满了挑战而又不失为一种机遇,它要求我们不仅要继承和弘扬传统文化,更要以创新的视角去审视和欣赏戏曲艺术在新时代的表现与发展。[2]

(二)戏曲艺术的流派与特色

中国传统戏曲艺术不仅是中华文化的瑰宝,更是民族情感和集体记忆的重要载体。戏曲艺术之所以能够跨越数千年的历史长河而流传至今,其丰富多彩的流派及独到的艺术特色功不可没。中国传统戏曲剧种的数量有300余种,每一种都带有鲜明的地方色彩和深厚的文化底蕴。以"京剧、越剧、黄梅戏、评剧、豫剧"等5大剧种为例,它们不仅各有千秋,还在曲目、表演、服饰、化妆等方面各具特色,形成了多元化的戏曲艺术体系。京剧以"刀马旦、老生、花脸"等角色著称,其韵律丰富、表演夸张,通过面部的彩妆来表现人物的性格和命运;越剧以女声独唱与女性化的角色扮演而闻名,更是以其悠扬婉转的曲调捕获了听众的心[3];黄梅戏因描绘乡村生活与爱情故事而深受人们欢迎,其唱词通俗易懂,旋律柔美,令人耳目一新;评剧以河北地区为中心,以白字戏腔和凄美旋律闻名;豫剧则以豫东、豫中地区的曲调为基础,以高亢、激昂的唱腔见长。这些流派不仅展示了中国戏曲的多样性,也彰显了各地戏曲文化的独特魅力和地域特征。当代学者通过对这些传统戏曲进行系统的研究和整理,力图梳理出中国戏曲艺术的内在逻辑和发展规律,使其在现代社会中得到更好的传

---

[1] 刘凤霞.中国传统戏曲文化生态的现实挑战与发展路径[J].人民论坛,2019(30):136-137.

[2] 孙思洋.当代中国古典舞体系发生、发展研究[D].沈阳:沈阳师范大学,2017.

[3] 何骏.基于传统戏曲艺术的美育范式的路径与问题[J].赤峰学院学报(汉文哲学社会科学版),2019,40(4):87-90.

播与演绎。① 如今的戏曲艺术在继承传统的基础上亟须创新与改良，以适应新时代的文化诉求。因此，在保持戏曲固有魅力的同时，吸纳现代的文化元素，使传统艺术与现代审美完美结合，成为戏曲艺术发展中的关键课题。研究者通过实地考察、文献分析等方法，对戏曲艺术的流派特色进行深入挖掘，为传统戏曲艺术的现代化和国际化传播提供了崭新的视角和策略，从而为戏曲艺术注入了新的生命力。②

（三）戏曲在当代社会的地位

在中国特色社会主义进入新时代的背景下，传统戏曲艺术作为国家文化的重要组成部分，在当代社会的地位和作用亟待被重新界定和评估。戏曲艺术需要在继承中发展，在发展中创新，才能适应现代社会的文化需求，发挥其独特的教育和审美功能。随着网络信息技术的飞速发展和大众文化需求的多样化，传统戏曲艺术亟须创新途径和方法，以提高其时代感及社会影响力。戏曲艺术的传播策略也必须针对新媒体环境进行调整，以实现艺术表现形式与传播方式的同步革新。从维护和推动戏曲文化持续发展的角度来看，传统戏曲艺术的活跃度和普及程度是评价其当代地位的重要指标之一。因此，对戏曲发展态势的把握，对戏曲创新路径的探索，以及对戏曲受众扩展策略的研究成为当前戏曲研究的关键点。

研究表明，通过大数据分析，戏曲相关网络搜索量和社交媒体讨论热度增长势头明显，尤其是在年轻人群中，这表明传统戏曲艺术在当代社会保有一定的活力与关注度。③ 此外，戏曲艺术作为艺术教育的重要载体，在

---

① 楚小庆. 全球化格局与中国戏曲发展的若干问题［J］. 艺术百家，2011，27（1）：17-24.
② 何骏. 基于传统戏曲艺术的美育范式的路径与问题［J］. 赤峰学院学报（汉文哲学社会科学版），2019，40（4）：87-90.
③ 刘凤霞. 中国传统戏曲文化生态的现实挑战与发展路径［J］. 人民论坛，2019（30）：136-137.

学校教育中也应有其独特的地位。戏曲表演和戏曲知识的传授能够将丰厚的传统文化底蕴和精湛的艺术技巧相结合,培育学生的艺术素养和审美能力。当前,戏曲艺术的多样化演出形态,如实景戏曲、沉浸式戏曲体验等,正逐渐引起社会各界和年轻受众的广泛关注,其通过数字化技术的适应发展,不仅赋予传统戏曲以新的生命力,也为戏曲艺术的当代地位提供了强有力的支撑。[1]面对如此多的机遇与挑战,戏曲从业者需兼具守护与创新的双重意识,而关于戏曲艺术如何更好地融入现代生活、如何搭建戏曲传播与教育的桥梁,已经成为值得进一步深入研究的课题。

三、传承:戏曲艺术的保护与弘扬

(一)国家层面的保护措施

中国作为一个历史悠久的文化大国,其传统戏曲艺术积淀了丰厚的民族文化遗产。面对现代化的挑战,国家层面积极采取保护措施,以确保这一宝贵的文化资源得以传承和弘扬。为此,政府制定了一系列政策和法规,支撑传统戏曲艺术的保护工程。

文化部(2018年组建文化和旅游部,不再保留文化部)和国家艺术基金共同投入特别资金,成立了国家级的戏曲演出团体,如京剧院、昆剧院等,为艺术家和相关人才提供稳定的创作和表演平台。与此同时,依托国家级非物质文化遗产代表性项目,各地开展了戏曲进校园、进社区、进乡村等活动,通过社教功能,增强了民众尤其是青少年对戏曲艺术的认知和兴趣。国家在税收政策上给予非物质文化遗产相关企业和机构税收减免,降低运营成本,促进戏曲产业的发展。信息化时代背景下,文化和旅游部

---

[1] 刘玉洁. 戏曲艺术对现代民族声乐的发展影响[J]. 黄河之声,2014(13):15.

推动构建戏曲数字档案库，利用大数据分析、VR 虚拟现实等技术手段，不断扩大戏曲艺术的传播范围，提升传统文化的现代传播力和国际影响力。[1][2] 此外，国家实施戏曲逐鹿计划，定期在全国范围内举办戏曲艺术节和戏剧比赛，激发创作热情，挖掘和育成有潜质的戏曲新星。在传承传统戏曲的基础上，鼓励探索戏曲艺术形式的创新，如现代化舞美、音响照明技术及新戏剧文本的创作，以当代人的审美需求重新解读经典剧目，使之更加符合现代观众的口味和观赏习惯。[3] 国家通过设立特色戏曲研究中心，整合资源，跨学科合作，对戏曲的文学、音乐、表演、舞美等多个方面进行研究；开展戏曲艺术国际交流活动，如海外巡演、文化节目交流，用以推广中华戏曲文化，建立国际传播新渠道。

通过这些层面的努力，中国的传统戏曲艺术在现代化进程中展现出新的活力，实现了历史传统与创新元素的有效融合，将中华民族的文化基因传承至今，且在世界文化舞台上占据了一席之地。

（二）社会与个人的传承努力

在全球化浪潮下，中国特色的现代化建设步伐不断加快，而戏曲艺术，作为中华民族的瑰宝，也迎来了传统与现代交融的新机遇。在社会与个人的共同推动下，传统戏曲不仅得以保护和弘扬，更在创新发展中熠熠生辉。

一方面，依据国家相关政策与市场调节机制，社会力量在戏曲艺术继承过程中发挥着越来越重要的作用。地方政府、社会组织、戏曲团体及戏曲爱好者们，通过成立各种戏曲社团、开展戏曲教育普及活动、设立戏曲文化基金、举办戏曲艺术节和大赛等，积极营建戏曲文化的传承

---

[1] 刘凤霞.中国传统戏曲文化生态的现实挑战与发展路径［J］.人民论坛，2019（30）：136-137.

[2] 金豆豆.戏曲传承与创新问题及实践路径分析［J］.戏友，2023（4）：8-11.

[3] 刘凤霞.中国传统戏曲文化生态的现实挑战与发展路径［J］.人民论坛，2019（30）：136-137.

平台。特别是针对戏曲演出市场的实际需求，进行精准定位和差异化管理，从而让戏曲艺术品更好地契合市场机制与观众需求。另一方面，个人戏曲艺术家们也凭借自身对戏曲的深厚情感和专业修养，传递着戏曲艺术的内在魅力。从戏曲编剧到表演，从音乐创作到舞台设计等，他们注重在坚持戏曲艺术风格与精髓的基础上，积极尝试各种创新手法，如现代化的舞美设计、多媒体与交互技术的融合，使戏曲艺术以更加贴近现代审美的形式展现在观众眼前。近年来，各类戏曲影视作品和网络平台的传播也为戏曲艺术赢得了更广泛的年轻观众基础。通过网络直播、短视频、戏曲专题微信公众号等新媒体，戏曲艺术更是突破了地域和时间的限制，实现了从舞台到屏幕的跨越，让更多人能够随时随地接触并欣赏到这一悠久的艺术形式。特别值得一提的是，戏曲教育在高校和中小学的普及，将戏曲艺术的传承步伐拓展至校园，同时线下的"进社区、进农村、进校园"演出活动，极大地拉近了戏曲与普通民众之间的距离，加速了戏曲文化传统保护区的构建和戏曲艺术的跨界融合，为戏曲艺术的现代传承提供了坚实的基础。[1][2]

当前，坚守传统与创新发展并行不悖，戏曲艺术正逐渐融入现代人的文化生活中，与个人的审美成长和精神需求产生共鸣，这不仅有效接续了戏曲艺术的传承链条，更在多元文化的汇聚中彰显了其独特的现代价值与文化魅力。

（三）传统戏曲艺术的教育意义

在全球化浪潮和信息时代的双重影响下，中国传统戏曲艺术在教育领域的传承显得尤为重要。面对现代化教育背景，戏曲艺术的教育价值体现在文化传承、审美培养和思维启发等三个方面。

---

[1] 刘凤霞.中国传统戏曲文化生态的现实挑战与发展路径[J].人民论坛，2019（30）：136-137.

[2] 金豆豆.戏曲传承与创新问题及实践路径分析[J].戏友，2023（4）：8-11.

中国传统戏曲艺术蕴含着深厚的历史文化与民族精神,在教学过程中引入戏曲元素,对于弘扬中华优秀传统文化、促进学生文化自信心与民族认同感的培育具有不可替代的作用。研究显示,传统戏曲艺术的引入能够显著提高学生对中国传统文化的兴趣与参与度,从而增强其文化认同感。[1]由此可见,在教育体系中融入戏曲艺术,不仅可以激发学生的学习动力,也有助于增强他们对本土文化的尊重与热爱。

此外,戏曲艺术的审美教育功能也不容忽视。戏曲以其独特的艺术形式——集唱、念、做、打于一体,提供了丰富的审美对象和多元的审美体验。通过系统的戏曲艺术教育,能有效培养学生的审美情感,锻炼和提高其美育素养,进而促进其全面发展。[2]

现代教育研究还发现,戏曲教学具有促进创新思维和跨文化交流的潜力,通过剧目的改编、角色的扮演以及现场演出的体验,学生可以在戏剧创作和表演的过程中,激发自身创造性思考和解决问题的能力。戏曲的故事情节往往富有哲理,通过剧情的解析和角色的内心体验,可以引导学生进行深入的思考和批判性分析,从而在理解中华民族的历史文化的过程中提升自身的人文素质。[3][4]

总之,戏曲艺术的教育意义不仅在于文化的传递,在现代教育背景下还包含着对个体审美能力、创新思维的塑造和跨文化能力的培养。戏曲艺术在教育领域的这些独特价值,不仅要通过丰富的校园活动和特色课程来推广,更应该深化戏曲在教育体系中的实践探索,形成以戏曲艺术为核心的教育新模式,将传统戏曲艺术的教育功能延伸到每一个学习者,使之成

---

[1] 胡晓娟.中华民族戏曲艺术的传承及其与高校文化的融合[J].音乐爱好者,2021(12):46-49.
[2] 何骏.基于传统戏曲艺术的美育范式的路径与问题[J].赤峰学院学报(汉文哲学社会科学版),2019,40(4):87-90.
[3] 陈思.戏曲艺术的传承发展酌思[J].齐鲁艺苑,2015(6):91-94.
[4] 何骏.基于传统戏曲艺术的美育范式的路径与问题[J].赤峰学院学报(汉文哲学社会科学版),2019,40(4):87-90.

为提升民族文化软实力和构建和谐社会的重要支撑。

四、改良：戏曲艺术的现代转型

（一）戏曲艺术的创新途径

在全球化大背景下，中国传统戏曲艺术的创新途径应秉持传承与革新并存的原则，不断探索融合现代元素的新路径。其中，多元化剧目创作、跨界艺术融合、新媒体技术应用成为戏曲艺术转型升级的三大支柱。首先，策划与创作现代剧目是重新激发传统戏曲活力的关键。通过吸收当代文化元素，深入挖掘社会热点和群众需求，采用现代生活语境转述经典故事，缩短戏曲与年轻观众之间的距离，提高戏曲艺术的社会关注度和传播度。[1] 其次，借助多媒体与数字科技推动戏曲新演绎，在遵循传统表演基本规范的前提下，引入 3D 打印、虚拟现实（VR）等高科技手段，为传统戏曲舞台注入现代感，以此创造全新的观演体验，扩大戏曲艺术的受众基础[2]。除此之外，探索戏曲艺术与流行音乐、当代舞蹈等不同艺术形态的结合，实现艺术融合创新，开辟戏曲艺术的新天地。[3]

从宏观层面看，中国戏曲的现代创新需要依托系统的艺术理论研究，重视对传统艺术基因的发掘与强化，并推动戏曲艺术在现代社会文化格局中的地位固化与文化价值重塑，促进国家文化自信心的培养与提升。同时，艺术从业者需增强改革意识与创新能力，不断汲取国际先进艺术创意与表现手法，致力于戏曲艺术的内容、形式与观念的创新。因此，戏曲艺

---

[1] 楚小庆. 全球化格局与中国戏曲发展的若干问题 [J]. 艺术百家，2011，27（1）：17-24.
[2] 燕杰. 中国戏曲舞美创作的美学追求 [J]. 人文天下，2021（9）：54-56.
[3] 董德光. 继承与创新：推动戏曲艺术发展的科学态度简论 [J]. 戏曲艺术，2010，31（1）：41-43.

术在现代转型过程中，不仅要注重剧种、表演、舞台设计等技术层面的改良，更重要的是，要坚持艺术创新与社会责任并重的发展轨迹，真正做到在传统中求创新，在创新中重传承，使之成为弘扬中华文化的有力载体。

（二）融合现代元素的实践案例

在探索传统戏曲艺术与现代元素融合的实践案例中，京剧《红灯记》的现代舞台改编便是一个典型的成功实例。该剧种原本依托传统的京剧艺术表现形式，演绎革命历史题材，然而在新的演出中，导演巧妙地融入现代舞蹈、多媒体技术以及现代服装设计，有效地将剧目内容与形式现代化，赋予了传统剧种新的生命和活力。这一实践不仅吸引了年轻观众的目光，而且在传播力与感染力上都得到了显著提升。通过对台词处理和角色塑造的现代化重构，京剧《红灯记》的改良版实现了史实与艺术的深度融合，满足了现代观众对故事情节与情感表达的双重需求。[①]

此外，在音乐创新方面，沪剧《海港》成功地将现代音乐元素与传统戏曲音乐进行融合，特别是引入现代器乐与电子音乐，这在丰富音响效果和调动观众情绪方面起到了关键作用。剧中旋律线条的现代化处理，不仅提升了音乐的动听度，而且有效地反映了现代生活的节奏，使得作品在保有传统魅力的同时，也展示了浓郁的时代气息。实验亦显示，现代元素的融入显著增强了戏曲艺术的吸引力与传播效果。[②]在戏曲视觉效果的现代化改造中，使用高清投影和三维立体布景，这种创新方式不仅使得舞台效果更为逼真，也有效地拓宽了戏剧的表现手法。

在《牡丹亭》的复排中，通过使用立体投影技术，让古典园林的布景更加生动，不仅为观众提供了沉浸式的观剧体验，而且为叙事提供了更

---

① 楚小庆.全球化格局与中国戏曲发展的若干问题［J］.艺术百家，2011，27（1）：17-24.
② 董德光.继承与创新：推动戏曲艺术发展的科学态度简论［J］.戏曲艺术，2010，31（1）：41-43.

加丰富的视觉背景。这些技术的运用，不仅提高了表演的艺术效果，而且增加了戏曲与观众的互动性，打破了传统戏曲演出的空间局限。总体来看，传统戏曲艺术通过与现代技术和传播手段的结合，实现了形式上的转型升级，有效地将传统文化与现代审美相结合，推动了戏曲艺术的创新与拓展。这种结合还促进了戏曲艺术嫁接新媒体的传播途径，极大地提升了戏曲的现代传播力，为传统戏曲的创新发展提供了可行的策略与途径。

（三）改良对提升戏曲影响力的作用

戏曲艺术的现代转型涉及对传统艺术形态的改良，其中最显著的是，通过改良提高了戏曲在现代社会中的传播力和影响力。在戏曲艺术的演出形式、表演内容、舞台技术等方面融入现代创新元素，不仅令戏曲艺术本身更具观赏性与时代感，也为促进戏曲艺术与现代群体之间的连接提供了可能。

通过采用交互式舞台设计，戏曲表演不再局限于传统的舞台空间，而是通过现代科技手段，如立体声音效、高质量的投影技术与LED大屏幕，可以增强观众的沉浸感与互动体验。戏曲的服装、道具、化妆以及演员的表演风格也在不断地改良，使戏曲艺术在视觉与听觉上都更贴近现代审美，且更为多元化和国际化。这一系列改良策略，在不破坏戏曲传统底蕴的前提下，有效地拓展了戏曲的社会功能，在文化传播与国际交流中发挥更加重要的作用。

戏曲艺术的价值不应仅仅被限定于文化遗产的保存，更要在传承的同时寻求创新。不断刷新公众对戏曲的认识和期待是实现戏曲传播的关键一环。将传统戏曲艺术置于现代化语境之中，运用现代传播手段与策略，为戏曲艺术的现代传播添加了新维度，也使戏曲艺术在不断创新中焕发出新的生命力。当代戏曲的创作主题、表现手法，甚至全新的表演平台，都在对戏曲艺术进行重新解读。这些改良措施的引入，不仅在一定程度上提升了戏曲艺术的现代传播力[①],也带来了全新的社会影响,改变了公众对戏曲的看法,从而使戏曲在当代文化中继续扮演重要角色。[②] 它们还通过激发更多年轻人的兴趣,使其自觉加入戏曲文化的传承队伍,确保戏曲艺术的连续性与生命力,成为中国传统文化在全球化背景下得以持续发展的重要力量。[③]

随着中国式现代化的深入推进,传统戏曲艺术的传承与创新也面临着双重挑战。戏曲艺术一方面需要保持其传世的经典特性,另一方面要在现代文化语境下寻求新的发展可能和增强艺术生命力的途径,进而在不断变化的社会中保持文化地位和影响力。本研究经过深入分析和实证研究,得出了数点关于中国式现代化与传统戏曲艺术传承、改良的结论性成果。

首先是戏曲艺术的传承。研究表明,在其文化传承过程中注重原创精神的保持是非常必要的。创作主题的现代化不仅有助于新编剧目的生产,还能够在传统故事中植入现代元素,让传统艺术形式积极反映时代精神。[④] 同时,在教学和艺术实践中,遵循传承性与创新性并重的原则,对新一代戏曲艺术家而言,既是挑战也是机遇。通过现代教育理念和手段,使年轻艺术家在继承传统的基础上,更好地开展创新实践是推动戏曲艺术活力和传播力的关键。[⑤]

其次是戏曲艺术在现代化语境下的改良。研究发现,演出形式和观演方式的多样化,能有效增强戏曲的时代感和观众黏性。例如,通过交互式舞台设计和 VR 虚拟现实技术,可以为观众提供沉浸式、多感观的文化体

---

① 楚小庆.全球化格局与中国戏曲发展的若干问题[J].艺术百家,2011,27(1):17-24.
② 陈思.戏曲艺术的传承发展酌思[J].齐鲁艺苑,2015(6):91-94.
③ 金豆豆.戏曲传承与创新问题及实践路径分析[J].戏友,2023(4):8-11.
④ 何骏.基于传统戏曲艺术的美育范式的路径与问题[J].赤峰学院学报(汉文哲学社会科学版),2019,40(4):87-90.
⑤ 楚小庆.全球化格局与中国戏曲发展的若干问题[J].艺术百家,2011,27(1):17-24.

验。此外，通过新媒体平台进行戏曲艺术的传播，极大地扩展了观众群和传播范围，也使得戏曲艺术的推广和宣传更加便捷和精准。

最后，考虑到传统戏曲文化生态所面临的挑战与发展，本研究倡导一个有针对性的战略布局，这需要文化、教育、传媒等多个领域的合作。国家层面的文化政策和资金支持是基础，而个人与社会的参与则是广泛传播的驱动力。通过社会参与者的广泛合作，能够形成合力，为戏曲艺术乃至更广泛的传统文化的传承与改良提供动力和保障。①

综上所述，通过对戏曲艺术传承与现代演绎的深入剖析，结合现代化背景下的文化需求和科技发展，我们可以为戏曲的传承、创新和推广探索出一条融合传统与现代、创新与保护的新路。这不仅有益于戏曲艺术的繁荣与发展，也为保护和弘扬中华优秀传统文化提供了可行的策略和深刻的启示。

---

① 刘凤霞. 中国传统戏曲文化生态的现实挑战与发展路径［J］. 人民论坛，2019（30）：136-137.

试论中国内地钢琴作品创作发展的历程

陈　嫣　天津传媒学院

习近平总书记有关文化艺术领域的重要论述，主要展现在他于多个重大会议上的发言和报告之中，诸如文艺工作座谈会、中国文学艺术界联合会第十次全国代表大会、中国作家协会第九次全国代表大会以及中国共产党第十九次全国代表大会。这些至关重要的讲话共同铸就了一个内容丰富、体系完整，且在新时期具有贯穿力的思想架构。中国钢琴作品的创作和发展经历了百年的沧桑巨变，新时代新思想的引领给予了钢琴创作更多的发展可能，也规划了创作目标，蕴藏着巨大的潜力。在习近平文化思想引领下，中国音乐家们定会创作出更多具有中国根、中国魂，蕴含中国美，彰显中国梦的作品。

习近平文化思想丰富和发展了马克思主义文化理论。习近平总书记所展现的文化发展新理念、新见解、新深度，为当代中国的文化艺术事业开辟了空前的发展空间，促进了社会主义的文艺兴盛。这些观点以其真理的光芒，明确了广大文化艺术工作者的实践方向，起到了规划路线的重要作用。在推动建立社会主义文化强国的征程上，我们需要深刻理解并亲自实施这些指导原则，势在必行，挑起重担。

中国钢琴创作以其独特的视角见证着中国近现代的百年发展，展示了中华民族强大的文化创造力，不仅紧扣时代的脉搏，也推动了中国文艺的发展。中国钢琴作品具有丰富的文化内涵，体现了中国传统文化的精神和特色，同时也吸收了西方音乐的精髓。2014年10月15日，习近平总书记在文艺工作座谈会上强调："文艺是时代前进的号角，最能代表一个时代的风貌，最能引领一个时代的风气。"[1]习近平总书记的阐述让我印象非常深刻，引发思考，作为一个钢琴演奏者、文艺工作者，如何深入践行习近平文化思想，推动社会主义文艺繁荣兴盛，是当前文艺工作者聚焦的重点课题。我们将从中国钢琴作品创作发展历程、中国钢琴作品创作的"中国根"、中国钢琴作品创作的"中国魂"、中国钢琴作品创作的"中国美"及中国钢琴作品创作的"中国梦"等五个方面进行探究。

一、中国钢琴作品创作发展历程

探讨方向，需回望历史。中国与钢琴艺术结缘可追溯至明朝晚期。传教士试图以钢琴为工具，通过音乐艺术，更快地融入中国社会，为其传教服务。根据史籍《续文献通考》记载，西洋传教士利玛窦于万历二十八年（公元1600年）曾进献乐器。"其琴纵三尺，横五尺，藏楗中弦七十二，以金银或链铁为之。"[2]这就是当时欧洲广受欢迎的一种键式敲弦乐器，即古钢琴（Clavichord），同时也是钢琴在中国首次被记载出现。根据《蓬山密记》记载，清朝康熙皇帝就用钢琴这个西方乐器弹奏出了中国古琴曲《普庵咒》。[3]晚清时期，"百日维新"摧毁了根深蒂固的中国陈旧封建思想，激进的教育制度变革因此被引发，这为中国钢琴教学的兴起提供了机遇。尽管"戊戌变法"遭遇失败，但以梁启超为代表的改革派知识分子，利用文字和音乐的力量，弘扬教化，开启民智，更强调了音乐教育特别是钢琴

---

[1] 习近平.在文艺工作座谈会上的讲话[N].人民日报，2015-10-15（2）.
[2] 宫宏宇.从利玛窦到李德伦：西方古典音乐在中国[J].中国音乐学，2006（4）：138-140.
[3] 宫宏宇.从利玛窦到李德伦：西方古典音乐在中国[J].中国音乐学，2006（4）：138-140.

教育的重要性。随着"庚子事变"的发生,"学堂乐歌"的出现促进了钢琴在中国社会的普及。西方传教士仍然是当时钢琴指导教育工作的中坚力量,但值得注意的是海归国人和外籍教师等社会力量也参与了钢琴教学,中国钢琴艺术开始脱离其宗教属性,并且将西洋音乐作曲技法与中国传统音乐元素相融合,进行了初步的探索尝试,为中国创作了一系列具有自身特色的钢琴乐曲。

中国的第一部钢琴创作曲目是由赵元任先生所作的《和平进行曲》[①],刊载于改革派的《科学》杂志上。1934年,俄罗斯音乐家齐尔品在上海举办了首个创作大赛,旨在征集展现中国特色的钢琴作品。在此赛事中,贺绿汀的《牧童短笛》一举夺得冠军,确立了中国钢琴作品的发展之路。在这一时期,我国的钢琴创作在风格上既承袭了东方的线性思维模式,同时也深入挖掘了和声、复调与织体的融合。从审美的视角来看,这些作品尝试将中国特有的五音音阶与西洋的和声体系结合起来,以音乐的形式演绎了中华文明所崇尚的"天人合一"哲学理念。从中西方文化交流的角度看,利用钢琴作品作为中西纽带把中国的艺术创作推入西方的视野,也对中国本土钢琴音乐文化发展起到了推动作用。创建于1927年的"上海国立音乐学院"标志着中国高等音乐教育体系化的起点,培养了中国首批专业钢琴艺术家,且其教育理念受到了俄式音乐教学体系的显著影响。这所学院的教育模式为中国钢琴艺术的成长奠定了以俄罗斯钢琴演奏技法为基础的艺术发展模式。

随着中华人民共和国的成立,中国钢琴事业开始繁荣发展,无论是海外归国的作曲家,还是中国音乐院校培养的作曲家都进入了创作的高产期。在那个时代,党和国家制定了多项针对文艺领域的政策措施:鼓励号召文艺应"为工、农、兵以及革命服务",提倡"百花齐放、百家争鸣",并呼吁建立带有民族特色的社会主义新文艺。在"古为今用、洋为中用"和艺术创新精神的指导下,催生出许多既有民族特色又具个性的杰出钢琴

---

① 姬乐. 探究中国钢琴音乐之源:赵元任的《八板湘江浪合调》与《和平进行曲》[J]. 钢琴艺术,2018(2):26-30.

作品，其数量和质量都达到了历史新高。许多作曲家深入民间生活，从农村到工厂寻找灵感，创作了众多歌颂新时代的音乐作品。在这个时期，音乐成了鼓舞人民斗志的精神能量。对传统音乐作品进行钢琴改编以及探索民族音乐和声技巧，成了这个时期钢琴作品创作的一个显著趋势。由于音乐教育开始在中国蓬勃发展，音乐创作也开始有了可以根植的土壤。在官方的资助与帮助之下，全国各地积极成立了音乐院校，这些院校为中国确立了一套完整的苏联模式钢琴教育系统及配套教材，有效地促进了国内钢琴教学水平的提升。培养了一大批的演奏和教学人才。国际间钢琴艺术交流活动频繁，中国本土培养的钢琴家们开始在国际比赛中崭露头角，钢琴家顾圣婴、刘诗昆、殷承宗等都在国际大赛中取得了突破，钢琴演奏艺术和水平开始不断提高，越来越多的优秀人才被选派出国留学，如当时的傅聪、刘诗昆、殷承宗、赵屏国等，学成回国后，他们也成了我国钢琴创作及教育事业发展的骨干。当然，国际间的交流学习也促进了我国钢琴创作作品的发展。

在持续十年的"文化大革命"时期，国内的钢琴艺术发展并没有得到显著提升，音乐文化被广泛压抑和束缚。该时期的中国钢琴作品创作进入低谷期，但钢琴改编作品却在这一时期迎来了发展，包括很多流行的革命歌曲被赋予新的生命，举例而言，就有广为人知的、从合唱改编而来的钢琴曲《黄河协奏曲》。此外，从中国古典音乐汲取灵感的钢琴改编作品也相继出现，例如1973年改编自古筝曲目《梅花三弄》的钢琴版作品，还有由曲艺经典《百鸟朝凤》转化而成的钢琴乐章。

改革开放后我国钢琴事业迎来多元化的发展，艺术事业进入繁荣时期。1978年，中国改革开放的大幕开启，这得益于中国共产党第十一届中央委员会第三次全体会议的成功召开。这场会议的召开意味着一系列经济与文化的蜕变将随之而来。在新的政策指引下，经济战略迈向了全新的阶段，文化艺术领域亦迎来了更为广阔的舞台与历史机遇，民众热情洋溢，激发了中国与世界各国在文化和经济领域的广泛交流，从而使中国的文化在国际上有更高的评价与活跃的交流氛围。与此同时，国内的音乐教育事业也迎来了迅猛发展，共有 14 所重点音乐及艺术院校涌现出了近百名钢琴教育界领军人物，培养出了大量在演奏和教育领域具有杰出成就的人才。20 世纪 80 年代，钢琴艺术发展迎来了前所未有的高潮。在这一时期，钢琴音乐创作表现出多样化的趋势，作曲领域空前开放，音乐风格及创作方法突破以往的限制，为作曲家创造了更多展现自我的平台，他们的作品丰富多彩，同时仍不忘坚守着民族特色的主旋律。在这样的情景下，作曲家们继续挖掘和声的民族调式，寻求创新，大胆地将现代手法和中国元素结合，力图通过创新和多元化的方式，融合民族音乐的精髓以及多样的音乐创作风格。在引领创新的艺术指导思想下，原本广泛流行的创作手段不断被冲破，作者们尝试结合中国深厚的文化底蕴与哲学思想进行创作。这使得音乐创作展示出独特的韵味，与此同时，作品样式也呈现多元化，作曲领域亦展现出抽象的趋势。部分作品专注于表现中国特有的民族特色，例如陈怡 1984 年的作品《多耶》、黎英海 1978 年的作品《阳关三叠》和周龙 1983 年的作品《五魁》；另外一些作曲家则在新颖的音乐语汇探索上不遗余力，赵晓生 1987 年的作品《太极》正是这方面的代表之作。也有追求音阶与无调性音乐的。储望华在 2000 年创作的《即兴曲》，以及张朝于 2014 年创作的《中国之梦》都彰显了中国钢琴创作新风貌。[①]

二、中国钢琴作品创作的"中国根"

习近平总书记在 2014 年 10 月 15 日召开的文艺工作座谈会上强调："文艺创作不仅要有当代生活的底蕴，而且要有文化传统的血脉。'求木之长者，必固其根本；欲流之远者，必浚其泉源。'中华优秀传统文化是中华民族的精神命脉，是涵养社会主义核心价值观的重要源泉，也是我们在世界文化激荡中站稳脚跟的坚实根基。"我国钢琴艺术之精华，正是根植

---

① 邹翔.1977 年后中国现代钢琴音乐初探［J］.钢琴艺术，2009（12）：32-34.

于这独有的文化传统，含蕴了悠久而辉煌、多姿多彩的民族文化精髓。追溯钢琴在华起源，可见其问世乃在国之耻辱岁月，那时西方列强粉碎了华夏文明古国之梦想，带来了掠夺之苦与文化侵袭。同时，他们亦带来了当代先进工艺与科技，自然也包括钢琴。晚清变法名臣提出仿效洋务以图强国，遣送学子赴日赴美吸收外来先进知识。这些最早期的海外留学者成为钢琴文化输入中华的关键，对那时的华夏社会产生了强烈的冲击。赵元任、萧友梅等有识之士作为中国第一批作曲家创作出了一批吸收西方创作技巧，但有中国元素和主题的作品，钢琴的种子也随着留学生们到了中国这片宽广的土地，扎根生长，作曲家们凭着对祖国深沉的爱，开始尝试探索如何让钢琴音乐的"根"适应中国的土壤，并勃发生长。首部针对钢琴键盘演奏的中国作品《花八板与湘江浪》融合了南方的江南丝竹"老八板"与民歌"湘江浪"，以西方的音阶体系——大小调来构成，结构简洁并且篇幅不长，此曲出自赴美深造的赵元任先生之手。自此中国钢琴作品开始登上历史舞台，萧友梅、贺绿汀、李荣寿等作曲家秉承"兼收并蓄"的思想，带来了中国钢琴音乐的种子。随着时代的发展，这颗种子扎根发芽，并且根越扎越深，融入了这片深沉的土地，吸收了中国土地的营养。中国作曲家们开始民族觉醒，扬弃了西方主流风格的创作技法，混用中国五声调式，并和西方功能和弦进行结合。例如，作曲家江文在1950年创作的《乡土节令诗》的复调和织体用五声化的旋律做对位，融入了中国旋律的线性思维，被称为中国现代钢琴发展史上的史诗性"康塔塔"。又如，贺绿汀的《牧童短笛》《摇篮曲》等，都是具有民族韵味的复调作品。中华人民共和国成立后，"中国钢琴的根"开始根植于祖国各地，承载着全国人民对美好生活的向往，中国传统民族乐器、民间曲调被大量引用，中国钢琴作品创作开始繁荣发展。钢琴作品创作的"中国根"与各族人民的生活方式、传统习俗、民间音乐相互协调、混合形成了具备独特风情的作品。例如，丁善得的《第一新疆舞曲》和《第二新疆舞曲》，马思聪的《粤曲三首》，桑桐的《内蒙古民歌主题小曲七首》，朱践耳的《云南民歌五首》，王建中的《陕北民歌四首》，还有陈培勋的《卖杂货》与《旱天雷》等。这些作品在节奏、语言、行腔等材料方面都突出了民族特色。尤其是新疆、内蒙古、云南等地能歌善舞的少数民族的作品，在节奏、节拍、调性、风格等方面也极具民族特色。改革开放后，钢琴作品创作的"中国根"进一步深入人心，艺术界掀起了一场寻根溯源的文化活动。这一时期，中国土生土长的钢琴创作作品显著地突出了民俗传承与其精神特质。譬如，作曲家汪立三依据特定主题创作了《东山魁夷画意》《他山集——五首前奏曲与赋格》等钢琴曲，借助诗与音符的双重语言，精妙地捕捉了山水国画的意境与古典诗词的美学思想；作曲家赵晓生创造性地将中国古籍《周易》中的六十四卦的逻辑体系植入音乐，打造了"太极作曲系统"，在阴阳辩证哲学与现代音集理论中找到了艺术融合的点[1]。同时，作曲家张朝创作的《我的祖国》和《努玛阿美》等，不但深根于中华文明的文化素典，还巧妙融合了民族音乐中的旋律、节拍和音调，相辅相成地展现了中国文化"道"的内核与西洋音乐"器"的表现形式，力图通过汲取西方作曲技法，将中国音乐文化的传统发扬光大，并为其植入更为坚实的"根"，希望取得更加卓越丰硕的"成果"。[2]

三、中国钢琴作品创作的"中国魂"

文学艺术大师、印象派巨匠泰戈尔在国际大学中国学院的小册子里曾说："世界上还有什么事情比中国文化的美丽精神更值得宝贵的？"[3]中华民族之所以能够克服困难、生生不息，缘于这片土地上的人民孕育了独具特色且博大精深的中华文化，其内核为中华文明灌输了强大的精神支持，

---

[1] 赵晓生.通向音乐圣殿［M］.上海：上海音乐出版社，2006：172.
[2] 卞萌.中国钢琴文化之形成与发展［M］.卞善艺，译.北京：人民音乐出版社，1996：31.
[3] 仲呈祥.从中国电视剧60年发展看文化自信［J］.当代电视，2018（11）：4-5.

帮助中华民族克服了艰难困苦。

习近平总书记指出，"一个民族的复兴需要强大的物质力量，也需要强大的精神力量"[①]，文艺是一种复杂的情感表达形式和精神象征行为，一方面，精神是文艺之魂，精神的特质、精神的追求是文艺薪火相传、生生不息、繁荣发展的根脉；另一方面，举精神旗帜、立精神支柱、建精神家园是当代中国文艺的崇高使命。弘扬中国精神、传播中国价值、凝聚中国力量，是文艺工作者的神圣职责。对中国钢琴作品创作而言，内在的"中国魂"作为其精神内核，具有首要的、根本性的特性，也是其作为中国作品独有的与中华民族的精神链接。

中国传统文化源远流长，自古就在音乐艺术中扮演着重要的角色。"远神、尊天、重人"的理念始终贯穿于中国传统文化的发展，从哲学的角度解决人与自然的关系，随着历史潮流的不断发展，形成了"以人为本"的思想内涵。将中国的传统文化融入钢琴作品中，不仅能展现出中国文化的独特魅力，更能让世界各地的人们深入了解中国的文化底蕴与民族气质。中国传统民族音乐是千百年来中国人民的集体智慧，是不同民族人民利用民族语言创造发展出来的结晶。各个族群有着各自独特的地理特色、习俗文化、思维方式、民族意识和美学偏好，这些因素孕育了各自语言的独有属性以及多样化的乐器种类。音乐作为一种特殊的语言形态，在众多乐器的演绎下，展现了多元的风格与表现力。钢琴那富于和声的编织能力、复杂的结构和多层次特色，尤其擅长于捕捉和复制各民族乐器的独有音质和内在精神。例如，陈培勋创作的《卖杂货》原是一首扬琴曲，改编的钢琴曲就用快速的跳音模仿扬琴的敲击感，运用双手前八后十六的节奏型，突出了作品的乐观情绪。改编曲中的装饰音、颤音、华彩也都用来突出不同民族乐器的特征，如蒋祖馨的《苍松》，最大的特点是拟古琴化，采用八度的倚音来模仿古琴的散音效果；在钢琴曲中也常用中高音区的八

---

① 习近平.在文艺工作座谈会上的讲话［N］.人民日报，2015-10-15（2）.

度或者快速的分解和弦的创作手法强化旋律来实现对泛音的模拟。再如黎海英以各个不同版本的琵琶曲谱与合奏谱作为参考改写成的钢琴曲《夕阳箫鼓》，正是来源于琵琶乐的经典作品，又被称作《夕阳箫歌》。它所具有的忧郁凄凉之情与白居易《琵琶行》中描述的"浔阳江头夜送客，枫叶荻花秋瑟瑟"的场景，在情感意境上达成了奇妙的共鸣。陈怡创作的《咏竹》，模仿了传统丝竹合奏中特有的昆笛技巧。其音乐浑然天成，光彩照人，流转自如，呈现出一种由内而外的纯净与和谐。此外，中国钢琴作品与音乐以外的中国传统艺术产生了共鸣，嵌入了"中国魂"，如汪立三在20世纪80年代以《他山集》中的第一首《书法与琴韵》展示了中国钢琴作品与中国书法与古琴艺术结合的构思，曲调宛若笔锋翩跹、飘逸洒脱，音中映射出作书时的沉吟与骤发，以及拨弄琴弦时的专注和雅致。继而第二首《A 羽调图案》灵感来源于西南民族的蜡染，其中的有序与凌乱并存，形成了如万花筒般的视觉盛宴；第三首《泥土的歌》则是对大地深沉爱意的颂赞，宛如能从泥土中感受到大地的哽咽和对人世的感叹。第四首《民间玩具》以模仿鸡鸣的明亮音色逗趣，融入了童稚的趣味与幽默之感，令人忍俊不禁。第五首《山寨》描写了山民们酒后狂欢、庆祝的场景，在旋律上呈现了西南少数民族的独特风情，别有民族韵味。张朝所作的《皮黄》融合了国粹戏曲中的"西皮"与"二黄"音韵的强调特色，并采用板式布局，同时融入了复合调和非三和声的重叠使用，从而显现出饱满的传统戏曲风情。[①]

四、中国钢琴作品创作的"中国美"

中国传统音乐文化之美学内涵，是每一个中国人的内心感知，是从古至今延续下来的信念。中国钢琴作品创作充分展现了浓郁的民族风貌，映

---

① 汪立三.新潮与老根：在香港"第一届中国现代作曲家音乐节"上的专题发言[J].中国音乐学，1986（3）：28-33，41.

射出中华文明美学理念的精粹"以人为本，天人合一"[①]。这类钢琴曲既紧扣时代脉搏，又谱写着人类与大自然协奏的乐章。始终坚持情与景浑然一体、以景传情的创作追求，通过广为传播的钢琴这一西洋乐器，向世界传递中国文化的神韵、中国精神的风范和中国式的美学追求。

"以人为本"的理念是人本主义思想的精髓，东西方文化对于这一理论的理解存在差异。[②] 中国的传统观念并不像西方着重提倡人类对自然界的征用和掌控，反而强调包含个体与群体在内的人类应与环境和谐共生。历史上，中华民族就崇尚"顺应自然"的哲学，这种认为人应与自然界保持融洽关系的思想最早可见于春秋战国时期。道教鼻祖老子阐述了自然规律和人类行为相互遵循的"人法地，地法天，天法道，道法自然"的人与自然相辅相成的哲学思想。哲学家庄子认为宇宙间的万物包括人类，在本质上均由基本的"气"构成。汉代的董仲舒发展了"天人感应"的理论，而北宋时期的张载则首先确立了"天人合一"的哲学立场。中国钢琴作品擅长把人放在大自然中，体悟道理和人生之美。以刘敦南所谱写的钢琴协奏曲《山林》为例，该作品有三个乐章，共包括七个旋律主题，其创意源自苗族"飞歌"。首乐章名为"山林的春天"，生动地反映了人们向往森林、奔赴自然的景象，强调了人们对自然界深沉的热爱。第二乐章"山林夜话"，采用幻想曲形式表现，曲调宁静而流畅，营造出山川与树木间浑然天成的交流，表达了大自然中和谐美的主题。第三乐章"山林的节日"，乐曲热烈欢腾，好一番热闹，描写了少数民族少男少女载歌载舞、欢庆节日的场景，将乐曲带入高潮[③]。

钢琴作品与中国美学的相互影响不仅体现在音律上，音乐与中国书画、戏曲、书法、文学、舞蹈都有紧密的结合。中国画讲求"写意"之美，中国钢琴作品也深受传统美学思想的影响，音乐表现里也强调意境。

---

① 王次炤.中国传统音乐文化中的人文精神［J］.音乐研究，1991（4）：56-61.
② 呼博.中西艺术主观与客观和谐统一本质的比较［J］.社会纵横，2006（7）：120-122.
③ 魏廷格.魏廷格音乐文选［M］.北京：人民音乐出版社，2007：184.

以书画之美激发钢琴作品创作的代表性作品——钢琴曲《牧童短笛》就描绘了一幅清新淡雅的水墨画，画中小童骑牛吹笛的场景也透着祥和与欢快。探索融合钢琴音乐与中国绘画的创意作品，钢琴乐成为西洋乐器传达中华情怀的关键介质，它将声响的景象与视觉的画面完美结合。在阐述艺术之美时，人们常用"诗情画意"来形容。中国钢琴艺术充满了深情的演绎，其创作方式多样而富有新意，尤其是那些吸收绘画元素的作品，展现了别树一帜的风格。当代著名作曲家谭盾创作出了以钢琴为媒介的《八幅水彩画的回忆》（简称《忆》）这一组曲。该组曲包含《秋月》《逗》《山歌》《听妈妈讲故事》《荒野》《古葬》《云》《欢》共八支独立的小曲。他从水彩绘画技艺中汲取创造力，用淋漓尽致的旋律绘制出心底乡愁的图景，抒发了对故乡深厚的眷恋之情。

钢琴作品从中国书法艺术中亦汲取了大量虚实相辅的创作灵感，如汪立三所谱写的《书法与琴韵》，该钢琴作品汇聚了中国传统书艺之美，尤其是其序曲巧妙融合了国术书画及古琴的艺术表达技巧，以音乐形式展现了书法的苍劲与悲壮，同时绘声绘色地描绘出字墨线条的美感。

中国传统诗词艺术也成为钢琴作品创作的美学素材。从20世纪20年代开始，以钢琴为伴奏的一些古诗词改编的艺术歌曲开始发展，如《大江东去》《满江红》等，后有一些作品被改编成独立的钢琴作品。黎英海改编的《阳关三叠》，源于唐代同名乐词，取材自唐代墨客王维名篇《送元二使安西》中的诗句。这首作品不仅承载着古代的风雅之韵，还巧妙融合了诗的画意与古琴的幽韵，借助音乐独有的虚静间隙，巧妙地展现了中国美学的深刻意蕴。

五、中国钢琴作品创作的"中国梦"

中国共产党第十八次全国代表大会闭幕半个月后，习近平总书记提出了"中国梦"的概念。习近平总书记把"中国梦"定义为"实现中华民族伟大复兴，就是中华民族近代以来最伟大梦想"，并且表示这个梦"一定能实现"。中华民族振兴的宏伟目标，与我们每位同胞紧密相连，共筑国家昌盛的壮丽蓝图，是全体中华儿女共同努力的方向。

音乐是全世界通用的语言，钢琴是最好的传播媒介，可以让世界看到中国，让中国与世界平等对话。钢琴作品中的"中国梦"也体现在中国人民生活的方方面面。2022年北京冬奥会是中国人民的梦想，也承载着世界的期待，表达了建设人类命运共同体、一起向未来的追求，诉说着大道至简、天下一家的精神，充分体现了中国人民的民族自信和热爱和平的决心。作曲家张帅2022年创作的冬奥主题曲《雪花》在北京冬奥会上响彻国家体育场，打动了全世界观众。中国人历来对雪花有着许多赞美和比拟，雪花是冬天的象征，代表着纯洁与宁静，音乐吸纳了中国精神，以浪漫简约和空灵的旋律、以神韵之笔拨动着隐藏在人民心灵深处对雪花的冥想与感悟，把人们对冬奥会的喜悦、期待都凝结成了气韵深厚又充满魅力的主题意象。

在应对新冠疫情的过程中，共同抗疫，走出阴霾，成为每一个中国人朴素的共同情怀。崔炳元所谱写《武汉素描》前奏曲，以武汉抵御疫潮为灵感核心，展示了中华儿女无惧困境、携手战疫的真实场景。这一作品不只结合了十二音序列技术和传统的民族音乐创作方法，在创新上还包含了音阶与音程相互作用的演进技巧，描绘了创作者对一线医务工作者的崇高敬意及对战胜疫情强烈的希冀，为民族加油打气。这份创作不单为中国人所感动，比利时钢琴演奏家尚·马龙在新冠疫情防控期间也致力于创作支持中国的国际慈善曲目《黎明的编钟》，其中融入众多代表湖北文化的元素，如湖北编钟、武汉市的城市景观等。在视频中，尚·马龙边演奏钢琴，边以略带口音的中文自白道："黑夜已过，黎明降临。天际和钟音共同觉醒，樱花伴着暖春微风翩翩起舞。武汉，期盼着你的归来。"这首曲子旋律悠扬，触动人心，场景描绘生动。中国元素，中国旋律，中国精神，正是蕴藏这些中国基因的作品才能真正感染每一个中国人，让大家在面对疫情时，鼓起勇气，抗争到底，实现中国梦。

作曲家张朝创作的《中国之梦》收录于《中国钢琴独奏作品百年经典》。该作品分为六个部分：怀古、颂古、追求、灾难、复兴、憧憬。努力将中国传统的文化气息与现代元素相结合，既表现了古典文化逸雅超然的层次，又反映了现代的辽阔心胸。通过钢琴多样化演奏手法与引入诸如编钟、编磬、古琴等古典乐器的音响特色，创造出一种融合东西方文化韵味的音乐风貌。这部作品用丰富多彩的音乐手法勾勒出如梦似幻、虚实交融、庄严神圣的氛围，营造出热烈而盛大的视听效果，映射出对"中国梦"的理念传递。随着历史的脚步，音乐记下了中国人民走过的道路，向这片青春的热土用心倾诉着百年来天翻地覆的变化和每一颗心的温度。

中国像一棵参天大树气势恢宏、枝叶扶疏，走过了漫漫征途，冲破了层层迷雾，孕育出新的枝芽，让为之奋斗的人们在树荫下欢呼，中国百年钢琴作品创作展现了作曲家们跟随时代奋进的精神风貌，让世界看到了中国钢琴音乐作品的精神内核，成就了国际视野下的中国钢琴音乐作品。

自 20 世纪以来，我国钢琴曲创作早期遵循学习欧洲作曲技巧并汲取国内音乐遗产的方针，经过百年发展变化，逐步将借鉴融合升华为文化融通。在历史长河中，中西方音乐的对话扩展至艺术审美和文化哲学的维度，在这一过程中，"中华心性"已经成为新时期中国音乐创作的核心，深化和昭示了中国传统文化之精髓，以及现代中国人对于自身文化遗产的理解与传承，将之提升为新时代的精神所托。

在习近平文化思想的指引下，文艺领域的创作者们将满怀信心地孕育出更多彰显中国古典美学、展现时代脉动、符合时代要求，并且以人民群众为核心价值取向的杰出文艺作品。这些作品将不断激发社会前进的动力，助力实现中华民族的伟大复兴梦想。

对东北民歌传承发展路径的思考

付 婧 沈阳音乐学院

作为区域音乐文化的组成部分,东北民歌的传承创新在新时代遇到了前所未有的挑战与发展困境,本文将从共时与历时相结合的视角,以习近平文化思想为引领,以马克思主义文艺理论为研究坐标,结合社会学、民俗学、美学等多元视角与研究方法,梳理东北民歌特点,直面其发展困境,以更为宏阔的系统思路、坚持以人民为中心的审美和创作导向,不断拓展传承创新融合方式,注重高水平传承,搭建稳定的创新创作队伍,从而探寻东北民歌在新的历史时期开展传承创新发展的新视角、新路径。

中国音乐文化的发展绵延而连续。我国的区域音乐文化[①]构成亦是复杂且多元的,它并不是孤立的存在,既具有时间上的连续性,又具有空间上的交汇性。东北地区音乐文化作为中国传统音乐文化的组成部分,对其传承发展路径开展研究,不应仅局限于以区域文化视角梳理东北民歌本体及其相关要素发展之样貌,还应着眼于当前传承中华优秀传统文化这一更为宏阔的时代背景下,丰富和发展我国传统音乐文化内涵与价值,为探寻合理且有效的传承发展路径而开拓思路。

区域音乐文化视角中的区域音乐文化是相对概念,即侧重将音乐作为载体,统摄所在区域音乐文化中所具有的共性特征、意义与文化价值。而

---

① 本文所述区域音乐文化仅指向我国所辖各区域,并不兼有全球性范围的"区域"概念。

区域音乐指向一个更小的范畴，即聚焦"一个相对独立的文化区域内所有的传统音乐事项的总和"[①]。作为区域音乐文化的具体事项及分支——东北民歌的传承发展既离不开区域音乐文化发展的自然环境、经济社会环境等外部要素，也离不开其主体在传承与传播过程中的自发流变。故本文以区域音乐文化所建构的结构为视角，立足于社会发展的动态变化趋势，试图探寻东北民歌传承发展的可行性路径与区域音乐文化传承发展的突破口。

一、东北民歌发展的历史演进与现实困境

民歌是优秀民间音乐文化的重要组成部分，记录了我国各个时代各民族人民丰富的精神生活，是民族集体记忆的集中体现，是群体情感的集中表达。

（一）东北民歌的历史演进

1.历史情况

东北民歌是对东北人民生活、情感、积极乐观的精神、民间风俗信仰等的体现，之所以能在漫长的历史发展中流传下来，是因为它是经过时间的洗礼和人民拣选的产物，与其时代价值、精神价值是密不可分的。以区域音乐文化视角[②]审视东北民歌的历史发展，其族群文化渊源、民族性格

---

① 田耀农.区域音乐研究的方法论基础：系统论［J］.人民音乐，2011（7）：57-59.

② 参考："如果说民族音乐学（研究方法）公式是：特定文化背景中的音乐＋文化价值相对论＋田野调查＋分析研究＋比较研究，那么中国传统音乐理论的研究公式则是：文献记载或现实生活中的音乐＋中国音乐中心论＋历史考据＋田野调查＋分析研究，那么区域音乐研究的公式则是：特定区域文化系统中的音乐＋文化多元论＋历史考据＋田野调查＋系统论研究方法。"引自：田耀农.区域音乐研究的方法论基础：系统论［J］.人民音乐，2011（7）：57-59.

等因素在其特色形成中发挥了重要作用。古代北方民族发展历史古远，旧石器时代在东北地区便有了人类居住的痕迹；夏商周时期，有了部落和部落联盟；魏晋时期，东北地区居住着高句丽、夫余、鲜卑、肃慎、勿吉等多个民族；隋唐时期则普遍在东北地区设立管理机构，这里的经济文化迎来了新的高峰，黑龙江地区建立了渤海国，于10世纪前后被契丹所灭，其后建立了辽国，而后女真族建立金、蒙古族兴起建立元朝；明清时期则对北方再次进行统一管理，少数民族与汉民族又一次融合；到了近代，东北地区一直处于反帝反封建的抗争和爱国运动之中，因历史上受到北方族群性格、物质条件等客观因素影响，东北民歌也因此展现出很多北方民族所特有的豪爽与洒脱。值得注意的是，清代以来受到"闯关东"人口迁徙的影响，东北民歌也不可避免地融入了来自山东、河南、河北、山西等地的音乐元素，并运用其继续进行创造。

2. 分期情况

根据音乐创作特色，东北民歌的历史演变可划分为传统东北民歌时期、东北民歌收集整理改编时期、改革开放后东北民歌创作时期以及当代东北民歌融合创新时期。在传统东北民歌时期，东北民歌主要分为号子、山歌和小调等三大类，曲调朴素自然，内容多表现人民生活、传达真挚感情，如《王二姐思夫》《小拜年》《看秧歌》《月牙五更》《正对花》《茉莉花》等，均展现了一幅幅色彩浓郁的东北风情画。在东北民歌收集整理改编时期，全国范围内开展了对于民歌的收集整理工作，在传统东北民歌的基础上，或是重新填词，或是微调曲调进行，仍以传统曲调为主，只是稍作调整的整理改编。在东北民歌收集整理改编时期，产生了脍炙人口的《二十四节气歌》，以展现中华民族农耕文明的集体智慧；热情奔放的《串门》展示了东北人民豪爽的性格；旋律轻快的《新货郎》《丢戒指》以及婉转悠扬的《乌苏里船歌》描绘了这一时期东北人民全新的生活场景。东北民歌创作时期以作品《在那桃花盛开的地方》为代表，表达了人们对美好故乡的眷恋以及对和平宁静生活的热爱。在当代东北民歌融合创新时期，主要是运用东北民歌元素进行融合创新，如运用《摇篮曲》旋律元素创作的《一辇一素》，再如运用《月牙五更》旋律元素创作的《念念》等。

（二）社会文化中的东北民歌的特点

东北民歌作为我国民歌的重要组成部分，具有浓厚的北方地域特色。东北人豪爽、质朴的性格同样体现在东北民歌以生动、率真为特色的音乐表达上。2023年6月2日，习近平总书记在文化传承发展座谈会上的讲话中提出，中华文明具有连续性、创新性、统一性、包容性与和平性的五个突出特征。东北民歌不仅自身具有独特的旋律表现力，其音乐内容在民间音乐共性表达的基础上也十分具有个性，同时受时代环境等因素的影响，与周边地区的音乐文化形成了兼收并蓄的融合样态。作为具有浓郁区域风格的东北民歌，在传承发展的过程中也自然而然地受到在地化、时代性影响，并同其他民间艺术形式一样，随着时代的变迁不断传承和发展着。

1. 集体性

我国民间音乐大多是劳动人民与民间艺人共同创作的，虽然最初的创作者已无法追溯，但其音乐与文本的变体是"生活场景的一种真实写照，是集体性、互文性建构的口头传统"[①]。不同地区的百姓，因不同语言、风俗习惯差异，创造出不同内容和形式的民歌，但究其共性，绝大部分作品已全然不知作者为谁，由劳动人民口耳相传，随其形态逐渐稳定，已成为人民集体智慧之结晶。东北民歌中不仅有劳动号子，还有体现地域风俗的风俗仪式歌曲、风俗小调，以及人民表达真挚情感的各类歌曲，如情歌、赞颂歌曲以及儿童歌曲和生活音调（包括叫卖声、松牛号等场景声音），这些都是人民集体创作的结晶，反映人民精神世界，应用在人民的日常生活中。

[①] 赵书峰. 符号学理论与中国民族音乐学研究［J］. 南京艺术学院学报（音乐与表演），2019（4）：30-38.

2.连续性

民歌由语言、文字、习俗等综合要素构成,自古以来有乐、歌、风、谣、声、曲、山歌、时调、小曲等不同称谓。对于民间音乐的采集我国也是古已有之。"采风"制度下先有应运而生的《诗经》"十五国风",后有乐府采风延续之汉代徒歌、但歌等朴素形式的《相和歌》;在此基础上以观民风之功用,如《礼记·王制》记载,"天子五年一巡守……命大师陈诗,以观民风";再如《汉书·艺文志》道:"自孝武立乐府而采歌谣,于是有赵、代之讴,秦楚之风。"遂至隋唐时期"竹枝词"曲子,宋代词乐蓬勃发展,再至明清小曲清雅闲适,无不体现着我国民歌发展的连续性。

3.地域性

我国地域广博,自古南北方地区的民歌就有着鲜明的地域特征。如先秦《诗经》中的"十五国风"中就记载了我国南北东西不同民族、不同地区十五国人民创作或传承的地方民间音乐曲调。再如20世纪六七十年代开展的"十大集成志书"以各省市为单位采集整理予以分割,但就地域性特征而言还是十分明显的。东北民歌作为地域文化的产物,具有浓厚的地域特色。无论是曲调、节奏还是歌词,都充满了东北地区的文化气息。这种独特性使得东北民歌成为研究东北文化的重要窗口,也让人们能够从艺术作品中欣赏和感受到东北地域文化的魅力。反映地域文化生活的小调如《小看戏》《放风筝》《丢戒指》《跑关东》等;东北方言也是东北民歌地域性特色的推动力和集中体现,不仅影响着旋律、节奏等音乐本体的变化,也对音乐内容的表达起到了至关重要的作用。例如,大量叠词的使用,最常见的有AABB式,如欢欢喜喜、热热乎乎等;ABB式,如红扑扑、胖嘟嘟等。

4.审美性

就审美价值而言,东北民歌突出了对真善美的价值追求,如东北民歌中有很多作品展现了人与自然的和谐之美、民族精神的传承与弘扬,展示了东北民歌的审美价值。表现人与自然、社会和谐相处的作品有民歌小调《茉莉花》《月牙五更》，蒙古族酒歌《四季》等；展现人民劳动之美的作品有《打桩号》《乘顺风》，朝鲜族农事歌《插秧索里》《舂米索里》《农夫歌》等。这种和谐美不仅让人感受到自然的美好，也让人体会到东北地区人民的生活虽艰难但总体是温馨幸福的。与此同时，东北民歌中蕴含着丰富的民族精神，如勤劳、勇敢、坚韧不拔等。东北地区自然条件虽然相对艰苦，东北民歌作品却立足于展现积极乐观的一面。

此外，东北民歌作为区域传统音乐的重要组成部分，其本体具有衍生性，如黑龙江、辽宁等地流传的《放风筝》衍生出了《瞧情郎》《小二姐打蛐蛐》《歌唱新农村》；东北民歌还具有真善美的教育性、文化性，其所蕴含的深刻思想内涵，通过音乐这一载体进行传播与传承，更好地反映了东北地区多民族文化传统的优势与文化底蕴，对增强人民的文化自信心和归属感发挥重要作用。

（三）东北民歌发展的主要困境

1.对东北民歌的认同感不足

从历史和文化主体视角审视东北音乐的保护、传承与发展，一方面要得到东北区域族群的历史文化认同和维护，另一方面要有音乐文化领域相关人士共同的历史记忆与表述。民间音乐发展的本质是其来源于广阔天地，是民众生活的重要组成部分，是与人民生活、民俗活动交织而成的。东北民歌的传承作为外在表征，究其本质离不开其区域文化中音乐事项、民俗事项等多方面要素。东北民歌发展的困境之一，是如今东北年轻人口流出，歌曲使用场景相对单一，这与东北民歌认同感下降是分不开的。仅仅依靠非物质文化遗产保护工作对其进行传承是远远不够的，也无法激发东北民歌发展的内生动力。

2.东北民歌的审美现代性不足

一提起东北民歌,人们的第一印象便是"土气""俗气""接地气",在审美现代性方面无法满足当下人的多样需求。东北民歌在审美现代性方面与当前社会发展场景明显存在一定的差距,同样作为民间音乐的各地民歌、戏曲等正在通过融合创新等多种形式,与流行音乐元素或媒介融合,以创新形式进入年轻一代的视野。东北民歌与其他民歌相比,其受关注程度尚显不足,如在短视频平台民歌话题有 26.9 亿次播放量,而东北民歌仅有 0.14 亿次播放量。可见,东北民歌的发展与现代审美群体在契合度方面有着很大的差距。东北民歌元素被被动运用,没有深入挖掘其内生要素,仅简单地变更音乐表现形式,即使在短时间内激发人们的感官愉悦,也无法长久地推动东北民歌,以适应现代生活的新场景。

3.创新创作队伍薄弱

一直以来,东北民间音乐元素的使用呈零散性发展。其创新与研究的队伍没有得到足够的重视,一些传承工作还仅仅停留在民间艺人层面;没有关于传承发展的顶层设计,也缺乏创新创作的人群;没有找到东北民歌传承发展的"源头活水",也无法吸引更多创作者加入。

二、东北民歌传承发展的新机遇

(一)多元并存的实际需求

中华民族是多元统一的整体,各民族之所以聚为一体,与文化上的相互融合、情感上的相互亲近密不可分。1956 年,毛泽东在《同音乐工作者的谈话》中说:"地球上有二十七亿人,如果唱一种曲子是不行的。"传统戏曲、民族歌舞、电影电视、网络视频,不同的艺术样态被不同的人群欢迎。品种单一、内容单调，就无法满足人民的需要。北京大学哲学系教授楼宇烈在《中国的人文信仰》中也提出："传统特色并不是复古，也不是不变，而是随着时代的变化而发展变化，但不能消除固有的文化特点。"可见，文艺的样态要丰富多元，只有坚持内容、形式等多元并存、互相尊重，才能使群众在文化生活中各取所需。

《史记·乐书》有云："人心之动，物使之然也。感于物而动，故形于声。"情感表达一直是民间音乐发展的恒久动力，东北民歌的情感内容、歌词语汇、音乐本体等都具有很强的地域音乐风格，反映了东北人民的性格。随着东北振兴序幕的徐徐拉开、东北文旅产业的复苏，人们对东北音乐文化资源的需求也越发凸显。

（二）时代发展的必然要求

人民对于精神文化的需求随着时代演进和社会发展而不断变化。抗日救亡运动推动文艺走向人民大众，"也使得文化人开始思考地方民间文化的合理性问题"。"更深层的是，在新文化的生长路径上承认地方民间文化的'土壤'属性。"[1] 随着抗战形式的变化，文艺工作也随之有了新任务，1945 年 11 月中旬延安的文艺工作者开赴北上到东北的新解放区，继续办学、发挥文艺的抗战作用，继续深化从延安鲁迅艺术学院"小鲁艺"到工农兵群众"大鲁艺"的实践号召。毛泽东在临别赠言中提出："你们去东北，那里形势紧张，是必争之地。……遇到问题要分析。一个西瓜可以切为两半，一半叫困难，一半叫光明。"周恩来提出："你们到一个地方必须生根开花，必须联系那里的群众，必须按照当地老百姓喜闻乐见的形式来进行艺术宣传工作，决不能硬搬延安的经验。"[2] 由此可见，当时党中央不仅重视文艺宣传工作，也对在地化音乐形式的结合提出新的更高要

---

[1] 杨凤城，耿化敏，吴起民，等著. 中国共产党文化思想史［M］. 北京：中共党史出版社，2023：109.

[2] 贺志强，段国超，张来斌，等. 鲁艺史话［M］. 西安：陕西人民出版社，1991：30.

求。"十四五"时期经济社会发展主要目标显示,"社会文明程度得到新提高。……人民精神文化生活日益丰富,中华文化影响力进一步提升,中华民族凝聚力进一步增强"。我们要深刻认识到社会的物质条件、经济发展基础有了新的变化,新时代的年轻人有了新观念、对文艺的审美有了新需求,审美期待也有了不同于以往的新标准,成为生活的一种必需品,对于艺术的样态、呈现形式和艺术表达上也有了更新更高的要求。

(三)文艺创作的沃土与来源

回望优秀的文艺作品,其表现形式无不是反映了一个时代思想发展的水平、美学精神的变革、艺术语言的演进、体裁手法的创新;其内容则是浓缩着民族的历史社会认知和精神想象力的最新成果。人民的生活是艺术创作的唯一源泉[1],优秀民间音乐及其思想更是来源于人民的生活。即使在远古时期,传统音乐形态也以原始乐舞形式反映人民的生产与生活,如相传黄帝时期的《弹歌》描述追打狩猎动物的生活场景,再如远古部落的《葛天氏之乐》"投足以歌八阕",体现了葛天氏部落的生产活动和对农业丰收的美好愿望。先秦时期,《诗经》"十五国风"中的《周南·芣苢》《魏风·十亩之间》等作品展现了人们劳动时的场景和愉悦的心情。毛泽东认为,"人民生活中本来存在着文学艺术原料的矿藏,这是自然形态的东西,是粗糙的东西,但也是最生动、最丰富、最基本的东西"[2],而民间音乐恰恰就是来源于人民生活最直接的艺术表达方式。历数中国古代诸多文人音乐、宫廷音乐,其曲调也多是在民间曲调的基础上加工而来的,内容和本真的情感得以保留,承载的精神价值得到了最大限度的弘扬与传承,

---

[1] "人民生活中本来存在着文学艺术原料的矿藏,这是自然形态的东西,是粗糙的东西,但也是最生动、最丰富、最基本的东西;在这点上说,它们使一切文学艺术相形见绌,它们是一切文学艺术的取之不尽、用之不竭的唯一的源泉。这是唯一的源泉,因为只能有这样的源泉,此外不能有第二个源泉。"引自:毛泽东论文艺[M].北京:人民文学出版社,1992:48.

[2] 毛泽东论文艺[M].北京:人民文学出版社,1992:48.

为当今文艺创作提供了丰富且宝贵的资源。

（四）东北民歌传承发展的时代性诉求

近年来，随着经济和社会的发展以及人口流动量的增加，东北地区呈现以年轻人流出为主的趋势，精神文化的归属感越发强烈，具有乡音乡情的"情绪记忆"的表达受到越来越多年轻人的欢迎。习近平总书记指出："创新是文艺的生命。……在提高原创力上下功夫，在拓展题材、内容、形式、手法上下功夫，推动观念和手段相结合、内容和形式相融合、各种艺术要素和技术要素相辉映，让作品更加精彩纷呈、引人入胜。"①

三、东北民歌创新发展路径的思考

基于东北民歌在区域音乐文化中的特征、所遇到的发展困境以及发展机遇，笔者认为，可借鉴以下思路开展东北民歌的传承创新工作。在庆祝中国共产党成立100周年大会上的重要讲话中，习近平总书记明确提出"坚持把马克思主义基本原理同中国具体实际相结合、同中华优秀传统文化相结合"的重要命题，并在党的二十大报告中再次强调"两个结合"的重要性。这无疑为优秀传统音乐文化的传承发展提供了新思路、新想法。

（一）置于时代之中系统审视东北民歌

作为民歌的一个区域音乐的重要组成部分，东北民歌的发展也有其自然流传改编的演化发展态势，这是伴随民歌传播必然的自发情况，属于一种"自然变异"的过程；对当前而言，随着艺术形式和传播手段的多元化，人为干预"非自然变异"或者说元素融合等创新发展也成为时下一种

---

① 习近平. 在中国文联十大、中国作协九大开幕式上的讲话［N］. 人民日报，2016-12-01（2）.

传承的良性趋势，而其中最重要的就是对"度"的把握。

2023年6月2日，习近平总书记在文化传承发展座谈会上的讲话中指出："在五千多年中华文明深厚基础上开辟和发展中国特色社会主义，把马克思主义基本原理同中国具体实际、同中华优秀传统文化相结合是必由之路。"其中，"同中华优秀传统文化相结合"表明站在新的历史起点上，文艺工作者的文化自信达到了新高度，创新意识有了新站位，具备了一定的创新主体性与话语权。历史告诉我们，从古至今唯有推陈出新，才能使文化传承发展历久弥新。刘勰在《文心雕龙·通变》篇中从"黄歌'断竹'"举例到"晋之词章"，为说明"竞今疏古，风昧气衰也"，得出了"变则其久，通则不乏"的重要意义，强调要重视传统，善于革新才能持久，善于继承方能言之有物，推陈出新。"十四五"时期经济社会发展主要目标显示，"社会文明程度得到新提高。……人民精神文化生活日益丰富，中华文化影响力进一步提升，中华民族凝聚力进一步增强"。

在传承创新的过程中，面对丰富而庞杂的传统文化，我们首先要拣择出其中宝贵的资源——"优秀文化"。东北民歌中有很多反映东北人民不惧自然条件艰苦、革命年代勇于为抗战斗争、表现积极向上向善生活态度的经典作品，这些作品都是值得传承和创新的。《论语》中提出："择其善者而从之，其不善者而改之。"传统音乐文化也当如此，对蕴含中华优秀思想观念、人民精神、符合道德规范的作品和音乐元素要进行创新传播；对不符合时代发展、难以适应当今价值取向和道德追求的艺术内容与形式，应以扬弃[①]的态度对待，辩证地取舍，从而实现中华传统音乐文化的创造性转化和创新性发展。"我们要坚持不忘本来、吸收外来、面向未来，在继承中转化，在学习中超越，创作更多体现中华文化精髓、反映中国人审美追求、传播当代中国价值观念又符合世界进步潮流的优秀作品，让我国

---

① 扬弃（aufheben）指新事物对旧事物既抛弃又保留、既克服又继承的关系。德国哲学家康德最先使用。

文艺以鲜明的中国特色、中国风格、中国气派屹立于世。"①

（二）置于人民之中坚持以人民为中心的创作

人民需求推动文艺创新发展。一直以来党的文艺政策对人民性是有明确阐述的，党的十九大报告指出："中国特色社会主义进入新时代，我国社会主要矛盾已经转化为人民日益增长的美好生活需要和不平衡不充分的发展之间的矛盾。"②我国社会主要矛盾的变化，就要求文艺工作者立足本职岗位，"更好满足人民在经济、政治、文化、社会、生态等方面日益增长的需要，更好推动人的全面发展、社会进步"③，不断思考和探索文艺创新发展的新思路、新想法，不断提高发展质量以满足人民日益增长的美好生活需要，以期更好地推动人的全面发展。

东北民歌源于人民生活，在传承创新发展的过程中更应该立足和贴近人民生活，坚持以人民为中心的创作导向，以更加广阔的审美观照表达更为真挚的情感，以此激发共鸣。习近平总书记对文艺工作者提出了五点希望，其中第二点就是："希望广大文艺工作者坚守人民立场，书写生生不息的人民史诗。源于人民、为了人民、属于人民，是社会主义文艺的根本立场，也是社会主义文艺繁荣发展的动力所在。广大文艺工作者要坚持以人民为中心的创作导向，把人民放在心中最高位置，把人民满意不满意作为检验艺术的最高标准，创作更多满足人民文化需求和增强人民精神力量的优秀作品，让文艺的百花园永远为人民绽放。"④

---

① 习近平.在中国文联十大、中国作协九大开幕式上的讲话［N］.人民日报，2016-12-01（2）.
② 习近平.决胜全面建成小康社会 夺取新时代中国特色社会主义伟大胜利：在中国共产党第十九次全国代表大会上的报告［M］.北京：人民出版社，2017：11.
③ 习近平.决胜全面建成小康社会 夺取新时代中国特色社会主义伟大胜利：在中国共产党第十九次全国代表大会上的报告［M］.北京：人民出版社，2017：11.
④ 习近平.在中国文联十一大、中国作协十大开幕式上的讲话［N］.人民日报，2021-12-15（2）.

（三）拓展传承创新融合方式

1.在田野中持续创新产出

在坚持走近人民、走进人民的基础上，积极开展田野采风，充分发挥在地性创作优势。真正意义上的创新是有历史、旧中之新，有渊源的新，而非一时的流行，不断尝试进而持续产出高质量作品。随着时代变迁，艺术创作者不能仅仅停留在创作形式的浅层次创新上，而是要在田野工作中挖掘其艺术价值，拓展创新作品的应用场景，选用恰当的艺术表现手段展现更为深刻的思想内涵与美学精神，为传统民间音乐注入新的时代活力，赋予其新的艺术生命力。

2.多载体推动创新产出

随着时代发展，新技术为文艺创作和传播带来了新的机遇和挑战。文艺的创新性一方面体现在文艺作品的题材和体裁要推陈出新；另一方面，在制作和传播的过程中要以群众喜闻乐见的创新载体，推动文艺作品的生产与传播。近年来，在各大媒体平台进行尝试的多元融合表现形式等，对传统音乐予以创造性转化和创新性发展，如流行元素与戏曲元素的碰撞、流行元素与少数民族音乐的融合等，它们受到了年轻群体越来越多的关注与效仿。

3.高质量萃取传承"基因"

高质量萃取传承"基因"对于"原汁原味"保留其本真性——传承的核心要素具有重要意义。东北民歌同其他民族民间音乐一样，始终处在发展变化之中，这就对未来东北民歌的"嫁接融合"抑或是最大限度的创新发展提出了新的更高的要求。基于此，有效提炼并进行萃取，即对核心——传承"基因"元素逐步开展采集、标引、分类等数据库建设工作就显得尤为重要。此外，根据我国非物质文化遗产保护的指导方针，"保护为主、抢救第一、合理利用、传承发展"即以保护为根本，重在抢救，以此为基础再进行适度合理的利用，投入精力予以传承发展。

（四）加快传承与创新队伍建设

就传承创新及其持久力而言，加快建设稳定的东北民歌创新创作队伍，对传承和延续东北民歌的生命力具有重要作用。2019年3月4日，习近平总书记在看望参加政协会议的文艺界社科界委员时强调："文艺创作要以扎根本土、深植时代为基础，提高作品的精神高度、文化内涵、艺术价值。"高质量的创新创作、高质量的"基因"萃取、高水平的传承融合，以上方面的根本推动力仍在于人。因此加快传承创新创作队伍建设就显得尤为重要。此外，要积极地从客观上调动民众对区域音乐文化资源进行整理和传承的积极性，搭建孵化平台，长期创作与产出。随着近期文旅产业的勃兴，文化宣传的内容也应逐渐延伸到传统音乐文化的塑造与传播。

《中共中央关于党的百年奋斗重大成就和历史经验的决议》中指出："中华优秀传统文化是中华民族的突出优势，是我们在世界文化激荡中站稳脚跟的根基，必须结合新的时代条件传承和弘扬好。"作为区域音乐文化的组成部分，东北民歌的传承发展应紧跟时代步伐，运用更为多元的融合手段进行传承与传播。东北民歌作为民间音乐文化的重要组成部分，相信未来会有越来越多的专业研究团队、专业创作团队投入新时代东北民歌的传承与创新发展工作，不断推动东北民歌的传承与创新发展工作延续拓展至人才培养、教材建设、国内外交流互鉴等领域，凝聚人心、坚定文化自信，并与更多的国内外相关领域和专业的人才达成共识、深化交流，共同推动东北民歌传承好、发扬好、出精品、推力作。

编后记

2023年12月1日至2024年1月30日，国家艺术基金2023年度艺术人才培训资助项目"习近平新时代中国特色社会主义思想文艺理论人才培训"（项目编号：2023-A-05-005-459）集中培训在中国传媒大学展开，此次培训会集了全国文化艺术领域的50位青年英才学员。他们在聆听专家讲座、集中外出调研等活动中，收获了知识、建立了学术友谊。本著作中的论文即为项目组学员的结晶。首先，感谢项目组的50位优秀学员——王锟、李阳阳、孙路、秦璇、刘文、杨旻蔚、王名成、张艳、孙婷、刘彦河、王莎莎、张嫣格、张喜梅、张新科、舒敏、张盼、张婧、张为、蒋劼、张明超、李雪松、程洁、孙萌竹、陈嫣、李艳双、蒋玲玲、李志鹏、邓若侒、朱小峻、解永越、余国煌、郭绅钰、张静雅、高洁、刘雅倩、张蕾、黄诗昂、王春颖、付婧、夏蕾、高幸、李鹏、吴静静、缪伟、吴尔曼、宁爽、马宇鹏、丁逯园、李阳、文瑶瑶（排名不分先后），他们认真的学习态度得到了学界的普遍认可，使得项目能够顺利展开，也为这份结晶能够得以呈现奠定了基础。其次，感谢进行授课的49位专家——仲呈祥、董学文、王一川、张晶、王廷信、王德胜、孙伟科、张德祥、丁亚平、周星、史红、张金尧、施旭升、杨杰、彭文祥、朱庆、宋瑾、李世涛、吴子林、张国涛、冯巍、董阳、杜寒风、尹建军、何美、时胜勋、刁生虎、金海娜、江逐浪、马潇、丁旭东、肖锋、杜莹杰、冯亚、刘俊、陈燕婷、赵如涵、徐明君、刘艳春、李有兵、杜彩、曹晓伟、赵莹、谢春、包新宇、孙百卉、龚伟亮、黄健君、王韡（排名不分先后），这些专家学者为学员们呈现了一场场学术饕餮盛宴，使学员们徜徉在知识的海洋中，在学术上得到了飞速的提高。这些智慧的启迪、精神的给养、知识的传达使学员们受益终身、回味无穷。最后，感谢国家艺术基金管理中心的姚珊珊等领导对项目的督导、帮助和支持，使得项目更加有条不紊地进行，著作最终能够得以落地。

王韡

于中国传媒大学

图书在版编目（CIP）数据

哲思：文艺理论的当代呈现/王韡主编.—北京：中国国际广播出版社，2024.4
ISBN 978-7-5078-5546-3

Ⅰ.①哲…　Ⅱ.①王…　Ⅲ.①文艺理论－中国－当代－文集　Ⅳ.①I206.7-53

中国国家版本馆CIP数据核字（2024）第080904号

哲思：文艺理论的当代呈现

主　　编	王　韡
策划编辑	杜春梅
责任编辑	张　玥
校　　对	张　娜
版式设计	邢秀娟
封面设计	赵冰波

出版发行	中国国际广播出版社有限公司［010-89508207（传真）］
社　　址	北京市丰台区榴乡路88号石榴中心2号楼1701 邮编：100079
印　　刷	天津市新科印刷有限公司
开　　本	710×1000　1/16
字　　数	250千字
印　　张	16
版　　次	2024年4月　北京第一版
印　　次	2024年4月　第一次印刷
定　　价	78.00元

版权所有　　盗版必究